978 393 1467438
D1751568

DIE ABENTEURER

Die Nächte des Krokodils

Bisher sind in dieser Reihe folgende Titel erschienen:

H. Haensel & R. de Vries   *Erbe der Vergangenheit*
Robert de Vries   *Prophet des Unheils*
Marten Veit   *Die Nächte des Krokodils*

DIE ABENTEURER

Band 3

Die Nächte des Krokodils

Ein Roman von Marten Veit

Zaubermond-Verlag
Schwelm

1. Auflage
© 2001 by Zaubermond-Verlag, Schwelm
http://www.zaubermond.de
© DIE ABENTEURER
Verlagsgruppe Lübbe GmbH & Co. KG

BASTEI

Lektorat: Michael Neuhaus
Titelbild: Werner Öckl
Umschlaggestaltung: Dennis Ehrhardt
Satz: http://www.Festa-Verlag.de
Druck und Bindung: Wiener Verlag, A-2325 Himberg
Alle Rechte vorbehalten

*Wenn die verbotenen Pforten geöffnet werden,
wird sich der Geist des Krokodils erheben
und durch die Wälder wandeln.
Wehe denen, die ihm begegnen!
Er wird ihre Seelen verzehren,
er wird ihre Kinder stehlen
und sich die Menschen untertan machen.*

(Aus einer alten birmanischen Legende)

Thomas Ericson fluchte leise vor sich hin, während er mit einer mechanischen Handbewegung einen besonders dreisten Moskito auf seiner Wange zerquetschte. Offenbar ließ die Wirkung des Mückensprays, das er erst vor einer Viertelstunde benutzt hatte, schon wieder nach. Vielleicht hätte er doch auf Ratschamankas Rat hören und sich Hals, Gesicht, Hände und Unterarme mit frischem Knoblauch oder Tabaksaft einschmieren sollen. Oder am besten gleich mit einer Mischung aus beidem.

Er zerrieb den kleinen Quälgeist zwischen Daumen und Zeigefinger und sah im Licht der Gaslampe, dass sich seine Fingerkuppen rot färbten. Das Biest schien sich bereits mit seinem Blut voll gesogen zu haben.

»Ich hoffe, du hast deine Henkersmahlzeit genossen«, knurrte der Archäologe und wischte sich die Finger an seiner verschmutzten Khakihose ab. Dann schraubte er den Verschluss des Kunststoffkanisters auf und schüttete den Inhalt in den Trichter, den er in den Tankstutzen des Stromgenerators gesteckt hatte. Das nervtötende Sirren der Moskitos erschien ihm lauter als das monotone Dröhnen des Dieselmotors. »Weiber!«, fügte er an Myriaden von Mücken gerichtet hinzu, die seinen Kopf und den Glühstrumpf der Gaslampe im Eingang des Zeltes umschwirrten. »Sauft Pflanzensaft wie eure Männer, dann lebt ihr länger.«

Zumindest eins der Moskitoweibchen schien einer radikalfeministischen Fraktion anzugehören und die Warnung als Herausforderung misszuverstehen, denn es stürzte sich todesmutig direkt auf das Gesicht des Mannes. Doch bevor es auf seiner Oberlippe landen konnte, kam es seinem rechten Nasenloch im denkbar ungünstigsten Augenblick zu nahe und wurde beim Einatmen vom Luftstrom mitgerissen.

»Verdammt!« Ericson stellte den leeren Dieselkanister hastig ab, hielt sich das linke Nasenloch zu und atmete stoßartig durch das andere aus. Vergeblich. Das winzige Insekt hatte sich anscheinend irgendwo verfangen und versuchte, sich den Weg in die Freiheit zurückzuerkämpfen, zu tief in der Stirnhöhle, um es gefahrlos mit einem länglichen Gegenstand herauszupulen. Zum ersten Mal wünschte Tom einem dieser Biester gutes Gelingen.

Er schraubte den Tankdeckel des Generators zu, eilte zum Zelt, kroch unter dem Moskitonetz hindurch und kramte hektisch in seiner Reisetasche herum. Das Kribbeln und Kitzeln in seiner Nase machte ihn fast verrückt.

Endlich hatte er das Fläschchen mit reinem Alkohol gefunden, drehte den Verschluss auf, legte den Kopf in den Nacken und träufelte sich vorsichtig einen Tropfen in das Nasenloch. Obwohl seine Schleimhaut sofort wie Feuer zu brennen begann, sog er die Luft tief durch die Nase ein. Das Feuer schoss weiter zu seinen Augen empor, die sich in Sekundenschnelle mit Tränen füllten, und ließ ihn husten. Dann überkam ihn ein unwiderstehlicher Niesreiz. Er drückte sich ein Taschentuch vor die Nase, trompetete mehrmals kräftig hinein und wartete, bis das Feuer in seiner Stirnhöhle erlosch. Die Schleimhaut reagierte mit verstärkter Sekretabsonderung auf die aggressiven Alkoholdämpfe und half so, Fremdkörper auszuscheiden.

Tom konnte nur hoffen, dass auch der Moskito darunter war.

Das gibt der Redewendung, aus einer Mücke einen Elefant zu machen, einen ganz neuen Sinn, dachte er, als er wieder aus dem Zelt kroch und immer noch trompetend nieste. Mit Sicherheit war seine Reaktion übertrieben gewesen, aber die winzigen Blutsauger trieben ihn mit ihrem schrillen Sirren noch in den Wahnsinn.

Heute Nacht war es besonders schlimm. Vermutlich lag es an der Witterung, an der enormen Luftfeuchtigkeit und der drückenden Schwüle, die schon seit der Ankunft des A.I.M.-Teams in Burma vor drei Tagen herrschte. Eigentlich war die Sommermonsunzeit längst vorüber. Um diese Jahreszeit, in der Übergangsphase zwischen Sommer- und Wintermonsun, hätte das Wetter stabil und einigermaßen trocken sein müssen, aber am Himmel ballten sich schiefergraue Wolken zusammen, aus denen es hin und wieder wetterleuchtete. Die reglose Luft hatte sich wie eine dunstige Glocke über den Dschungel gestülpt. Kein Windhauch bewegte die schlaff herabhängenden Blätter, die durch das Kondenswasser von einem dünnen Feuchtigkeitsfilm überzogen waren und ölig glänzten.

Obwohl es nicht regnete, tröpfelte es ständig von allen Bäumen und Büschen. Und an dem Gemäuer der alten Tempelruine schlug sich das Wasser aus der Luft nieder und lief hier und da in dünnen Rinnsalen herab.

Die Luftfeuchtigkeit lag praktisch bei hundert Prozent, die Temperatur hielt sich konstant um die siebenundzwanzig Grad. Auch in den Nächten wurde es kaum kühler. Selbst die Birmanen schienen unter dem Klima zu leiden. Sie wirkten träge, missmutig und gereizt zugleich.

Aber das lag nicht am Wetter allein. Es waren die Albträume, die die Menschen Nacht für Nacht in der näheren

Umgebung der Ausgrabungsstätte heimsuchten. Träume von aufrecht gehenden, schwanzlosen Krokodilen, die ihre Seelen fraßen und ihnen die Kinder raubten.

Und für die sie – zumindest hinter vorgehaltener Hand – die Fremden aus dem Westen verantwortlich machten.

Tom blickte sich um. Am Rand des Basislagers, das sie inmitten der Ruinen aufgeschlagen hatten, entdeckte er die Silhouette eines birmanischen Wächters. Der Lauf seines alten Karabiners, der noch aus der englischen Kolonialzeit stammte, schimmerte schwach im Schein einer Petroleumlampe.

Sie hatten die bewaffneten Wächter nicht nur pro forma eingestellt, um sich so die Einheimischen gewogen zu machen, die dankbar jede Gelegenheit ergriffen, ein paar zusätzliche Kyat zu verdienen. Die Vorsichtsmaßnahme hatte durchaus konkretere Gründe. Als Valerie Gideon auf der Suche nach dem englischen Archäologen Geoffrey Barnington, der ihr einen verschlüsselten Hilferuf geschickt hatte, das erste Mal in diese Gegend gekommen war, hatte ihr der chinesische Ex-General Xian Cheng mit seinen Männern aufgelauert, um eine offene Rechnung zu begleichen. Zwar hielt Cheng die Israelin und den Engländer mittlerweile vermutlich für tot, verbrannt in der Gluthitze einer Napalmgranate – jedenfalls war er nicht mehr aufgetaucht –, aber sie durften kein Risiko eingehen. Nicht nur was Cheng betraf ...

Die Stimmung der Einheimischen begann umzuschlagen. Obwohl die Fremden ein gutes Dutzend von ihnen als Hilfskräfte und Wächter beschäftigten und sie gut bezahlten, wuchs das Misstrauen der Birmanen von Tag zu Tag. Es war bereits zu kleineren Diebstählen und Beschädigungen an der Ausrüstung des A.I.M.-Teams gekommen, die in erster Linie eine Botschaft enthielten: Verschwindet!

Ericson seufzte. Er konnte die Birmanen sogar verstehen, denn ohne dass sie es wissen konnten, hatten sie nicht ganz Unrecht. *Die Nächte des Krokodils*, wie sie die Phasen nannten, in denen die Albträume auftraten, wurden wahrscheinlich tatsächlich von den geheimnisvollen Toren verursacht, die die Mitarbeiter des *Analytic Institute for Mysteries*, einer privaten Forschungsorganisation, kurz A.I.M. genannt, untersuchten. Es war bestimmt kein Zufall, dass das rätselhafte Phänomen hier in Burma schon einmal vor rund einem Jahr aufgetreten war, genau zur gleichen Zeit, als die Abenteurer auf der anderen Seite der Erdkugel in Bolivien eins der uralten Tore »geöffnet« hatten.

Und erst vor wenigen Tagen war das hiesige, unter der alten Tempelanlage verborgene Tor von Valerie und Geoffrey aktiviert worden.

Irgendwo hinter den Bäumen zuckte ein Blitz auf und tauchte die dichten Wolken sekundenlang in gespenstisches bläuliches Licht. Der Blitzstrahl selbst war nicht zu sehen, aber sein Widerschein reichte aus, die alte Ruine der Dunkelheit zu entreißen. Die teilweise eingestürzten Mauern und Kuppeln schienen vor der schwarzen Wand des Dschungels zu tanzen. Tom lauschte vergeblich auf das Grollen des Donners. Er hoffte inbrünstig darauf, dass sich das Gewitter endlich entlud. Auch wenn es in diesen tropischen Breiten mit der Gewalt einer mittleren Sintflut hereinbrechen konnte, würde es die dampfende Schwüle vertreiben, die ihm den Schweiß aus allen Poren trieb. Er nieste ein letztes Mal und schnäuzte sich kräftig.

»Gesundheit.«

Der Archäologe wirbelte herum, griff instinktiv nach dem alten Revolver an seiner Hüfte und ließ die Hand sofort wieder sinken, als er Valerie Gideon erkannte.

Die Israelin quittierte die instinktive Geste mit einem

sparsamen Lächeln, in dem sich eine Mischung aus Belustigung und mildem Vorwurf widerspiegelte. Das silberblonde Haar klebte ihr nass am Kopf. Trotz der feuchten Hitze trug sie entgegen ihrer Gewohnheit ein weites Baumwollhemd, das sie bis zum Hals zugeknöpft hatte, um den Moskitos möglichst wenig Angriffsfläche zu bieten. Und zu Toms Erleichterung verzichtete sie auf einen spöttischen Kommentar darüber, dass er seinen Single Action Colt umgeschnallt hatte.

»Haben Sie sich erkältet?«, erkundigte sie sich und wischte sich mit dem Ärmel eine Haarsträhne aus der Stirn.

»Möglich«, erwiderte er knapp. Sie brauchte nichts von seiner fast schon hysterischen Reaktion auf das winzige Insekt in seiner Nase zu erfahren. Manchmal hatte er das Gefühl, dass sie ihn nicht richtig ernst nahm, und im Gegensatz zu Gudruns Sticheleien, die mehr ritueller Natur waren, konnte Valeries Spott ihn regelrecht auf die Palme bringen. »Hoffentlich keine Tropengrippe. Irgendwelche Neuigkeiten von Connor?«

Valerie schüttelte den Kopf. »Nichts. Er hat die gesamte Schalttafel mit einer Folie abgeklebt. Keine Ahnung, was er damit bezweckt. Er ist noch wortkarger als sonst. Ich glaube, dass er allmählich resigniert.«

Wieder blitzte es hoch über der schwarzen Wolkendecke. Tom und Valerie schwiegen einen Moment und lauschten.

»War das ein Donnergrollen oder Ihr Magen?«, fragte Tom schließlich.

»Ich hoffe, es war der Donner, aber ich fürchte, es war tatsächlich mein Magen.« Die Israelin kratzte sich hinter dem rechten Ohr, betrachtete ihre Fingernägel aus schmalen Augen und schnippste etwas Unsichtbares fort. »Der Fraß hier draußen ist ungenießbar. Wir sollten morgen früh einen Abstecher nach Kengtong machen und in Marias Herberge ...«

Ein peitschender Schuss schnitt ihr mitten im Satz das Wort ab. Hinter ihnen prallte irgendetwas mit einem trockenen Geräusch in eine Felswand.

»Runter!«, riefen Tom und Valerie wie aus einem Mund und ließen sich gleichzeitig fallen.

Sie hatten ihr Basislager auf einem erhöhten Steinpodest im Zentrum der alten Tempelanlage errichtet, das an der hinteren Längs- und den beiden Querseiten hufeisenförmig von Mauern umschlossen wurde. Nur auf der Vorderseite gab es zwei Torbögen und ein paar Durchbrüche, wo die Außenmauer teilweise eingestürzt war. Ein schmaler gerodeter Streifen trennte den Dschungel von den Ruinen.

Tom und Valerie robbten in die Deckung einiger Ausrüstungskisten und wechselten einen kurzen Blick. Wieder peitschte ein Schuss auf, diesmal in unmittelbarer Nähe. Der birmanische Wachposten, der nicht weit von ihnen entfernt hinter einer umgestürzten Säule auf dem nackte Steinboden kniete, hatte ihn abgegeben.

»Haben Sie einen Mündungsblitz gesehen?«, fragte Tom heiser und deutete mit dem Colt in Richtung des dunklen Waldrandes.

Er bemerkte, dass Valerie ebenfalls ihre Pistole gezogen hatte, eine kurzläufige Spezialanfertigung für Agenten des Mossad. Fast hätte er aufgelacht. Die 22er Stupsnase, die ausschließlich aus Keramik und Kunststoff-Komponenten bestand, sodass bei Grenzkontrollen kein Metalldetektor anschlug, war bestenfalls für den Nahkampf in geschlossenen Räumen geeignet. Die Entfernung bis zum Waldrand betrug dagegen fast hundert Meter.

Valerie schüttelte den Kopf. »Idiot«, flüsterte sie, als der Birmane erneut in die Dunkelheit feuerte. »Löschen Sie die verdammte Petroleumlampe und bleiben Sie in Deckung!«, rief sie ihm zu.

Tom lugte vorsichtig um eine Kiste herum. Offenbar hatte der Wachposten Valeries Anweisung befolgt, denn am anderen Ende der erhöhten Plattform wurde es dunkler. Jetzt brannte nur noch die Gaslampe im Zelteingang unter der Plane, die sie über diesen Bereich der steinernen Plattform gespannt hatten.

Von irgendwoher klangen gedämpfte Rufe auf, die der birmanische Wächter kurz beantwortete. Danach herrschte bis auf das Dröhnen des Generators und das Sirren der Moskitos wieder Stille.

»Denken Sie nicht einmal daran!«, zischte Valerie, als sich Tom auf die Seite drehte, den Colt hob und auf den Glühstrumpf der Gaslampe zielte. »Wenn Sie die Gaspatrone treffen, geht das Ding hoch wie eine Granate und spickt uns mit Metallsplittern.«

»Auf diese Distanz würde ich das Ziel selbst im Vollrausch nicht verfehlen«, knurrte Tom gereizt.

»Vergessen Sie's«, fiel ihm Valerie ins Wort. »Geben Sie ein oder zwei Schüsse auf den Wald ab, damit der oder die Angreifer in Deckung bleiben. Jetzt!«

Sie ließ ihm keine Zeit, sich mit ihr zu streiten. Tom zerbiss einen Fluch zwischen den Zähnen, hob den Colt über die Kiste und feuerte zweimal in kurzem Abstand. Er hörte, wie Valerie hinter ihm aufsprang, zum Zelt sprintete und die Lampe vom Haken riss. Sekunden später wurde es stockfinster.

Es war diese typische Eigensinnigkeit der Israelin, die ihm auf die Nerven ging und für das stets leicht gespannte Verhältnis zwischen ihnen verantwortlich war. Andererseits musste er widerwillig zugeben, dass sie Recht gehabt hatte. Er *hätte* die Gaspatrone treffen können.

Das ABENTEURER-Team

Ian Sutherland – Der schottische Schloßherr und Earl of Oake Dún ist der Gründer und Finanzier der Forschungsgruppe A.I.M. Zur Zeit scheint es, als würde er sich in finanziellen Schwierigkeiten befinden ...

Tom Ericson – Der amerikanische Archäologe und ehemalige Dozent an der Yale University kämpft zumeist an vorderster Front.

Gudrun Heber – Die deutsche Anthropologin reist an Toms Seite und scheint manchmal über eine Art sechsten Sinn zu verfügen.

Valerie Gideon – Die israelische Ex-Top-Agentin arbeitete einst als Archäologin getarnt für den Mossad und nun für A.I.M.

Pierre Leroy – Der französische Lebemann verbrachte lange Jahre als Clochard und verfügt noch heute über große Fingerfertigkeit.

Elwood – Der rätselhafte *Mann in Schwarz* wurde A.I.M. zur Seite gestellt und sucht seither das Rätsel seiner Identität zu ergründen.

Connor – Der schottische Butler von Oake Dún ist nicht nur Computerspezialist, sondern auch ein überaus fähiger Kämpfer.

Geoffrey Barnington – Der junge englische Ausgrabungsleiter hat in Burma womöglich die Entdeckung seines Lebens gemacht.

Mortimer – Der greise Hausdiener von Oake Dún sorgt nach besten Kräften dafür, daß alles auf dem Schloß seine richtige Ordnung hat.

Das ABENTEURER-Universum

Seit einigen Jahren sind die Mitarbeiter der privaten Forschungsgruppe A.I.M. mysteriösen Artefakten auf der Spur, die eines zur Gewißheit haben werden lassen: Atlantis ist weitaus mehr als ein Mythos! Einst war es ein großes, mächtiges Reich mit erstaunlichen Errungenschaften, bis es dann in der Sintflut *während eines einzigen schlimmen Tages und einer einzigen schlimmen Nacht* versank. Doch noch immer existieren im Verborgenen zahlreiche Artefakte und Ruinen aus atlantischer Zeit, denen zum Teil fast magisch anmutende Kräfte innewohnen. Sie könnten das Bild über das untergegangene, prähistorische Reich weiter erhellen.

Doch die Nachforschungen bleiben nicht ohne Folgen. Uralte Kräfte erwachen wieder zum Leben. Und schon bald stellt sich die Frage, ob diese Dinge nicht besser ewig im Dunkel der Geschichte geblieben wären. Denn unversehens finden sich die Abenteurer in einem undurchsichtigen Spiel geheimnisvoller Kräfte und Mächte wieder, die direkt aus den Tiefen der Vergangenheit hervorgestiegen zu sein scheinen. Dabei wird eines immer klarer: Der Untergang von Atlantis war keine Naturkatastrophe, sondern Folge eines Krieges gegen eine unbekannte Macht – in Gestalt von aufrecht gehenden Echsen, die über eine schier unglaubliche Technologie verfügten. Und diese Macht scheint ihre Krallenhände nun abermals nach der Menschheit auszustrecken ...

»Einer muss Connor und Barnington informieren«, sagte er leise, als er Valerie neben sich mehr spürte als sah. »Und da Sie mit Ihrer Spielzeugpistole hier oben wenig ausrichten können, schlage ich vor, dass Sie runtergehen und ich die Stellung halte.«

»Geht klar«, erwiderte Valerie sofort und huschte davon. Ihre Silhouette verschmolz mit der Dunkelheit. Sekunden später tauchte sie schemenhaft zehn Meter entfernt am Rand der Treppe auf, die in die unterirdische Kammer führte, wo Connor seit drei Tagen vergeblich versuchte, das Rätsel des uralten Tores zu knacken. Jetzt, da sich Toms Augen allmählich auf die fast vollkommene Dunkelheit einstellten, konnte er den schwachen Lichtschein wahrnehmen, der aus der Tiefe drang.

Er kroch ein Stückchen zur Seite, bevor er sich wieder aufrichtete und über eine der Kisten hinweg in den Urwald spähte. Es war hoffnungslos. Von dort hätte eine ganze Armee anrücken können, ohne dass er sie sehen würde. Und der Generator übertönte mit seinem Dröhnen alle anderen Geräusche.

Tom überlegte schnell. Der Generator versorgte die diversen Geräte, die Connor in der Kammer aufgebaut hatte, mit Strom, aber die wichtigsten Komponenten waren zusätzlich mit einem leistungsfähigen Akku gegen einen plötzlichen Spannungsabfall abgesichert. Schlimmstenfalls würden das Licht, die Ventilatoren und die Frischluftzufuhr ausfallen. Und Valerie würde sich bestimmt denken können, warum das geschehen war.

»Ähh ...«, Tom räusperte sich und kramte in seinem Gedächtnis. Wie hieß der Mann, der heute Nacht Wache schob? »Maung!«, rief er. »Alles in Ordnung bei Ihnen?«

»Ja, Mr. Ericson«, klang die Stimme des Birmanen in der Dunkelheit auf. Ein kurzes Zögern. »Keine ... Feinde.«

Das A.I.M.-Team hatte nur Hilfskräfte rekrutiert, die zumindest ein paar Brocken Englisch beherrschten. Was die Auswahl hier in der Provinz von Burma erheblich einschränkte.

»Ich schalte jetzt den Generator ab«, erklärte Tom. Er sprach langsam und betonte jedes einzelne Wort laut und deutlich. »Bleiben Sie ganz ruhig. Nicht schießen!«

»Gut, Mr. Ericson.«

Tom verzichtete vorsichtshalber darauf, die Stabtaschenlampe aus einer der vielen Taschen seiner Khakihose zu ziehen.

Er schlich gebückt zum Generator, den Colt in der rechten Hand, tastete mit der Linken über das Gehäuse, fand den Hauptschalter und legte ihn um. Der Motor verstummte mit einem widerwilligen Blubbern.

In der anschließenden Stille klang das Sirren der Moskitos unnatürlich laut. Hier und da tröpfelte es monoton von Mauern oder Büschen. Bis auf seine eigenen Atemzüge und das Rauschen des Blutes in seinen Ohren konnte Tom kein Geräusch hören.

Er zuckte zusammen, als sich im fahlen Licht eines Blitzes wenige Schritte vor ihm die Umrisse einer schlanken Gestalt aus der Finsternis schälten. Seine Rechte mit dem Colt schnellte reflexartig hoch, und sein Daumen spannte den Hammer. Es klickte vernehmlich, als sich die Trommel um eine Kammer drehte und der Hammer einrastete.

»Nicht schießen!«, sagte die Gestalt schnell. »Ich bin es, Vân Nguyên!«

»Vân ...« Tom seufzte. Er ließ den Hammer vorsichtig in die Ruhestellung zurückgleiten und senkte die Waffe. »Los, kommen Sie rüber zu mir. Ducken Sie sich besser. Was tun Sie hier?«

»Ich habe Ihnen aus Kengtong etwas zu essen gebracht«,

erwiderte der junge Vietnamese. »Was ist passiert? Wer hat geschossen?«

»Keine Ahnung.« Ericson zuckte die Achseln, eine sinnlose Geste angesichts der fast vollkommenen Dunkelheit. »Es war nur ein Schuss, der irgendwo aus dem Wald kam. Die anderen Schüsse haben wir abgegeben.«

»Dann lassen Sie uns nachsehen«, schlug Nguyên vor.

»Nachsehen?«, fragte Tom ungläubig. »*Nachsehen?* Bei den Lichtverhältnissen? Genauso gut könnten wir blind sein. Wir würden uns nicht nur hoffnungslos verirren, sondern in jede Falle tappen.«

Vor ihm schimmerte ein heller Streifen in der Finsternis. Nguyên musste seine schneeweißen Zähne zu einem Lächeln entblößt haben.

Der zierliche Vietnamese verblüffte Tom immer wieder. Er hatte sich den Abenteurern gleich nach ihrer Ankunft in Maria Chaiyaphums Herberge höflich in seinem perfekten, nahezu akzentfreien Englisch vorgestellt und ihnen seine Dienste als Verbindungsmann und Dolmetscher angeboten. Seinen eigenen Angaben nach, die Valerie bezweifelte, hatte er in Saigon Englisch und Französisch studiert und unternahm eine Art private Forschungsreise durch die Nachbarländer, weil ihn die Einflüsse der englischen und französischen Kolonialzeit auf die einheimische Bevölkerung interessierten. Die Israelin, eine Ex-Agentin des Mossad, hielt ihn für einen Mitarbeiter des vietnamesischen oder chinesischen Geheimdienstes. Connor hielt diese Möglichkeit für denkbar, aber da Nguyên keine lästigen Fragen stellte, stets bescheiden im Hintergrund blieb und ihnen schon mehrfach gute Dienste geleistet hatte, war das Team übereingekommen, sein Angebot anzunehmen.

Sollten sie tatsächlich von einem Geheimdienst ins Visier

genommen worden sein, war es besser, sie wussten, wer der Spitzel in ihren Reihen war. So konnten sie ihn wenigstens im Auge behalten.

»Die anderen sehen auch nicht mehr als wir«, erklärte der Vietnamese. »Und ich bezweifle, dass es ein echter Anschlag war. Dann hätten die Angreifer mehr als einmal geschossen. Wahrscheinlich ist es jemand aus dieser Gegend, der Sie vertreiben will. Die Leute werden immer unruhiger. Sie sind abergläubisch und haben Angst vor dem *Geist des Krokodils*.«

Wieder zuckte ein Blitz auf, heller als die anderen zuvor, und diesmal glaubte Tom, ein leises Donnergrollen in der Ferne zu hören. Er sah, dass Nguyên, der vor ihm auf dem feuchten Boden kauerte, einen mit einem Tuch umwickelten Topf in den Händen hielt.

»Von Maria«, beantwortete der junge Mann seine unausgesprochene Frage. »Sie lässt Sie grüßen. Besonders Ms. Gideon.«

Vielleicht war es die Erwähnung Valeries, die Tom umstimmte. Sich mitten in der Nacht entgegen aller Vernunft in einen stockdunklen Wald zu schleichen, hätte ihr ähnlich gesehen. Sie hatte ein Faible für riskante Unternehmungen. Und aus irgendeinem unerfindlichen Grund schaffte sie es immer wieder, ihm das Gefühl zu vermitteln, ihr nicht gewachsen zu sein. Dabei hatte er auch ohne ihre Hilfe beileibe genug Gefahren überstanden und so manche brenzlige Situationen gemeistert. Er musste weder ihr noch sich selbst irgendetwas beweisen. Und trotzdem ... Solange sie unten bei Connor in der Torkammer hockte, konnte sie ihm nicht dazwischenfunken. »Okay«, sagte er. »Geben Sie mir den Topf und sagen Sie dem Posten, dass er die Stellung halten soll.«

Während Nguyên den Mann informierte, tastete sich

Tom zum Eingang des Treppengangs, wo er beinahe mit Valerie zusammenstieß. Er drückte ihr den Topf in die Hand. »Mit den besten Empfehlungen von Maria.«

»Warum haben Sie den Generator abgestellt?«, wollte sie wissen.

»Eine reine Vorsichtmaßnahme. Wenn wir schon nichts sehen können, sollten wir uns wenigstens auf unser Gehör verlassen. Bleiben Sie hier. Vân und ich werden versuchen, den einsamen Schützen aufzuspüren.«

Valerie lachte leise. Offenbar hatte sie die Anspielung auf Lee Harvey Oswald verstanden. »Bei den Lichtverhältnissen?«, wiederholte sie seinen Einwand, den er gegenüber Nguyên vorgebracht hatte, wortwörtlich. »Sie müssen verrückt sein. Sie werden ihn bestenfalls vertreiben und sich schlimmstenfalls das Genick brechen.«

»Im ersten Fall sind wir ihn los, im zweiten Fall Sie mich«, erwiderte Tom trocken. Ohne eine Antwort abzuwarten, drehte er sich um und ging vorsichtig in die Richtung, in der er Nguyên und den Wächter vermutete. Er bildete sich ein, Valeries Blicke noch lange in seinem Rücken zu spüren, obwohl sie ihn spätestens nach drei Schritten aus den Augen verloren haben musste. Aber zumindest versuchte sie gar nicht erst, ihn von seinem Vorhaben abzubringen.

Im Vergleich zu den umliegenden Grafschaften Sutherland und Caithness ist Oake Dùn nur ein winziges Fleckchen Erde, das vor vielen Generationen wegen eines komplizierten Erbstreits innerhalb der Familie Sutherland kurzerhand durch die Krone zu einem eigenständigen County erklärt wurde. Genau genommen wurde das Gebiet von Oake Dùn vom Verlauf des Flüsschens Kyle bestimmt, das die östliche Grenzlinie der Grafschaft bildete. Neben dem

Herrensitz und dem Marktflecken Maklachlan-na-Dùne gehörten noch drei Dutzend Highland-Cottages zur Bebauung des Countys, von denen knapp die Hälfte seit dem großen Exodus in der zweiten Hälfte des 19. Jahrhunderts leer standen.

Mehr als hundert Jahre blieben die Reetdächer dieser Katen abgedeckt, weil das schottische Gewohnheitsrecht besagt, dass ein abgedecktes verlassenes Haus nicht neu bezogen werden darf. Eine seltsam anachronistisch anmutende Rechtsvorschrift, die vor einem Richter unserer Tage vermutlich keinen Bestand haben würde. Doch für Ian Sutherland, den derzeitigen Earl of Oake Dùn, waren die Verpflichtungen seiner Vorfahren in jedem Fall bindend. Als ihm sein Finanzberater Gabriel Feinmann Ende der 70er Jahre vorschlug, die Häuschen in Ferienbehausungen für den aufblühenden Schottland-Tourismus zu verwandeln, wandte er sehr viel Mühe auf, um die über Amerika und Australien verstreuten Nachkommen der ehemaligen Besitzer um ihre Zustimmung anzugehen.

Die Resonanz auf seine Anfrage war äußerst verhalten – die meisten konnten wohl nichts mit der Vorstellung anfangen, dass sie ein unveräußerliches Wohnrecht in einer Ruine besaßen, die ihnen nicht wirklich gehörte. Einige vermuteten sogar Ruchbares hinter der aufwändig gestalteten Farbbroschüre, die Sir Ian ihnen ins Haus geschickt hatte. Das galt beispielsweise für einen gewissen Malcolm McMillain, MD, Doktor der Medizin, den Sir Ian Sutherland Jahre später rein zufällig auf dem Jahrestreffen des New Yorker *Scottish Heritage Club* kennen lernte, zu dem der Earl of Oake Dùn als Ehrengast geladen war. McMillain, der eine der renommiertesten Fachkliniken an der Ostküste leitete, erzählte ihm, er habe hinter der Aktion eine der unzähligen Immobilienschwindeleien vermutet, die zu jener Zeit grassierten. Nachdem ihm Sir Ian die wirklichen Hintergründe erläutert hatte, erteilte ihm der gute Doktor natürlich sofort die Erlaubnis, die Kate seines Vorfahren in das Projekt einzugliedern.

Ian Sutherland dankte dem Arzt überschwänglich und wechselte danach das Thema, um nicht erörtern zu müssen, dass die für die Sanierung vorgesehenen Gelder längst in andere Projekte geflossen waren. Nur für fünf Häuser hatte der Earl of Oake Dùn bislang die Zustimmung der Berechtigten erhalten. Die meisten davon standen seit ihrer Sanierung durchweg leer, weil sie allesamt am Ende von Schotterwegen lagen, die mit den Fahrwerkseigenschaften der Daimler und BMWs der deutschen Luxustouristen absolut unvereinbar waren. Vorwiegend wurden die Katen deshalb während der Angel- und Jagdsaison als zusätzliche Unterbringungsmöglichkeiten für Sir Ians Gäste verwendet. Doch seit einigen Jahren hatten die verstärkten Aktivitäten von A.I.M. den höfischen Frohsinn beinahe vollständig vom Zeitplan des Earl of Oake Dùn verdrängt, und so waren die Cottages jetzt praktisch durchweg unbewohnt.

Die einzige Ausnahme bildete ausgerechnet das einfachste der Häuschen, das direkt am Rand der Grafschaft in Sichtweite von Loch Baligill stand und nur halb renoviert worden war, als das Sanierungsprojekt damals verebbte. Es war mit ausrangierten Möbeln provisorisch hergerichtet, wie es in Schottland für Ferienbehausungen nicht einmal ungewöhnlich ist. Aber da dieses Cottage nur über eine Zufahrt erreicht werden konnte, deren Schlaglöcher in ihrer Ausdehnung und Tiefe hart mit den Lochs der Umgebung konkurrierten, war es als Unterkunft für geladene oder zahlende Gäste ohnehin ungeeignet.

Seit drei Jahren wurde das abgelegen Häuschen jedoch

zumindest für jeweils vier Wochen vermietet, an ein junges Pärchen aus Deutschland, das meist im verhältnismäßig unregnerischen Juni nach Schottland kam. Mrs. Paddington, die mütterliche Haushälterin von Oake Dùn, hatte die beiden in Strathy aufgelesen, wo sie verzweifelt nach einer Bleibe suchten, nachdem das billige Supermarktzelt der Deutschen den tückischen Atlantikwinden erlegen war. Annette und Thorsten waren mehr als erfreut gewesen, auch wenn sie ihren klapprigen Volkswagen mitten auf dem steinigen Zufahrtsweg hatten stehen lassen müssen, da ihm die letzte halbe Meile bis zum Haus aller Wahrscheinlichkeit nach den Rest gegeben hätte.

Sir Ian wurde erst auf die Gäste aufmerksam, als diese am nächsten Morgen Mrs. Paddington ihre Aufwartung machten, um sich bei ihr zu bedanken. Der Earl of Oake Dùn erkundigte sich bei den jungen Leuten nach dem Zustand des Zeltes und begutachtete die traurigen Reste, um dem Pärchen anschließend ohne lange Umschweife Logis für den Rest des Sommers anzubieten – kostenlos, versteht sich!

Im Verlauf der nächsten Wochen stellte sich heraus, dass Thorsten ein ausgesprochen begabter Maler war, der dem gastfreundlichen Adligen zum Abschied ein Portrait der kompletten Dienerschaft von Oake Dùn überreichte, das einen Ehrenplatz im rechten Parterreflügel des Herrensitzes erhielt. Seither verbrachten die jungen Leute jeden Frühsommer in dem Cottage und bezahlten die Unterbringung in Bildern, die Sir Ian viel mehr wert waren als die hundert Pfund, die er im besten Fall für eine reguläre Vermietung hätte herausschlagen können.

Wie jedes Jahr waren Thorsten und Annette auch in diesem Sommer gekommen und wieder abgereist. In einem Verschlag an der wetterabgewandten Seite des Häuschens bezeugte ein nur halb aufgebrauchter Stapel sauber gestochener Torfplacken, dass es das Wetter in dieser Saison ausgesprochen gut mit den Feriengästen gemeint hatte. Aus dem Kamin an der anderen Seite des Gebäudes stieg Torfqualm in den Himmel und verlor sich schon nach wenigen Metern im feuchten, wattigen Dunst, der auch alle Geräusche schluckte, die aus der Kate ins Freie gelangten.

Wenn man sich mehr als zehn Schritte entfernte, musste man sich schon sehr anstrengen, um das Wimmern und Schluchzen zu bemerken, das gelegentlich aus den Mauern drang. Die verzweifelten Hilfeschreie konnte man dagegen noch eine Achtelmeile von der Kate entfernt gut genug hören. Ziemlich weit, aber nicht weit genug, um das Ohr eines hilfsbereiten Menschen zu erreichen.

Amanda Wyss hatte sich in der letzten Nacht die Stimmbänder wund geschrieen, aber es war niemand gekommen, um sie zu retten. Kein Prinz, kein Polizist, nicht einmal ein Pachtbauer hatte ihr Flehen erhört.

George Bentley überraschte das nicht. Die nächste menschliche Behausung lag gut zwei Meilen westlich, was einer der Gründe war, warum er diese Kate ausgewählt hatte.

Das erste Cottage, in dem er sich nach seiner Flucht mit seiner Geisel versteckt hatte, war zwar noch abgelegener und seit Jahren definitiv unbewohnt gewesen, aber schon am ersten Tag hatte Bentley dort Angler entdeckt. Und am zweiten Tag schillernde Ölschlieren auf der spiegelglatten Wasseroberfläche, die von Amandas Auto stammten, das er dort versenkt hatte.

Ein unverzeihlicher Fehler. Er hätte vorsichtiger sein müssen. Noch ein paar solcher Patzer, und er konnte sich gleich der Polizei stellen.

Nachdenklich stand er vor dem Torfstapel, ein hoch aufgeschossener Kerl, der über einem rot karierten Flanellhemd eine billige Regenjacke trug, wie man sie für weniger als zehn Pfund an jeder zweiten schottischen Tankstelle kaufen kann, sozusagen als Artikel des täglichen Bedarfs.

Bentleys einfache Kleidung, seine joviale Miene und seine zurückhaltende Art, sich ohne überflüssige Gestik zu bewegen, verlieh ihm eine freundliche Würde, die einem Priester gut zu Gesicht gestanden hätte. Aber in seinem intelligenten Blick verbarg sich eine Rastlosigkeit, die jeden wirklichen Menschenkenner zutiefst beunruhigt hätte.

Sorgfältig zog er den Reißverschluss seiner Regenjacke hoch, während er abzuschätzen versuchte, wie lange er mit dem Torfvorrat noch auskommen würde.

»Eine Woche, höchstens«, murmelte er. »Vorausgesetzt, das Wetter bleibt so ...«

Die Frau macht dir nur Scherereien!, mahnte eine Stimme in seinem Kopf. *Du verschwendest wertvolle Zeit mit ihr. Was ist, wenn sie jemand findet, während du unterwegs bist?*

Sie wird dir zur Last!, flüsterte eine andere Stimme eindringlich. *Töte sie, sonst gefährdest du all deine Pläne!*

»Nein!« Bentley setzte einen entschlossenen Gesichtsausdruck auf. »Ich lasse mir von euch nicht vorschreiben, was ich zu tun habe!«

Eine Windböe fegte ihm das schüttere blonde Haar ins Gesicht, als er sich abrupt umdrehte und den Schotterweg betrat. Eine dicke Strähne klebte an seiner schweißnassen Stirn fest, aber er marschierte eine ganze Weile stur weiter, bevor er eine Hand in einer sparsamen Bewegung hob, um sie beiseite zu wischen.

Nach einer halben Meile verließ er die Zufahrt und ging über den von dichtem Gras überwucherten Moorboden, bis er einen breiten, flachen Bach erreichte, der sich kurz vor Strathy mit dem gleichnamigen Fluss vereinte. Er folgte dem Wasserlauf etwa zehn Minuten und kam schließlich an eine Stelle, wo mehrere rund geschliffene Felsen so im Bett des Gewässers verteilt waren, dass man sie mit etwas Geschick als improvisierte Brücke benutzen konnte.

Bentley atmete tief durch und überquerte mit wenigen Sprüngen den Bach, wobei die Sohlen seiner Turnschuhe nicht einmal die Hälfte der Felsen berührten, die ein vernünftiger Mann als Absprungpunkt genutzt hätte.

Bald darauf betrat er die schmale Straße, die von Bowside Lodge zur A 836 führte. Hier kam er wesentlich schneller voran, aber er bemerkte allmählich, dass der lange Marsch durch das hohe Gras und den weichen Moorboden seine Wadenmuskeln reichlich strapaziert hatte. Die Zeit in der geschlossenen Abteilung des *Blofeld Health Centers* hatte seiner Kondition doch arg zugesetzt. Er wusste, dass es von Portskerra aus eine Busverbindung nach Thurso gab, aber von der kleinen Ortschaft trennte ihn ein gut einstündiger Fußmarsch. Deshalb entschied er, sich an der A 836 als Tramper zu versuchen, und schlenderte noch ein Stückchen in Richtung Thurso die Straße entlang. Schließlich erreichte er eine Ausweichbucht.

Nahezu reglos blieb er einige Minuten stehen, bis sich ihm von Westen her ein schäbiger Pickup näherte. Bentley hob einen Daumen und blickte freundlich auf das Gesicht hinter der Windschutzscheibe des reichlich ramponierten Fahrzeugs.

Wenige Sekunden später hörte er, wie der Fahrer den Fuß vom Gas nahm, und dann hielt die Rostlaube auch schon neben der Ausweichbucht mitten auf der Straße an. Bentley ließ den Daumen langsam sinken, während die vorwiegend aus Rost und abgeplatzten stumpfblauen Lackresten bestehende Beifahrertür geöffnet wurde. Eine dichte

Wolke aus Zigarettenqualm und Bierdunst wehte ihm entgegen.

»*Hallo, Laddie* – steig ruhig ein!«, rief eine fröhliche Männerstimme, nicht weniger rostig als das Gefährt, aus dem sie erklang. »Wo soll's denn hingehen?«

»Hallo«, erwiderte Bentley, während er der Aufforderung nachkam. »Nach Thurso.«

»Das ist gut, da ist auch für mich Endstation, *Laddie*«, meinte der dickliche Fahrer grinsend und rückte seine Baseballmütze zurecht. »Hast dich wohl verlaufen, oder was? Bist wohl nicht von hier?«

»Nein«, antwortete Bentley. Er hielt sich mit beiden Händen an seinem Sitz fest, als der Wagen einen Satz nach vorn machte.

»*Dae fockin' stupyid eyngine!*«, brüllte der Fahrer, als der Motor erst nach einer Reihe von Fehlzündungen wider allen Erwartens auf Touren kam.

»Was hast du eben gesagt, *Laddie*? Habe es bei dem Lärm nicht mitbekommen.«

»Nein! Ich komme nicht von hier!«, rief Bentley.

»Na, sieh an! Hab' ich mir schon gedacht. Obwohl ...«
Der Fahrer musterte ihn ausgiebig und lenkte das Fahrzeug dabei lässig mit einer Hand über die kurvenreiche Küstenstraße. Offenbar machte er die Tour so oft, dass er nicht auf die Fahrbahn achten musste.

»Kann mir nicht helfen, aber irgendwie kommst du mir verflucht bekannt vor! Kann's aber nicht richtig einordnen, verdammt!« Er kratzte sich am Kopf. »War dein Bild schon mal in der Zeitung, oder so? Du hast irgendwie was Besonderes an dir, *Laddie*, weißt du?«

»Ach was!«, erwiderte Bentley lächelnd, ohne den anderen anzusehen. »Danke für das Kompliment, aber ich bin nur ein ganz unbedeutender Mensch.«

»Das ist gut!« Der Fahrer nahm auch die rechte Hand vom Lenkrad und tippte an den Schirm seiner Mütze.

»Ich bin Wallace, kannst aber ruhig Wally zu mir sagen, das machen alle hier so. Komme aus Glasgow, aber das ist schon 'ne halbe Ewigkeit her.«

»Sam«, erwiderte Bentley. Das war der Name eines Wachmannes aus dem *Blofeld*.

»Und was arbeitest du so, Sam?«, erkundigte sich der Fahrer mit der freundlichen Unverschämtheit des echten Highlanders.

»Maler«, antwortete Bentley bescheiden, »und Anstreicher.«

»Und woher kommst du?«

»Aus Babylon.« Übergangslos wirkte Bentley sehr ernst. »Ein schlimmer Ort, wirklich!«

»*Barbie ... what?*« Der Fahrer glotzte ihn an, während er den Pickup einhändig durch eine gefährliche Haarnadelkurve manövrierte. »*Laddie*, wo zum Henker liegt das denn?«

»In einer gottverlassenen Ecke von Norfolk«, behauptete Bentley. »Da kann man etliche Meilen laufen, ohne einem einzigen Menschen zu begegnen. Kein Pub in der Nähe, nicht mal ein Laden mit *Outdoor Licence*.«

»Brrr!«, machte Wally mitfühlend. »Kein Bier, das ist schlimm. Und was macht man dort abends?«

»Man hängt allein in seinem Zimmer rum«, sagte Bentley wahrheitsgemäß. »Und starrt die Wände an.«

»Schrecklich! Da kriegt man ja schon vom Zuhören Lust, sich den Rest zu geben! Greif mal nach hinten, hinter deinen Sitz, da stehen noch ein paar Dosen Bier. Nimm dir auch eine.«

»Nein, danke«, wehrte Bentley ab, während er sich halb in seinem Sitz verrenkte und nach hinten beugte, um dem

Fahrer eine Dose Bier zu beschaffen. »Ist mir noch ein bisschen zu früh.«

Wallace zuckte seine Achseln, drückte den Ringpull seiner Dose mit dem Daumennagel weg und leerte sie mit einem langen, tiefen Zug. Dann ließ er einen zufriedenen Seufzer hören.

»Was hast du denn in Thurso vor, Sam?«

Bentley betrachtete nachdenklich das sich nähernde Hinweisschild *Thurso 20 m*, als würde sich dahinter etwas ungeheuer Bedeutendes verbergen.

»Nichts Besonderes«, antwortete er nach einigen Sekunden. »Ich treffe mich dort nur mit einem alten Bekannten.«

Connor war ein geduldiger Mann. Trotzdem begannen die Fehlschläge selbst ihn allmählich zu entmutigen.

Seit drei Tagen widerstand das rechteckige Feld in der Wand neben dem Tor, in dem sie eine Art Steuermechanismus vermuteten, hartnäckig all seinen Versuchen, seinem Geheimnis auf die Spur zu kommen.

Eigentlich hätte ihn das nicht wundern dürfen. Geoffrey Barnington, der schlaksige Engländer mit dem jungenhaften Gesicht, der die Ruinen monatelang erforscht hatte und schließlich auf diese unterirdische Kammer gestoßen war, hatte sich sehr viel länger erfolglos die Zähne an der uralten Anlage ausgebissen.

Die Kammer, die in etwa die Ausmaße und Form eines Handballfeldes hatte, lag rund fünfzig Meter tief unter einem unscheinbaren Steinpodest im Zentrum der zerfallenen Tempelanlage. Barnington hatte das Alter des Tempels auf ungefähr 1500 Jahre datiert. Die unterirdische Kammer dagegen war erheblich älter. Und sie unterschied sich durch ihre Bauweise eindeutig vom Rest der Ruinen.

Der Boden war aus dem gewachsenen Fels herausgemeißelt worden, die Wände und die Decke bestanden aus gigantischen Steinquadern – Megalithblöcken. Eine Architektur, die über das Jahr 3000 vor Christi zurückreichte und damit in der atlantischen Epoche anzusiedeln war.

Während die traditionelle Wissenschaft Atlantis immer noch für einen Mythos hielt, wussten es die A.I.M.-Mitarbeiter besser. Atlantis hatte definitiv existiert, und seine Hinterlassenschaften waren über den gesamten Erdball verstreut.

Man musste sie nur erkennen.

Doch dazu bedurfte es der Bereitschaft, das gängige Weltbild zu hinterfragen und sich auf ein Gebiet vorzuwagen, das allgemein als Spielwiese von Phantasten und Spinnern verschrien war. Und jeder, der diesen Schritt tat und sich öffentlich dazu bekannte, konnte sich darauf verlassen, von der Fachwelt mit Hohn und Spott überschüttet zu werden.

Nicht nur aus diesem Grund hielt das *Analytic Institute for Mysteries* seine bisher gewonnenen Erkenntnisse unter Verschluss. Der Verlust wissenschaftlicher Glaubwürdigkeit wäre für das private Forschungsinstitut, das weder auf öffentliche Gelder noch auf die Unterstützung etablierter Einrichtungen angewiesen war, das geringste Problem gewesen. Viel schwerer wogen die immensen Gefahren, die der unsachgemäße Umgang mit den Artefakten der Atlanter und ihrer geheimnisvollen Gegenspieler barg.

Denn ihnen wohnten auch heute noch, mehr als 5000 Jahre nach ihrer Entstehung, verheerende Kräfte inne, die nur ihre Erbauer richtig beherrscht hatten.

Die unterirdische Kammer selbst war in ihrer schlichten

Kargheit unscheinbar und bis auf ihr Alter nicht weiter interessant. Abgesehen von dem eigentlichen Tor und dem daneben in den Fels eingelassenen schachbrettmusterartigen Feld.

Nur Eingeweihte konnten das Tor als ein solches erkennnen, denn es bestand lediglich aus einem bogenförmigen, mit unauffälligen Ornamenten verzierten Rahmen, der aus dem Fels herausgemeißelt worden war. Dazwischen erstreckte sich eine glatte Gesteinsfläche ohne erkennbare Öffnungen, Spalten oder Trennfugen. Und dahinter, das hatten verschiedene Untersuchungen definitiv ergeben, gab es keinerlei weiterführende Gänge oder Hohlräume.

Links neben dem Tor war ein Quadrat von rund zwei Metern Kantenlänge etwa eine Handspanne tief in die Wand eingelassen worden. An den Rändern war die Einfassung leicht beschädigt worden, die Auswirkungen mörderischer Hitze, nachdem Xian Cheng Benzin in die Kammer geschüttet und es mit einer Napalmgranate entzündet hatte, um Valerie und Geoffrey zu verbrennen. Das Quadrat wiederum bestand aus fünf mal fünf ebenfalls quadratischen Feldern, die eine Art Schachbrettmuster bildeten. Und jedes dieser Felder enthielt eine Aussparung, in der passgenau pechschwarze geometrische Figuren steckten.

»Legen Sie Ihre Hand jetzt auf das Feld mit der viereckigen Pyramide«, sagte Connor, ohne den Blick von der Konsole mit Messanzeigen zu nehmen, die er auf seinem Arbeitstisch deponiert hatte.

Geoffrey Barnigton kam der Aufforderung mit gemischten Gefühlen nach.

Es war dasselbe Feld, in das Valerie vor gut einer Woche die kleine schwarze Pyramide eingefügt und damit das Tor aktiviert hatte. Nur so waren sie der Flammenhölle entgangen, mit einem verzweifelten Sprung durch den plötzlich substanzlos gewordenen Fels des Tores in einen domartigen Raum auf der anderen Seite, der ein surrealistisch anmutendes Gebilde beherbergte, die »schwarze Maschine«. Ob es sich bei dem fremdartigen Konstrukt tatsächlich um eine Maschine handelte, wussten sie bis heute nicht. Geoffrey hatte das Gebilde von der Größe eines doppelstöckigen Busses gegen Valeries Warnung berührt und damit irgendeinen verhängnisvollen Prozess in Gang gesetzt, der sich durch Kopfschmerzen und einen mörderischen Druck in den Augenhöhlen manifestierte. Und die Auswirkungen waren selbst hier noch zu spüren. Sie traten in unregelmäßigen Schüben auf und waren noch in einem Umkreis von mehr als zehn Kilometern um die Tempelanlage herum zu spüren.

Nach ihrer Rückkehr in die unterirdische Kammer hatte sich das Tor wieder geschlossen. Und so war es bis auf den heutigen Tag geblieben.

»Hmmm ...«, machte Connor langsam.

»Tut sich was?«, fragte Barnington nervös. »Ich meine, ändern sich die Werte?«

»Sie ändern sich nach *jeder* Berührung«, erwiderte der Schotte geduldig. »Die Spannung fällt ab, stabilisiert sich auf niedrigerem Niveau und baut sich kontinuierlich wieder auf, sobald der Kontakt abgebrochen wird.« Er schwieg einen Moment lang. »Berühren Sie jetzt das Feld mit dem Quader.«

»Kann ich das andere vorher loslassen?«

Connor seufzte fast unhörbar. »Natürlich.« Manchmal verhielt sich der Engländer so linkisch und begriffsstutzig, dass man an ihm verzweifeln konnte. Wie hatte er es nur geschafft, ein kompetenter Archäologe zu werden?

Wieder bewegte sich der Spannungsabfall genau in dem Bereich, den Connor erwartet hatte.

Seit zwei Tagen war er keinen Schritt weitergekommen. Gleich am ersten Tag hatte er, eher zufällig, festgestellt, dass die Felder des Schachbrettmusters von Schwachstrom durchflossen wurden. An sich kein bemerkenswertes Phänomen. Zwischen verschiedenen Materialien, die miteinander in Kontakt standen, kam es zwangsläufig zu einem minimalen Elektronenaustausch, sobald äußere Einflüsse auf sie einwirkten. Und diese Einflüsse, wie marginal sie auch sein mochten, waren unvermeidlich. Ein schwacher Luftzug durch die Ventilatoren, die Connor aufgestellt hatte, Wärmestrahlung der Lampen und menschlicher Körper, leichte Veränderungen in der Luftfeuchtigkeit durch Atmung und Transpiration, elektromagnetische Streufelder seines Laptops und der diversen Messgeräte, die sich nicht hundertprozentig abschirmen ließen, mechanische Einwirkungen ...

Doch dann hatte Connor eine Entdeckung gemacht, die eine natürliche Ursache für den Elektronenfluss nahezu ausschloss.

Jedes Feld, beziehungsweise jeder Körper darin, zeichnete sich durch eine ganz individuelle Spannungssignatur aus.

Die unterschiedliche Form und Größe der geometrischen Figuren allein reichte als Erklärung nicht aus, zumal sie alle – soweit es sich anhand ihrer Grundfläche beurteilen ließ – aus dem gleichen seltsamen Material bestanden. Und dieses Material, auf das die Abenteurer im Zusammenhang mit atlantischen Artefakten nicht zum ersten Mal gestoßen waren, stellte Connor vor ein Rätsel.

Mal ließ es sich wie ein Akku aufladen und speicherte Strom, als wäre es perfekt isoliert, dann wieder gab es die Spannung ohne erkennbare Ursache ab. Mal entlud sie sich blitzartig, ohne eins der angrenzenden Felder zu beeinflussen, dann wieder langsam und gleichmäßig.

Um äußere Einflüsse so weit wie möglich auszuschalten, hatte Connor die quadratische »Steuerkonsole«, wie er das Schachbrettmuster nannte, mit einer isolierenden Folie abgeklebt, unter der dünne Kabel zu Sensoren auf jedem einzelnen Feld führten.

Trotzdem waren seine Messergebnisse – im Rahmen einer marginalen Toleranzschwankung – gleich geblieben.

»Und nun berühren Sie die Kugel ...«, begann er und brach mitten im Satz ab, als er von der Treppe her Schritte hörte, die sich eilig näherten.

Leichtfüßige, geschmeidige Schritte. Ohne sich umzudrehen, wusste er, dass es nur Valerie Gideon sein konnte.

»Valerie!«, rief Barnington wie zur Bestätigung und verließ unaufgefordert seinen Posten. Plötzlich veränderte sich sein Tonfall. »Warum hast du deine Pistole gezogen?«

»Irgendjemand hat auf uns geschossen«, erwiderte die Israelin sachlich. Sie klang nicht allzu besorgt. »Keine Verletzten«, fuhr sie fort. »Nur ein einzelner Schuss. Ich schätze, dass es kein ernst zu nehmender Anschlag war. Vermutlich nicht mehr als eine etwas nachdrücklichere Aufforderung an uns, unsere Sachen zu packen und zu verschwinden. Aber wir sollten trotzdem vorsichtig sein.«

»Mr. Ericson?«, fragte Connor knapp.

»Hält oben die Stellung«, antwortete Valerie. Connor meinte, einen Anflug von Belustigung in ihrer Stimme zu entdecken, und ein Teil seiner Anspannung fiel von ihm ab. Die ehemalige Agentin hatte ein Gespür dafür, Gefahrensituationen richtig einzuschätzen.

»Wir haben hier unten überhaupt nichts gehört«, sagte der Engländer nervös. »Der lange Treppengang, die Ventilatoren und das Rauschen der Frischluftzufuhr schlucken alle Geräusche von oben. Was ist, wenn wir gerade in diesem Moment überfallen werden?«

Valerie betrachtete die kleine 22er, die sie noch immer in der Hand hielt, und schob sie demonstrativ in das Holster zurück. »Geoffrey, niemand wird uns überfallen. Wenn wir es mit einem professionellen Gegner zu tun hätten, wären Tom und ich jetzt tot. Wir haben uns ihm wie Zielscheiben im Licht präsentiert, während er im Schutz der Dunkelheit Zeit genug gehabt hätte, einen Treffer anzubringen.«

Connor fragte sich, ob Valeries Unbekümmertheit echt oder nur gespielt war. Andererseits kannte er die Ex-Agentin lange genug, um zu wissen, dass man sich auf sie verlassen konnte, wenn es hart auf hart kam.

Geoffrey Barnington schien da anderer Meinung zu sein. »Xian Cheng ...«,

»... ist zwar ein Idiot«, fiel ihm Valerie ins Wort, »aber auch nicht *so* blöd. Wenn er wirklich hier wäre, hätte er ...«

Ohne jede Vorwarnung erlosch das Licht. Das helle Surren der Ventilatoren wurde tiefer und langsamer. Das leise Fauchen der Frischluftzufuhr verstummte.

Barnington stieß einen unterdrückten Schrei aus.

»Ihr bleibt hier, ich sehe nach«, flüsterte Valerie. Sie huschte davon. Diesmal konnte Connor ihre Schritte kaum hören.

Er überlegte kurz, ob er die Notbeleuchtung einschalten sollte, entschied sich dann aber dagegen. Der Computermonitor und der Bildschirm der Videokamera, die er auf die »Steuerkonsole« ausgerichtet hatte, um jeden Schritt ihrer Operationen zu dokumentieren, spendeten ausreichend Licht und erhellten die Kammer notdürftig. Aber wiederum nicht genug, als dass sie einem möglichen Schützen ein gutes Ziel geboten hätten. »Verschwinden Sie aus dem Eingangsbereich«, forderte er Barnington trotzdem auf.

Der Treppengang gähnte wie ein bodenloses schwarzes

Loch in den Megalithblöcken. Connor drückte sich neben der ersten Stufe gegen die Felswand und lauschte angestrengt. Jetzt, da in der unterirdischen Kammer fast vollkommene Stille herrschte, würden ihm Schüsse oder Schreie von oben nicht entgehen. Er spannte sich an, als er das leise schabende Geräusch hörte.

»Ganz ruhig da unten«, klang kurz darauf Valeries Stimme auf. »Ich bin's. Alles in Ordnung. Tom hat den Generator nur abgeschaltet, weil das Dröhnen alles andere übertönt und wir da oben jetzt praktisch blind sind. Hier, ein kleiner Imbiss von Maria.« Sie stellte einen runden Gegenstand auf dem Boden ab. »Hühnchen in roter Kokosnusssauce mit frischem Ingwer. Riecht köstlich. Lasst mir was übrig. Ich gehe wieder hoch und passe auf. Nur für alle Fälle.«

»Soll ich Sie begleiten?«, fragte Connor.

Valerie schüttelte den Kopf. »Die Schießerei hat alle unsere Wachen auf den Plan gerufen, und Sie sind unbewaffnet. Sollte es tatsächlich zu einem Angriff kommen, sind Sie hier unten sicherer. Nein«, kam sie einem Einwand Barningtons zuvor, »ich rechne wirklich nicht damit. Aber ihr könntet da oben sowieso nichts ausrichten. Außerdem müssen wir endlich dieses verdammte Tor knacken – sofern es überhaupt zu knacken ist. Je eher wir Ergebnisse erzielen, desto eher können wir diese Waschküche wieder verlassen und uns auf Oake Dùn von Mortimer einen guten alten Malt vor dem Kamin servieren lassen.«

»Aber ...«, begann Geoffrey.

Connor legte dem Engländer eine Hand auf die Schulter. »Ms. Gideon hat Recht«, sagte er ruhig. »Wir sind hier unten besser aufgehoben. Und ich brauche Ihre Hilfe. Kommen Sie.« Er nickte Valerie zu.

Geoffrey bedachte Valerie mit einem unschlüssigen Blick,

doch dann folgte er dem Schotten gehorsam zu ihrem Arbeitsplatz neben dem Tor. Als er sich kurz umdrehte, war die Frau mit dem silberblonden Haar schon wieder verschwunden.

»Und was jetzt?«, fragte er ratlos.

»Schalten Sie die Notbeleuchtung an«, erwiderte Connor, während er sich in seinen Stuhl sinken ließ. Obwohl es nur Einbildung sein konnte, hatte er das Gefühl, als würde die Luft nach dem Ausfall der Ventilatoren und der Umwälzanlage bereits stickiger werden. »Aber mit minimaler Leistung. Wir brauchen die Energiereserven, um ...«

Er erstarrte. Der Computermonitor zeigte die gewohnten Grafiken und Tabellen mit den Werten der Messsensoren. Aber auf dem Kontrollbildschirm der Videokamera ...

»Halt!«, rief Connor scharf und sah aus den Augenwinkeln heraus, wie Barnington zusammenzuckte. »Lassen Sie die Beleuchtung ausgeschaltet. Kommen Sie her. *Das* müssen Sie sich unbedingt ansehen!«

Als Bentley in der Nähe der Princess Street aus dem Pickup stieg und sich bei Wally fürs Mitnehmen bedankte, war es kurz vor zwölf Uhr. Er blieb eine Weile auf dem Bürgersteig stehen, um sich zu orientieren. Für eine Stadt im hohen Norden Schottlands war Thurso auch außerhalb der Feriensaison recht belebt. Passanten beäugten den hageren Mann misstrauisch, als würden sie sofort erkennen, dass er nicht von hier kam. Bei einer Stadt mit fast 10.000 Einwohnern eigentlich undenkbar, da niemand sich so viele Gesichter merken konnte.

Soweit es Bentleys Kleidung betraf, unterschied sie sich eigentlich nicht großartig von dem, was die meisten der Passanten seiner Altersgruppe trugen. Stonewashed Jeans,

Tanktop, darüber Regen- oder Bomberjacke. Anders uniformiert waren die Jüngeren, vor allem die Mädchen, die trotz des Wetters in Leggins und Pullis herumliefen, dazu billige Schuhe mit Formen, die vielleicht Anfang der 80er Jahre als modisch gegolten hatten, wenn überhaupt. T-Shirts mit Heavy-Metal-Emblemen waren ebenfalls sehr populär, fast konnte man meinen, dass sich das gesamte Fandom von *Iron Maiden* und besonders *Def Leppard* aus den Bewohnern dieser Kleinstadt rekrutierte.

Bentley bemerkte die neugierigen Blicke, manche nur kalt und abschätzend, andere voller Hass. Er konnte nur vermuten, dass einige der Passanten ihn für einen *Dirty Weeker* hielten. *Weeker*, damit wurden hier die Einwohner der fünfzig Meilen südöstlich liegenden Stadt Wick bezeichnet. Für die Leute aus Thurso war Wick das Allerletzte – warum, das wusste eigentlich niemand. Es spielte ohnehin keine Rolle, da die Animositäten sich auf feindselige Blicke beschränkten. So gefährlich und provozierend manche dieser Blicke auch wirkten, Bentley wusste genau, dass ihn niemand ansprechen oder gar beschimpfen würde, nicht einmal die Betrunkenen, von denen es hier nicht wenige gab. Fremde waren in Thurso gern gesehen, sie brachten Geld in die Stadt und Abwechslung, vor allem Abwechslung ...

Da Bentley nicht gefrühstückt hatte, schloss er sich dem dünnen Strom der Richtung Innenstadt laufenden Menschen an. Bald stand er etwas ratlos vor *Sandra's Snack Bar*, unentschlossen, ob er hineingehen sollte oder nicht. Der Fahrer des Pickups hatte so ziemlich jedes Futterloch in der Stadt gekannt, und Bentley war dank seiner Ausführungen auf dem aktuellen Stand.

Durch die Fensterscheibe sah er den Betreiber des Schnellrestaurants, den die Einheimischen wegen seines

Aussehens »Super Mario« nannten. Bis auf die britische Variante der Pommes frites, die beliebten *Chips*, war das Essen in diesem Laden eigentlich recht ordentlich und zudem preisgünstig. Beim Anblick von »Super Marios« Haar, das ihm wie eingeölt am Schädel klebte, musste Bentley jedoch unwillkürlich an das Frittierfett der zweifelhaften *Chips* denken, was ihm augenblicklich jeden Appetit auf die Angebote dieses Etablissements verschlug.

Er fragte sich, ob wohl das *Bews Butchers* noch existierte, wo man neben ausgezeichneten Steaks auch sehr gute Gemüsegerichte serviert bekam – und als kostenloses Rahmenprogramm zum Essen die kauzigen Dialoge der Betreiber. Aber er wollte nicht so viel Zeit vertrödeln und entschied sich deshalb dagegen, das Restaurant aufzusuchen.

Top Joes, vielleicht? Früher war es einmal der populärste Pub von ganz Thurso gewesen, aber sein geschwätziger Informant hatte erwähnt, dass es in jüngerer Zeit als Schwulentreff in Verruf geraten war. Bentley hatte zwar nicht unbedingt etwas gegen Schwule, aber er wollte beim Essen seine Ruhe haben. Schließlich gab er sich einen Ruck und nahm Kurs auf *The Station*, das zwar laut Wallys Auskunft unter dem Weggang von Ewen Anderson und Willie Cooper beträchtlich gelitten hatte, aber immer noch ordentlichen, preiswerten *Pub Grub* bot, wenn er den Aussagen des Fahrers vertrauen durfte.

Er bestellte das einfachste Gericht von der Karte, *Ploughmans Lunch*. Echter, lokaler Käse von der örtlichen Genossenschaft, wie er ihn aus seiner Kindheit kannte. Dafür stammte das schale *Pickle* garantiert aus dem nächsten *Tesco*, genau wie das pappige Toastbrot, und statt englischem *Lettuce* gab es grünen, kontinentaleuropäischen Kopfsalat, auf den er bereits im *Blofeld* einen abgrundtiefen Hass entwickelt hatte.

Niemand baut mehr richtigen Salat an, sagte eine der Stimmen in seinem Kopf. *Auch auf Oake Dùn macht sich keiner mehr die Mühe, wetten? Ian Sutherland hat den guten, englischen Blattsalat schon als Kind gehasst, weil er es eklig fand, dass man vorher immer das Ungeziefer herauswaschen musste. Bestimmt lässt er sich vom Tesco den Scheiß-Kopfsalat liefern, den nur Holländer, Deutsche und Schweine fressen, die keine Ahnung haben, was richtiger Salat ist.*

»Lettuce ...«, murmelte er verärgert.

»Irgendwas nicht in Ordnung, *Laddie?*«, rief ihm die Wirtin zu.

»Keineswegs«, erwiderte er freundlich, und reckte den rechten Daumen in die Höhe. »Alles in bester Ordnung, *mae bonnie lass!*«

Die Wirtin, die zwar hübsch, aber keineswegs mehr ein Mädchen war, quittierte das Kompliment mit einem Lächeln und widmete sich danach wieder ihrer Arbeit.

Als Bentley das *The Station* verließ, befanden sich in seiner Hosentasche noch knapp zwanzig Pfund in Scheinen und Münzen. Das Kleingeld aus dem Portemonnaie von Amanda Wyss. Keine Kreditkarten, leider.

Er brauchte dringend Geld. Viel Geld. Aber das war eigentlich kein großes Problem.

Sean würde ihm helfen. Wo George nicht weiterkam, fiel *Sean* immer etwas ein.

Nach einer knappen Viertelstunde hatte er die Innenstadt von Thurso hinter sich gelassen und befand sich nun in jenem Teil des Hafens, den die meisten Touristen niemals zu Gesicht bekamen. Baracken und hässliche, eingeschossige Steinbauten wechselten sich mit hoch umzäunten Schrottplätzen und Außenlagern ab, in denen sich wahre Gebirge aus Baustoffen und Schmierölfässern auftürmten. Viele der Firmen hatten schon vor Jahren Konkurs angemeldet, und verwitterte Schilder mit der ehemals leuchtend roten Aufschrift FOR SALE oder TO LET zeigten nur allzu deutlich, welchen Weg die Konjunktur hier in den letzten Jahren gegangen war.

Die meisten der ortsansässigen Kleinunternehmen hatten die US-Navy beliefert, die hier bis vor einigen Jahren einen Horchposten unterhalten hatte. Baumaterial, schottischer Lachs und Schellfisch waren gegen nagelneue Armeezelte und Militärbekleidung getauscht worden, die ein korrupter Quartiermeister mit gefälschten Bedarfsanforderungen beschafft hatte. Im Umland von Thurso fuhren immer noch mindestens zwei Dutzend Hummer-Geländewagen herum, die aus Ersatzteilen zusammenmontiert waren, Stück für Stück importiert, damit es ja niemandem auffiel. Der größte Clou war ein Posten von drei Dutzend äußerst kostspieligen Elektrogitarren gewesen, als Bedarf für eine Militärkapelle des Stützpunktes deklariert, die niemals existiert hatte. Doch mit dem Versiegen des Füllhorns der Marine war es mit einem Schlag sehr still in diesem Viertel geworden.

Bentley erreichte ein von einer niedrigen Mauer gesäumtes Hofgrundstück, in dem ein knapp fünf Meter hohes, trostloses Gebäude aus rissigem Fertigbeton stand. Er bog auf die Einfahrt ab und ging an der Seite des Gebäudes entlang, bis er vor einer tannengrün gestrichenen Tür stand. Sein Blick wanderte zu dem verblichenen Schild hinauf, dessen geschwungene Bemalung an die Zeiten erinnerte, als jedem Gewerbetreibenden noch Wohlstand garantiert war, wenn er sich mit dem Titel »Lieferant des Königshauses« schmücken durfte.

Lucretius Simpson & Son, Family & County Butchers
Fine Mutton & Highland Game

Hinter der Tür vernahm er ein regelmäßiges, monotones Geräusch. Unverkennbar eine scharfe, schwere Klinge, die wie ein Fallbeil auf einen Holzblock krachte.

Er drückte gegen die Tür, die sich knarrend öffnete. Ein eiskalter, Ekel erregender Hauch wehte ihm entgegen. Abgestandene Schlachthausluft. Das *post-mortem*-Aroma toter Lämmer, die in langen Reihen zwischen Neonröhren von der niedrigen Decke hingen, die kopflosen Leiber obszön aufgebrochen.

Bentley trat über die Schwelle. Seine Schritte wurden von dem dicken Belag aus blutdurchtränktem Sägemehl gedämpft, mit dem der Estrich fast vollständig bedeckt war.

Langsam ging er auf die erste Reihe der Kadaver zu. Er legte seinen Kopf auf die Seite und starrte in die blutige Bauchhöhle eines der toten Lämmer. Als das alte, vertraute Bild in seinem Kopf entstand, setzte er ein jungenhaftes Grinsen auf.

Schau es dir an! Wie das Maul eines Riesen, Sean!, wisperte eine Stimme in seinem Kopf, die nicht zu jenen gehörte, die ihm seit einigen Jahren so arg zusetzten, und doch sehr vertraut war.

Die Rippen, das sind die Zähne, und der Bauch ist der Rachen, siehst du?

Bentley streckte vorsichtig seine Hand aus und schob sie in die ausgeweidete Bauchhöhle, um die Spitze des Eisenhakens zu ertasten, an dem der Kadavers hing. Ein Schwarm von dicken Schmeißfliegen stob aus dem Tierkörper auf und summte wütend an ihm vorbei.

Verzückt berührte er die Spitze des Hakens mit einem Finger und registrierte gar nicht, wie das monotone Hämmern mit einem letzten, hallenden Schlag verstummte.

»Hey, *Laddie* – was machst du da?«, brüllte eine heisere Männerstimme.

Bentley drehte sich langsam herum. Sieben oder acht Schritte von ihm entfernt stand ein Mann in einem fleckigen, blutbesudelten Kittel. Mit den kurzen, kräftigen Fingern seiner rechten Hand umklammerte er den Griff eines Schlachterbeils auf eine Weise, die keinen Zweifel daran ließ, dass er sehr gut mit diesem Werkzeug umzugehen verstand.

Doch was Bentley in erster Linie bemerkte, war das Gesicht des Mannes, die schwarzen Flecken und Wucherungen auf dem unrasierten Kinn und den Wangen, der grausig verzerrte Mund, der fast kahle, kantige Schädel, aus dem sich nur vereinzelte Haarbüschel emporreckten wie palmenbewachsene Inseln auf der Karikatur eines Globusses. Sie flimmerten im Eishauch der stotternden Klimaanlage und dem blaustichigen Neonlicht fluoreszierend wie mikroskopische Glasfaserlampen. Bentley konnte sich an den vielfältigen, kruden Details dieser Visage gar nicht satt sehen.

Plötzlich wich die Aggressivität in den Augen des Schlachters dem Flackern aufkeimenden Zweifels, als er vorsichtig einen Schritt näher trat, um das Gesicht des ungebetenen Besuchers genauer zu taxieren.

»Sean?«, fragte der Schlächter unsicher. »Sean, bist du das?«

Bentley schwieg, da er auf diese Frage nichts zu antworten wusste. Der Name SEAN erschien ihm weitaus vertrauter als GEORGE BENTLEY. Genau wie ihm dieser Mann, der Schlächter, bekannt vorkam. Er hieß ...

Homer.

»Ja, Homer. Ich bin es«, erwiderte er zögernd.

Homer streckte eine Hand aus und machte Anstalten, sich in Bewegung setzen, um auf *Sean* zuzugehen, ihm die Hand zu schütteln, ihm auf die Schulter zu klopfen und ihn dann zu umarmen, wie sie es früher getan hatten. Doch dann ließ er die Hand sinken und sah den anderen verlegen an.

»Ich sehe schlimm aus«, sagte er, als müsste er Bentley etwas mitteilen, was diesem keineswegs entgangen sein konnte. Er hob die linke Hand, ballte sie demonstrativ zur Faust und ließ sie in einer theatralisch wirkenden Geste der Ohnmacht wieder sinken.

»Diese Schweine in Dounreay«, fuhr er mit zitternder Stimme fort. »Die Situation hatte sich ein wenig zugespitzt, ein oder zwei Jahre nachdem du abgehauen bist. Mein Alter hat mich vor die Tür gesetzt, also bin ich rüber nach Dounreay, die haben damals jeden eingestellt, der zwei Beine hatte. Ich habe mit Dan, einem langhaarigen *Weeker*, die alten Brennstäbe zu einem Depot am Meer rausgefahren. Wir hatten die Spätschicht, als es passiert ist. Bier, die läppischen Sexheftchen, die sie damals als Pornos bezeichneten ... Ein lauer Job, und gut bezahlt obendrein.«

Er lachte humorlos. »Es war schon nach Mitternacht, wir hatten gar nicht damit gerechnet, dass sie uns noch rausschicken würden. Wir hatten es ein wenig übertrieben, waren sternhagelvoll. Kurz vor Portskerra sind wir dann in einen Tanklaster reingeknallt. Es war fürchterlich, nur noch Flammen und Dans Schreie ... Schrecklich. Dan hat's nicht geschafft.«

Der Schlachter ließ das Beil achtlos fallen. Es ging dumpf polternd zu Boden und wirbelte eine Wolke aus Sägemehl auf.

Dounreay. Bentley erinnerte sich. Ein Atomkraftwerk, ein schneller Brüter, keine sechs Meilen von Portskerra entfernt. Die größte nukleare Dreckschleuder Westeuropas, neben Sellafield, natürlich. Bentley sah undeutlich die Schlagzeilen in den links gerichteten und liberalen Tageszeitungen vor seinem inneren Auge auftauchen, die Behauptungen der damaligen Opposition, die Tories in London würden den Atommüll der Deutschen, den diese selbst nicht im Land haben wollten, in Dounreay verheizen.

»Irgendwie haben sie mich aus dem Wrack rausgeholt«, fuhr der Schlachter fort. »Zuerst haben die Sanitäter mir auf die Schulter geklopft, keine nennenswerten Verletzungen, nur Verbrennungen ersten Grades, haben sie gesagt.«

Plötzlich nahm sein Gesicht einen Ausdruck absoluter, nackter Furcht an, als er weiter sprach.

»Aber das wirkliche Problem war nicht die Ladung des Tanklasters, sondern unsere eigene. Die Behälter waren durch die Hitze aufgeplatzt. Der Krebs hat sich zwanzig Jahre Zeit gelassen. Zwanzig Jahre, Sean! Dabei lief zunächst alles sehr gut. Habe sechs Wochen krankgefeiert, danach drei Wochen Erholungsurlaub in Griechenland, auf Kosten der Firma, versteht sich! Nun stell dir vor, kaum komme ich nach Hause, da dankt mein Alter ab! Ich habe den ganzen Laden geerbt, war ja sonst keiner da. Das Atomkraftwerk habe ich nie wieder gesehen, wie du dir vorstellen kannst. Und die Schlachterei habe ich sofort dichtgemacht und mit dem Geld meinen eigenen Laden hochgezogen, und der lief verdammt nicht schlecht. Mindestens zehn Parkbänke hier tragen mein Namensschild, und im Neubau vom Pfadfinder-Clubhaus stecken fünf Riesen von mir. Aber nach zwanzig Jahren hat sich der Scheiß-Atommüll in meine Eingeweide durchgefressen, sich in meine Leber, meine Gedärme und andere Körperteile, die man nicht erwähnt, wenn man bei der Queen Mum zum Tee geladen ist, eingenistet.« Er senkte seinen Kopf, mitgenommen von der Retrospektive seines eigenen Schicksals.

»Homer ...«

Bentley begann zu reden, ohne dass er es eigentlich wollte. Erstaunt nahm er zur Kenntnis, was er sagte, so als ob es ein anderer erzählen würde.

»Homer, erinnerst du dich noch an die Zeit damals, zur Flussmündung rauf, wo wir uns immer getroffen haben? Weißt du noch, wie du deinem Alten die Flasche *Buckfast* geklaut hast? Mann, was hab' ich von dem Zeug kotzen müssen!«

»Ja«, bestätigte Homer und gab ein seltsames Glucksen von sich, das Lachen eines Mannes, der sonst nicht viel zu lachen hat. »Wir haben uns gar nicht vorstellen können, warum die Erwachsenen so was saufen.«

Er sah Bentley fragend an. »Soll ich uns einen Tee aufsetzen? Entschuldige, dass es so dreckig ist hier. Kommt nur selten jemand vorbei. Die Leute haben wohl Angst, dass sie eines Tages genauso aussehen könnten wie ich. Ich hoffe doch, dass du ein bisschen Zeit für einen alten Kumpel mitgebracht hast.«

»Oh«, machte Bentley und lächelte sanft. »Ich habe alle Zeit der Welt, Homer.«

Unmittelbar bevor sie in den Wald eintauchten, warf Thomas Ericson einen Blick zurück auf die Tempelanlage. Valerie hatte eine einzelne Petroleumlampe am Fuß des Steinpodestes aufgestellt, von dem aus die Treppe in die Torkammer hinabführte. Die Lampe selbst wurde von einer niedrigen Mauerbrüstung verborgen, aber ihr schwacher Schein bot den beiden Männern eine Orientierungshilfe.

Es gab nur einen relativ schmalen Abschnitt im Dschungel, von dem aus man das Basislager einsehen konnte. Tom und Nguyên hatten einen Bogen geschlagen und drangen ein paar hundert Meter rechts des oder der vermuteten Heckenschützen in den Wald ein. Der Vietnamese war bis auf eine Machete unbewaffnet.

Das fahle Licht eines Blitzes drang nur wenige Schritte weit in den Dschungel, der von einem dichten verfilzten Dickichtstreifen gesäumt wurde. Obwohl sich Nguyên unmittelbar vor ihm geduckt durch das Gestrüpp schob, konnte Tom den jungen Mann nicht sehen und kaum hören. Er kam sich ziemlich unbeholfen und hilflos vor und zweifelte nicht zum ersten Mal daran, ob es vernünftig gewesen war, auf Nguyêns Vorschlag einzugehen. Irgendetwas huschte nur eine Hand breit neben ihm raschelnd durch das verrottende Laub, das den Boden bedeckte, und ließ ihm trotz der schwülen Hitze einen kalten Schauder über den Rücken laufen. Dann wichen die Büsche und Sträucher weiter auseinander, und das Unterholz wuchs nur noch spärlich.

Es war so finster wie in einer Gruft. Tom musste sich zwingen, nicht die Taschenlampe einzuschalten. Seine überreizte Phantasie gaukelte ihm Trugbilder vor, undeutliche Schemen am Rande seines Blickfeldes. In seiner Stirnhöhle breitete sich ein leichter Druck aus, der auf seine Augäpfel ausstrahlte. Einbildung oder die geheimnisvolle Auswirkung des Tores? Er zuckte zusammen und blieb stehen, als er eine Hand auf seiner Schulter spürte.

»Warten wir einen Moment«, hauchte ihm Vân Nguyên ins Ohr. »Immer nur ein paar Schritte, dann anhalten und lauschen.«

Tom nickte und zog einen kleinen Kompass hervor, der schwach phosphorisierte. Sie mussten sich genau nach Norden halten.

Erstaunlicherweise gab es hier im Wald deutlich weniger Moskitos als auf der um die Tempelanlage gerodeten Lichtung, und ihr Summen klang längst nicht so nervtötend schrill. Überall in den Baumwipfeln hoch oben tröpfelte es, aber nicht ein einziger Tropfen schien den Boden zu erreichen. Es war spürbar kühler geworden, fast schon angenehm, wäre nicht die enorme Luftfeuchtigkeit gewesen.

Als sie nach einem Dutzend Schritten wieder reglos verharrten, hörte Tom ein Rauschen, das von allen Seiten gleichzeitig zu kommen schien. Zuerst hielt er es für eine Reaktion seines Gehirns auf die fast vollkommene Stille, doch als der bläuliche Widerschein eines Blitzes durch Lücken im dichten Blätterdach drang, wurde ihm bewusst, dass Wind aufgekommen sein musste.

Endlich!, dachte er erleichtert.

Wieder ein Dutzend Schritte, eine kurze Pause und die nächste Etappe. Das Rauschen der Blätter verschluckte alle anderen Geräusche. Tom warf wiederholt einen Blick auf den Kompass. Sie bewegten sich immer noch genau nach Norden. Es war ihm rätselhaft, wie der Vietnamese in der Dunkelheit die Orientierung behielt.

Das matte Glühen des Kompasses hinterließ jedes Mal ein schwaches Nachbild auf Toms Netzhaut, sobald er angestrengt in die Dunkelheit starrte, und er musste mehrmals blinzeln, bis es wieder verschwand. Doch diesmal blieb es hartnäckiger. Er schloss einige Sekunden lang die Augen und wartete, dass der kreisförmige wabernde Fleck verblasste. In dieser Finsternis hätte er sie ebenso gut ständig geschlossen halten können, aber ein kreatürlicher Instinkt, der stärker als alle Vernunft war, zwang ihn, sie schon nach kurzer Zeit wieder zu öffnen.

Das Nachbild war immer noch nicht verschwunden. Im Gegenteil, es war intensiver geworden, und es wanderte nicht mit seiner Blickrichtung, wenn er den Kopf drehte, sondern schwebte an derselben Stelle.

»Vân«, flüsterte Tom, tastete nach dem jungen Vietnamesen und umklammerte seine Schulter. »Da, sehen Sie!«

»Was?«, flüsterte Nguyên zurück. »Wo?«

»Da!« Tom streckte eine Hand aus und biss ärgerlich die Zähne zusammen, als ihm klar wurde, dass sein Begleiter die Geste unmöglich sehen konnte. »Dreißig bis vierzig Grad rechts von uns, etwa ein Dutzend Schritte entfernt.«

Wieder blitzte es hoch über ihnen, und diesmal schien es mehr als ein fernes Wetterleuchten gewesen zu sein, denn dem ersten Blitz folgten ein zweiter, ein dritter und ein vierter in Sekundenabständen. Das Rauschen in den Baumwipfeln wurde lauter, ein gedämpftes Grollen klang auf, als stürzte eine Geröllawine einen Berghang hinab.

Und die Umrisse des schimmernden Schemens verfestigten sich.

»Ich sehe nichts«, erwiderte Nguyên leise.

Tom spürte, wie ihm das Blut in den Adern gefror. Er bemerkte gar nicht, dass er den Revolver gezogen und auf die silbrig leuchtende Gestalt gerichtet hatte. *Kar!*, durchzuckte es ihn.

Die Gestalt schien einen halben Meter über dem Boden zu schweben. Sie war in etwa so groß wie ein Mensch und fluoreszierte bleich wie der Bauch einer toten Kröte. Ihre Umrisse waren halbwegs humanoid, doch ihr Kopf glich dem einer Echse. Eine fliehende Stirn, eine fast ebene Nasenpartie mit geschlitzten Atemöffnungen, breite vorgewölbte Kiefer und riesige Augen wie zwei schwarze, bodenlose Höhlen. Als die Kreatur das lippenlose Maul öffnete, entblößte sie zwei Reihen spitzer Zähne.

Ein scharfes doppeltes Klicken vor ihm ließ Tom erstarren, bevor ihm bewusst wurde, dass es von seinem Colt stammte. Er hatte automatisch den Hammer des Revolvers bis in die zweite Position durchgezogen, sodass sich die

Trommel um eine Kammer drehte. Es kostete ihn Überwindung, nicht abzudrücken und eine Kugel auf die geisterhafte Gestalt abzufeuern.

»Was sehen Sie?«, flüsterte Vân Nguyên in sein Ohr.

Eine aufrecht gehende, nackte, schuppenbedeckte, leuchtende Echse, wollte Tom antworten, als ihm ein schrecklicher Verdacht kam. Die Waffe in seiner Hand zitterte leicht und schwenkte herum. Es war unmöglich, dass Nguyên die Echse nicht ebenfalls sah. Hatte der Vietnamese ihn in eine Falle gelockt? Waren er und der unbekannte Schütze Handlanger der geheimnisvollen Wesen aus grauer Vorzeit?

Tom wich einen Schritt zurück. Der Lauf des Revolvers deutete jetzt dorthin, wo er Nguyêns Brust vermutete. Seine linke Hand nestelte an der Beintasche der Khakihose herum, in der die Taschenlampe steckte. Er musste sehen, ob der Vietnamese die Machete ...

»Was ist los?«, fragte Nguyên eindringlich.

Die Erkenntnis traf Tom wie ein Schlag. Eigentlich hätte die leuchtende Echse die nähere Umgebung zumindest notdürftig erhellen müssen, aber er konnte nicht einmal den Boden unter ihren Füßen sehen, geschweige denn die Baumstämme oder Vân Nguyên. Aber wenn sie kein Licht ausstrahlte, wieso sah er sie dann?

Ein leichtes Schwindelgefühl erfasste ihn. Er spürte, wie der Druck in seinen Augenhöhlen zunahm. Die stechenden Kopfschmerzen wurden intensiver. Ich halluziniere, dachte er, ließ den Hammer in die Ruhestellung einrasten und senkte die Waffe.

»Ich glaube ...«, begann er.

Ein schriller Schrei zerriss die Stille, gefolgt von einem peitschenden Schuss.

»Runter!«, zischte Nguyên.

Tom ließ sich auf den feuchten Boden fallen. Sein Revolver ruckte in die Richtung herum, in der er den Mündungsblitz hatte aufflammen sehen. Ein zweiter Schuss. Die gleiche Waffe. Unverkennbar ein Kleinkalibergewehr. Im selben Moment ließen der Druck in Toms Augenhöhlen und die Kopfschmerzen schlagartig nach. Die silbrig schimmernde Echse zerplatzte wie eine Seifenblase.

»Bleiben Sie hier«, flüsterte Nguyên. Tom spürte den warmen Atem des Vietnamesen über seine Schläfe streichen. »Ich werde versuchen, den Kerl zu schnappen.«

Ohne eine Antwort abzuwarten, huschte der kleine Mann davon.

Tom widerstand dem Impuls, ihm zu folgen. In diesem stockdunklen Dschungel würde er ihn eher behindern, als ihm eine Hilfe sein.

Das Rauschen hoch über ihm wurde lauter, untermalt von dumpfem Donnergrollen. Tom visierte über den Lauf des alten Single Action hinweg ins Nichts. Auch wenn die geisterhafte Echsengestalt nur eine Halluzination gewesen war, hieß das lange noch nicht, dass Vân nicht mit dem Schützen unter einer Decke steckte. Andererseits hätte er mehr als nur eine günstige Gelegenheit gehabt, seinen Begleiter umzubringen oder zumindest niederzuschlagen. Ericson schüttelte unwillig den Kopf und umklammerte den Revolver fester. Er hatte sich das Heft des Handelns aus der Hand nehmen lassen und sich wie ein Grünschnabel benommen.

Irgendwo vor ihm, vermutlich im Dickichtstreifen am Rand der Lichtung, raschelte es, dann klang ein erstickter Schrei auf. Eine Männerstimme, eindeutig nicht die von Nguyên, sprudelte etwas auf Birmanisch hervor, nicht mehr als zwanzig Meter entfernt. Obwohl Tom außer den Worten für Krokodil und Fremde nichts verstand, konnte er die Panik aus der Stimme heraushören. Die zweite

Stimme, scharf und gebieterisch, gehörte unverkennbar dem Vietnamesen.

»Mr. Ericson, alles in Ordnung!«, rief Nguyên kurz darauf. »Sie können jetzt Ihre Taschenlampe benutzen. Kommen Sie!«

Tom zog die Stabtaschenlampe hervor, schaltete sie an und schwenkte sie hin und her, ohne den Revolver einzustecken. Der gebündelte Strahl glitt über Baumstämme und den blätterbedeckten Dschungelboden, bis der Lichtkegel zwei Gestalten in den Büschen am Waldrand erfasste.

»Es ist Saw Thu Zon«, erklärte Nguyên, als der Archäologe die beiden erreicht hatte. »Ein Köhler aus Kengtong. Er ist allein. Und er sagt, dass er niemanden verletzen wollte.«

Ericson schob den Revolver zögernd in das Holster zurück und musterte den Mann, der zitternd auf dem Boden kauerte. Vielleicht lag es nur am Licht der Taschenlampe, aber Saw Thu Zons Gesicht wirkte kalkweiß. Seine Augen waren riesig, und auf seiner Stirn glitzerten Schweißperlen.

Seltsamerweise war das Erste, was Tom verspürte, Verlegenheit. Weder Zorn noch Angst, noch Erleichterung. Er ertappte sich bei dem Gedanken, dass Valerie bestimmt eine süffisante Bemerkung für ihn übrig haben würde, sobald sie erfuhr, was hier geschehen war.

»Warum?«, fragte er rau. »Warum hat er auf uns geschossen?«

Der Birmane starrte ihn ängstlich an.

»Er spricht kein Englisch«, sagte Nguyên, »und ich hatte noch keine Zeit, ihn näher zu befragen, aber offenbar wollte er Sie nur erschrecken und vertreiben.« Er hielt die Waffe des Heckenschützen in den Händen, den Lauf auf den Boden gerichtet. Ein kleinkalibriges Jagdgewehr, wie Tom vermutete hatte. »Und er behauptet, gerade den *Geist des wandelnden Krokodils* gesehen zu haben. Die letzten beiden Schüsse haben nicht uns gegolten.«

Ein Tropfen zerplatzte auf Toms Gesicht, dann ein zweiter. Erst jetzt begriff er, dass das Rauschen nicht allein vom Wind in den Baumkronen stammte. Es hatte zu regnen begonnen. Und hier am Waldrand war das Blätterdach nicht völlig geschlossen.

Er schaltete die Taschenlampe kurz aus und spähte durch das Gestrüpp. Jenseits der verfilzten Wand aus Büschen und Ranken entdeckte er einen milchigen Lichtschein. Die Petroleumlampe. Der Tempel mit ihrem Basislager lag ihnen direkt gegenüber. Tom schaltete die Taschenlampe wieder an.

»Gehen wir«, knurrte er. »Ich bin gespannt, was der Bursche uns zu erzählen hat. Und sagen Sie ihm, dass er nicht versuchen soll zu fliehen. Ich bleibe direkt hinter ihm, und ich bin stinksauer.«

Nguyên betrachtete ihn mit gerunzelter Stirn. Dann wechselte er ein paar Worte mit dem Birmanen. Zon nickte eifrig und sprudelte etwas hervor.

»Er hat verstanden«, übersetzte der Vietnamese. »Er hat viel zu viel Angst, um einen Fluchtversuch zu unternehmen.«

»Schön.« Tom richtete den Strahl der Taschenlampe auf die Lücke im Dickicht. »Er zuerst, dann ich, Sie zum Schluss.« Es kam ihm irgendwie unpassend vor, dem Vietnamesen, der den Heckenschützen im Alleingang gestellt hatte, Befehle zu erteilen, aber Nguyên schien sich nicht daran zu stören.

»Wir sind es, Valerie!«, rief er laut und schwenkte die Taschenlampe, als sie aus dem Wald in den prasselnden Regen traten. Wie als Antwort zuckte ein gleißender Blitz aus dem wolkenverhangenen Himmel und schlug irgendwo in der Nähe ein. Die Silhouette der Tempelruinen zeichnete sich messerscharf vor dem pechschwarzen Hintergrund ab. Von den zerfallenen Mauern und Kuppeln schienen Rauchschwaden aufzusteigen. Der Donner hallte ohrenbetäubend über die Ausgrabungsstätte.

Eine ununterbrochene Abfolge von Blitzen erhellte die Lichtung wie mit Flutscheinwerfern, die Donnerschläge dröhnten, als prügelte eine ganze Armee auf überdimensionale Blecheimer ein. Es goss wie aus Kübeln. In Sekundenschnelle bildeten sich überall Pfützen und Rinnsale.

»Alles in Ordnung!«, brüllte Tom aus Leibeskräften, um den infernalischen Lärm zu übertönen. »Nicht schießen! Wir kommen zurück!«

»*Was* ist das?«, fragte Geoffrey Barnington verblüfft. Sein Blick pendelte zwischen dem Kontrollbildschirm der Videokamera und dem schachbrettförmigen Feld neben dem Tor hin und her.

»Eine Art Kirlian-Fotografie«, erwiderte Connor und veränderte den Einstellwinkel der Videokamera. »Die Folie muss sich mit statischer Elektrizität aufgeladen haben. Sie erzeugt eine Art Aura der geometrischen Figuren, ein dreidimensionales Abbild, das nicht im für menschliche Augen sichtbaren Wellenbereich liegt. Ich hatte die Kamera so modifiziert, dass sie auch das kurzwellige Spektrum empfängt.« Er verstärkte den Kontrast, erhöhte die Auflösung, und die Figuren wurden noch plastischer.

Barnington hatte das Schachbrettmuster über Monate hinweg täglich vor Augen gehabt, ohne sich über seine Bedeutung klar zu werden. Damals war das Erscheinungsbild der Felder uneinheitlich gewesen. Bei einigen der geometrischen Körper hatten die Grundflächen eine Ebene mit den Feldern gebildet, in denen sie steckten, andere hatten ein paar Zentimeter daraus hervorgeragt, während wiederum andere ein Stückchen nach innen versetzt gewesen waren. Erst nachdem Valerie die vierseitige schwarze Pyramide in ihre Aussparung eingeführt hatte, war das einheitliche Aussehen des gesamten Schachbrettmusters entstanden. Seither zeigten sich die Grundflächen aller Figuren in perfekter Flucht und bildeten ein glattes Muster, das sich nahtlos in die Ebene einfügte.

Bis auf das zentrale und die beiden vertikal benachbarten Felder. Das mittlere Feld enthielt eine Kugel, deren äußere Wölbung mit der Gesamtfläche abschloss. Die Quadrate links und rechts von ihr wiesen halbkugelförmige Aussparungen auf, die exakt denen des Zentralfeldes entsprachen.

Als warteten sie darauf, dass auch in sie eine Kugel eingeführt wurde ...

Connor hatte auf Grund der von Barnington angefertigten Skizzen und Aufnahmen versucht, ein System in der Anordnung der Felder und der ihnen zugeordneten Figuren zu ergründen. Das Problem war, dass die einzelnen Grundflächen nicht immer einen Rückschluss auf die Gestalt der jeweiligen Körper zuließen.

So konnte sich hinter einer quadratischen Grundfläche eine Vielzahl von räumlichen Elementen verbergen. Zum Beispiel ein Würfel. Oder ein Quader mit quadratischem Querschnitt, dessen Tiefe unmöglich zu bestimmen war. Oder eine vierseitige Pyramide.

Ähnliches galt für Drei- oder Mehrecke. Und war das kreisförmige Element tatsächlich ein Ring oder aber die Schnittfläche einer hohlen Halbkugel? In einigen Fällen lieferten Geoffreys Aufzeichnungen konkrete Antworten oder zumindest Hinweise, in anderen Fällen war Connor auf bloße Mutmaßungen angewiesen.

Und genau das hatte er in den letzten drei Tagen getan. Nämlich Vermutungen angestellt.

Eines lag auf der Hand: Wenn es sich bei dem schachbrettförmigen Feld tatsächlich um die Schaltzentrale des Tores handelte, musste ein – nach welchen Kriterien auch immer – nachvollziehbares System dahinter stecken. Denn wie fremdartig die Logik der Erbauer dieser Anlage auch sein mochte, sie war zwangsläufig mathematisch zu beschreiben.

Oder aber das System enthielt keinerlei Logik. Nur war es dann kein System mehr ...

Connor hatte bereits am ersten Tag ein Programm geschrieben, das die bekannten – und vermuteten Körper – in eine mathematische Hierarchie einordnete. Doch die Variablen in seiner Gleichung hatten die Kombinationsmöglichkeiten der fünfundzwanzig Felder in Schwindel erregende Dimensionen steigen lassen.

Und jetzt hatten sich die Variablen unvermittelt in feste Größe verwandelt.

»Los, nehmen Sie die Kamera aus der Halterung, richten Sie sie auf das zentrale Feld und befolgen Sie genau meine Anweisungen!«, wies er den Engländer an. Sein Blick klebte förmlich am Kontrollmonitor, während seine Finger wie eigenständige Lebewesen über die Computertastatur flogen. »Schwenken Sie langsam nach links ... ja, genau so ... Halt! Jetzt einen Schritt zurück ... gut ... noch einen. So bleiben! Und jetzt nach rechts ... weiter ... weiter ... gut! Ich denke, jetzt haben wir's. Ja. Sie können die Kamera wieder abstellen. Vorsicht! Kommen Sie der Folie nicht zu nahe. Wunderbar. Perfekt! Und jetzt schalten Sie die Notbeleuchtung an.«

Barnington hatte die knappen Anweisungen des Schotten gewissenhaft ausgeführt. Zwar kannte er ihn erst seit wenigen Tagen, aber er spürte genau, dass Connor unter höchster Anspannung stand. Die sonst so ruhige und beherrschte Stimme des Highlanders zitterte hörbar. Und als er sich zu ihm umdrehte, sah er, dass Connor sich eine Zigarette zwischen die Lippen geschoben hatte, die er, im Gegensatz zu den vergangenen Tagen, diesmal tatsächlich anzündete.

»Der Rauch könnte die empfindlichen Sensoren ...«, begann Geoffrey.

»Geschenkt.« Connor winkte ab, inhalierte genüsslich und stieß den Rauch langsam aus. Dann griff er unter den Computertisch und zog eine kleine Flasche hervor, deren Verschluss er feierlich aufschraubte. »Wenn es jemals einen Anlass gegeben hat ...«

Geoffrey Barnington streckte gerade die Hand nach dem Schalter für die Notbeleuchtung aus, als Connor mitten im Satz verstummte, und im gleichen Moment registrierte er drei Dinge: Das bläuliche Flackern vom Treppenschacht her und schnelle Schritte, die sich ihm näherten; doch die intensivste Wahrnehmung war die einer Welle von Übelkeit, die über ihn hinwegspülte und seine Knie weich werden ließ. Er strauchelte, tastete nach einem Halt, den er nicht fand, verlor das Gleichgewicht und taumelte rückwärts. Vor ihm schienen die Felswände der unterirdischen Kammer zu glühen. Connor drehte sich wie in Zeitlupe in seinem Stuhl herum. Seine Augen waren groß. *Zu* groß. Fahle Blitze tanzten über das strähnige Haar des Highlanders und fraßen es auf.

Barnington keuchte erstickt und schüttelte benommen den Kopf. Irgendetwas prallte von hinten gegen ihn und stieß ihn zur Seite. Er wollte schreien, brachte aber keinen Laut hervor.

Connor – *Connor?* – hatte sich aus seinem Stuhl erhoben

und die Arme ausgestreckt. Seine ... *Klauenhände* öffneten und schlossen sich, seine ... *spitzen Zähne* schimmerten im Halbdunkel.

»Karrr ...«, krächzte eine heisere Stimme, und Barnington sah einen silbernen Schemen, der sich an ihm vorbeischob. »Ich weiß nicht, wie du es geschafft hast zu überleben, aber diesmal werde ich dich nicht davonkommen lassen.«

Der silberne Schemen hatte eine Hand ausgestreckt, in der er einen kleinen Gegenstand hielt, der genau auf Connor zielte.

Connor?

Geoffreys Beine gaben nach, und er landete mit dem Gesäß unsanft auf den harten Steinboden.

Zwei Echsen standen einander gegenüber. Die eine – dort, wo noch eben Connor gewesen war – hatte beide Klauenhände erhoben, die andere, in Jeans und ein weites, bis zum Hals zugeknöpftes Baumwollhemd gekleidet, zielte auf die erste.

»Iggitten ... grüzzenfürk!«, fauchte die Albtraumgestalt, die einmal Connor gewesen war.

Der Mann, der auf den Namen George Bentley hörte, saß mit einem halb geleerten Teebecher in dem schäbigen, muffig riechenden Büro der Schlachterei und hörte sich interessiert an, was in den letzten Jahren in und um Thurso geschehen war. Ab und zu wanderte sein Blick geistesabwesend durch den Raum, blieb auf dem mit zahllosen handgeschriebenen Sprüchen beschmierten Playboy-Kalender aus dem Jahr 1987 hängen, oder auf dem grünstichigen Poster einer Kuh, die unter dem Slogan *British Beef is Good for Your Health* friedlich eine Wiese abweidete. Das Mobiliar bestand aus einem alten Schulmeisterschreibtisch nebst drei dazu passenden Stühlen, einem nagelneuen Telefon, einem Aktenschrank und einem Radiowecker mit Fallblattanzeige, wie sie in den späten 60er Jahren der letzte Schrei gewesen waren.

»Es konnte ja niemand ahnen, dass Monica sich eines Tages den *fuckin' president of dae fuckin' whole USA* krallt«, erzählte Homer, dem die Begegnung mit seinem alten Freund offenbar so gut getan hatte, dass sich gelegentlich sein Sinn für Humor zurückmeldete. »Mensch, Sean – *unsere* Monica Lewinski treibt es mit Bill Clinton!«

»Vergiss nicht, dass sie damals schon ein wüster Feger war«, erwiderte Bentley dem Schlachter grinsend. »Laurence Begg – du erinnerst dich doch an Laurie, ja? – hat mir glaubhaft versichert, dass er sie flachgelegt hat, *doon e` mall* natürlich, wo sonst!«

»Ist nicht wahr – ausgerechnet der hat es mit *Fatty* getrieben?«, rief Homer mit weit aufgerissenen Augen. »Warte mal – die Amis waren doch immer nur für höchstens vier Jahre hier stationiert, also kann sie damals allenfalls siebzehn oder so gewesen sein.«

»Das kommt schon hin. *Fatty* war mindestens drei Jahre auf der *Mount Pleasant Primary School*, wenn ich mich recht entsinne.«

»Jetzt wo du es sagst ... Monica *bloae yaer wee pipe* Lewinski, der berühmteste Einwohner von Thurso, haha. Nicht schlecht, wenn man bedenkt, dass dieser Posten bislang von Sir John Sinclair besetzt war, der bekanntlich das schöne Wort 'Statistik' erfunden hat!«

Homer mochte zwar nur eine recht vage Vorstellung davon haben, was Statistik eigentlich bedeutet, aber seine wahre Qualität lag für Bentley eher darin, dass der alte Freund solche lokalen Details sammelte und jederzeit aus dem Hut zaubern konnte, wenn derartiges Spezialwissen gefragt war. Bentley wusste diese Eigenschaft Homers momentan sehr zu schätzen, weil sie ihm das Gefühl verlieh, hier in diesen Landstrich zu gehören. Schließlich bestand der halbe Witz an Homers Histörchen darin, dass man halbwegs verstand, um wen es überhaupt ging. Und wenn man es verstand, dann war man zwangsläufig ein Eingeweihter, ein *Local*.

»Studiert hast du also, ja?«, fragte Homer, nachdem er ihre Tassen neu gefüllt hatte. »Hast dir aber reichlich Zeit genommen dafür.«

»Habe eben eine Menge lernen müssen«, antwortete Bentley vieldeutig. Er rührte in seinem Tee und betrachtete das verunstaltete Gesicht seines alten Freundes.

»Ist es sehr schlimm?«, fragte er nach einer langen Pause.

»Ziemlich«, erwiderte Homer sehr nüchtern. »Noch zwei Jahre, bestenfalls drei, aber dann wird es wohl in eine ziemliche Quälerei ausarten, sagen die Ärzte. Werde wohl freiwillig abtreten, bevor es zu übel wird. Habe mir schon überlegt, wie. Aber momentan geht es noch ganz gut, ich hänge noch am Leben.«

»Und wieso bist du ausgerechnet zu deinem alten Job zurückgekehrt?«

»Bin ich gar nicht.« Homer schnitt eine Grimasse und winkte ab. »Ist nur eine Art Freizeitvergnügen. Ich reagiere mich damit nur ein wenig ab, weißt du? Die Viecher hier haben alle das Hirnfieber, die kannst du keinem Menschen mehr vorsetzen. Ich klopfe sie für die Hundezüchter kaputt. Sie grausen sich davor, sie selbst zu zerlegen, aber mir macht es nichts aus, verstehst du? Bei jedem Schlag stelle ich mir vor, es wär einer von den Atomfuzzies.«

»Ja.« Bentley nickte zustimmend. »Das kann ich mir sehr, *sehr* gut vorstellen. Zahlen sie dir wenigstens eine Rente?«

»Na klar doch! Frag meinen Anwalt noch mal, wenn ich

tot bin!«, fauchte Homer wütend. »Vorher werde ich wohl keinen Penny davon sehen. Aber was soll's, ich brauche das dreckige Geld der Mistkerle nicht, meine Geschäfte laufen ganz gut. Habe gerade erst wieder einen Posten Elektrogitarren nach London verkauft. Original Fender, so steht es zumindest auf den Kisten. Keith Richards soll eine gekauft haben, hat man mir jedenfalls erzählt.«

Er kicherte albern. »Geklaute Ware ist kaum an den Mann zu bringen, aber wenn du behauptest, du hättest das Zeug vom Militär gekrallt, reißen sie es dir regelrecht aus den Händen. Sogar unser Vikar musste unbedingt eine Fender haben, angeblich für das kirchliche Gitarrenorchester. Gegen eine Spendenquittung – ich kann doch kein Geld von der Kirche nehmen. Aber halt bitte die Klappe darüber!«

»Und woher hast du das ganze Zeugs?«, fragte Bentley interessiert. »Ich denke, der Stützpunkt wurde dichtgemacht.«

»Da denkst du richtig. Aber meine Kunden glauben, ich hätte noch meine alten Kontakte, verstehst du? Wir ordern die Klampfen containerweise in Indien, als Ersatzteile – ganz wie in den alten Zeiten –, nur bezahlen wir ein paar Pfund dafür, weil die Inder nun mal Geschäftsleute sind, im Gegensatz zu den Lamettaträgern von der US-Navy. McGoohan der Sargschreiner, du kennst ihn noch, der versieht sie mit Schriftzügen, die mir Pat McNee von der Stadtdruckerei beschafft. Nach Feierabend natürlich, wir sind ja schließlich anständige Leute! Die Typenschilder mit der eingravierten Seriennummer kommen aus der Blindenwerkstatt der Kirche. Sie glauben felsenfest daran, ich würde die Dinger den Jägern verkaufen, damit die ihre Geweihe auseinander halten können. So versorge ich das halbe Dorf mit gut bezahlter Arbeit.«

Er beugte sich über den Tisch. »Hey, Sean, wie ist das: Man wird mir vermutlich noch ein Denkmal setzen, wenn ich abgekratzt bin.« Sein Mundwinkel zuckte grausig, als würde er mit seinem eigenen Sarkasmus ringen. »Vielleicht stellen sie es sogar an der Küste auf, um die Seeleute davor zu warnen, hier anzulegen! Vielleicht lasse ich mich zu diesem Zweck einfach eingießen, dann können sie sich den Bau eines neuen Leuchtturms sparen, weil ich so viel Plutonium im Blut habe, dass man mich nachts meilenweit leuchten sehen kann, hahaha.«

Bentley ging vorsichtshalber davon aus, dass Homer der Einzige war, der über diesen Witz lachen durfte.

»Aber warum reden wir nicht auch mal von dir, Sean? Das muss jetzt gut acht Jahre her sein, seit ich zuletzt von dir gehört habe – hast mir damals eine Postkarte geschickt, aus einem Sanatorium oder so was. Wie sieht es eigentlich auf Oake Dùn aus?«

»Nicht gut«, erwiderte Bentley nachdenklich, während er unter Zuhilfenahme des Löffels ein viertes Stück Zucker in seinem Tee auflöste.

»Es treiben sich eine Menge Leute dort rum, die mir nicht gefallen wollen. Man müsste mal richtig aufräumen in dem Laden, wenn du mich fragst.«

»Mhm«, machte Homer. Es klang weder zweifelnd noch wie eine Bekräftigung. »Was ist denn hiermit?« Er rieb Zeige- und Mittelfinger aneinander, eine unmissverständliche Geste. »Hält man dich immer noch kurz?«

»Geht so.«

Homer griff in seine Hosentasche und kramte ein Bündel Banknoten hervor. Mindestens tausend Pfund. Wortlos schob er den Geldstapel über den Tisch.

Bentley nahm die Scheine an sich, ohne sich zu bedanken oder zu versprechen, dass Homer das Geld irgendwann einmal zurückbekommen würde. Es war einfach selbstverständlich. Homer hätte sich gewiss nicht anders benommen, wären die Rollen vertauscht gewesen.

»Was kann ich noch für dich tun?«

»Ein geländegängiges Auto. Neue Papiere.« Bentley grübelte einen Moment lang vor sich hin. »Ach ja, eine Pistole wäre nicht schlecht.«

Homer sah ihm wohl an, dass er nicht sagen würde, wofür er das alles brauchte. Und da keine Antworten zu erwarten waren, stellte er auch keine Fragen. Er stand auf und öffnete eine Schublade, in der mehrere Schlüsselbunde lagen.

»Was darf es denn sein? Ein schöner, solider Hummer, oder lieber ein Range Rover, *made in Britain from flimsy materials?*«

»Der Rover, denke ich«, antwortete Bentley.

»Ich warne dich nochmals – er ist himmelblau!« Homer suchte einen Schlüsselbund hervor und warf ihn Bentley zu, der ihn geschickt auffing.

»Der Rover ist auf den Pfadfinderverein zugelassen, wie alle meine Wagen. Spart eine Menge an Versicherung und Steuern. Thurso hat das einzige vollständig motorisierte Pfadfinderkorps des Empires. Ich bete inbrünstig, dass der Fähnleinführer es erst merkt, wenn ich unter der Erde bin, hähä.«

»Danke«, sagte Bentley ernst.

Homer zuckte großmütig die Achseln. »Im Handschuhfach liegt eine Walther PP Kaliber 7,65 mm. *Made in Germany*, ist dort die Standard-Polizeiwaffe. Ein Handy ist auch da, mit zwanzig Pfund Guthaben.«

»Munition?«

»In einer Plastiktüte hinter dem Ersatzreifen«, erklärte Homer so selbstverständlich, als ginge es um Nägel in einer Werkzeugkiste.

»Das mit den Papieren ist allerdings ein Problem, Sean«, fuhr er fort. »Die Polizei hat heute ganz andere Möglichkeiten als früher, sie kann die Daten direkt über ihre Computer checken. Eine normale Fälschung fliegt sofort auf, auch wenn sie gut gemacht ist. Ich habe zwei Jungs von der Streifenpolizei auf meiner Gehaltsliste, die sich gern freiwillig melden, wenn irgendwo ein Penner angeschwemmt wird. Mit ein wenig Glück kommen wir so an einen sauberen Satz Papiere heran. Aber das kann eine ganze Weile dauern. Sorry, *old bean*.«

Bentley nickte bedächtig und warf einen Blick auf die Anzeige des alten Radioweckers.

»Oh, schon fünf Uhr«, sagte er überrascht. »Ich muss los, Homer.« Er nickte seinem Freund zu.

»Danke für alles.«

»Vergiss es«, erwiderte Homer. »Viel Glück. Cheerio.«

Bentley hatte die Tür schon geöffnet, als Homer noch einmal halblaut seinen Namen rief.

»Sean!«

»Ja?« Er drehte sich zu ihm um.

»Wenn die Bullen dich erwischen, sagst du ihnen einfach, du hättest den Wagen geklaut, ja?«

»Und was ist mit dem Handy und der Knarre?«

Homer grinste schief. »Die habe *ich* geklaut, *Laddie*. Oder klauen lassen, wenn man es genau nimmt.«

Tom, Vân Nguyên und Saw Thu Zon hatten gerade die hüfthohe Außenmauer der Tempelanlage erreicht, als die unsichtbare Welle über sie hinwegfegte. Alle drei erstarrten wie auf ein Kommando.

»Was, zum Teufel ...«, keuchte Tom und krümmte sich zusammen. Er hatte das Gefühl, als schlüge ihm ein Schwall abwechselnd eiskalter und heißer Luft entgegen. Der Regen schien eine Sekunde lang auszusetzen, um dann mit doppelter Wucht herabzuprasseln.

Im ersten Moment hielt Tom den trockenen Knall, der irgendwo vor ihm aus den Ruinen aufklang, für einen extrem kurzen Donnerschlag. Doch dann wiederholte sich das Geräusch in schneller Folge, und er begriff, dass es Schüsse waren.

»Valerie!«, brüllte er und hob den Colt. Keine Antwort. Er hatte seinen breitkrempigen Hut im Basislager liegen gelassen, um ihn nicht im Dschungel zu verlieren. Der unglaublich heftige Regen klatschte ihm ins Gesicht und hatte längst jede Faser seiner Kleidung durchdrungen.

Wieder schien etwas Unsichtbares nach ihm zu greifen, in ihn einzusickern. Sein Magen rebellierte. Zon, der nur wenige Schritte vor ihm stand, hatte die Hände auf die Ohren gepresst und wimmerte. Seine Umrisse schimmerten und begannen zu wabern. Er machte einen zögernden Schritt, verharrte kurz und drehte sich um. Panik verzerrte sein Gesicht. Obwohl ihm das Wasser in die Augen lief, blinzelte er nicht einmal. Lautlos öffnete und schloss sich sein Mund. Dann stieß er ein unartikuliertes Krächzen aus, wirbelte plötzlich herum und taumelte davon.

Ericson starrte ihm hinterher, unfähig, einen klaren Gedanken zu fassen.

Ein weiterer Schuss aus der Tempelanlage und ein undefinierbares Geräusch, das ein Schrei gewesen sein mochte.

»Was ist das?«, fragte Nguyên neben ihm tonlos.

»Ich ... äh ...« Tom schüttelte unwillig den Kopf. Er fühlte sich wie gelähmt. Saw Thu Zon war bereits in den dichten Regenschleiern untergetaucht. »Das Tor ...«

Was auch immer er hatte sagen wollen, es ging in einem mörderischen Donnerschlag unter, der ihn beinahe taub machte. Doch im gleichen Moment fiel die Lähmung von ihm. Zurück blieb ein Gefühl, als stünde er auf dem Deck eines wild schlingernden Schiffes. Er unterdrückte den in ihm aufsteigenden Brechreiz.

»Kommen Sie!«, rief er und lief geduckt los. In seinen Ohren schrillten tausend dissonante Telefone.

Die Wasserfluten hatten die Öllampe trotz des Regenschutzes erstickt, und Toms Sicht war praktisch gleich null. Er musste sich völlig auf sein Gefühl verlassen.

Als er die Umrisse der Steinplattform schemenhaft vor sich aufragen sah, schaltete er kurz die Taschenlampe an. Sein Orientierungsvermögen hatte ihn nicht im Stich gelassen. Er stand direkt vor den flachen Stufen, über die sich ein gurgelnder Wildbach ergoss.

Eine Serie von Blitzen erhellte die Szenerie stroboskopartig. Das Wasser stand knöcheltief auf der Plattform und stürzte in breiten Bahnen über den Rand der großen Zeltplane, die sie über ihrem Basislager und der Expeditionsausrüstung gespannt hatten.

Toms Herzschlag setzte einen Moment lang aus, als er die dunkle Gestalt entdeckte, die reglos in der Nähe des Eingangs zur Torkammer lag. Er sprintete los, ging neben ihr in die Hocke und leuchtete ihr ins Gesicht.

Es war Moe Maung. Er blutete aus einer Wunde im rechten Oberarm und hatte das Bewusstsein verloren, aber seine Brust hob und senkte sich langsam. Bevor Tom ihn näher untersuchen konnte, kniete sich Nguyên neben ihn, legte Zons Kleinkalibergewehr auf den Boden, zog ein Messer hervor und schlitzte den Ärmel des Birmanen auf. »Ich kümmere mich um ihn«, sagte er. »Sehen Sie nach Ihren Gefährten.«

Der Archäologe nickte stumm und stand auf. Er blickte sich kurz um. Keine Menschenseele im bläulichen Schein der Blitze zu sehen. Vermutlich waren alle anderen Hilfskräfte nach der Schießerei geflohen. Er konnte sich gut vorstellen, was sich hier abgespielt hatte. Leuchtende, substanzlose Echsen, die wie Luftballons in der Dunkelheit schwebten, verängstigte und bewaffnete Männer – eine gefährliche Kombination –, die blindlings um sich schossen ...

Aus dem Eingang zur Treppe in die Torkammer schimmerte diffuses Licht.

Tom atmete tief durch und spähte in die Tiefe, wo er verschwommene Bewegungen zu erkennen glaubte, aber er war sich nicht sicher. Aus seiner Perspektive verengte sich der Gang immer weiter, bis er zu einer schmalen Röhre zusammenschrumpfte. Und aus dieser Röhre drang etwas Unfassbares, etwas Beängstigendes und Übelkeit erregendes hervor.

Vorsichtig stieg er die Stufen hinab, den Revolver schussbereit in der Hand. Undeutlich wurde er sich der Absurdität der Situation bewusst. Auf wen sollte er denn schießen? Auf immaterielle Phantome? Auf seine Gefährten?

Schon nach wenigen Schritten schien das draußen tobende Gewitter an Intensität zu verlieren. Ein erhöhter Rand um den Eingang herum verhinderte, dass sich das Regenwasser in den Treppengang ergoss.

Erst kurz vor dem Ende der Treppe konnte Tom die Kammer einsehen, die nur von den Monitoren und Kontrolllampen der zahlreichen Messgeräte in vages Licht getaucht wurde. Der Druck in seinem Schädel hatte kontinuierlich zugenommen, und auch das Schwindelgefühl wurde stärker.

Valerie stand mit dem Rücken zu ihm ein paar Meter vor der letzten Stufe direkt im Eingangsbereich. Sie hielt ihre kleine Pistole in der Hand und zielte auf Connor, der die

Arme ausgebreitet hatte und beschwörend auf sie einsprach. Tom konnte nicht verstehen, was der Computerexperte sagte. Die Stimme des Highlanders klang völlig verändert, gepresst, krächzend und zischend.

Geoffrey hockte rechts von Valerie auf dem Boden und stützte sich mit beiden Händen ab, als würde er sonst nach hinten wegkippen. Sein Atem ging keuchend, sein Gesicht war leichenblass, die Augen quollen ihm fast aus den Höhlen.

Es kam Tom beinahe so vor, als liefe ein doppelt belichteter Film vor ihm ab. Über die Körper seiner Gefährten waren undeutliche Schemen geblendet, deren Konturen schärfer wurden, je näher er ihnen kam.

Echsen!

Er blieb stehen und schloss eine Sekunde lang die Augen. In der Kammer selbst musste der fremdartige Einfluss verheerend sein und würde auch ihn mit voller Stärke erfassen, sobald er sie betrat. Aber er *wusste*, dass es nicht mehr als eine Halluzination war. Eine optische und akustische Sinnestäuschung.

Es gab nur eine Lösung. Valerie stellte die größte Gefahr dar, nicht nur für ihn, sondern auch für die anderen, da sie als Einzige bewaffnet war. Also musste er sie ausschalten – und zwar schnell, ohne ihr die Möglichkeit zur Gegenwehr zu geben. Bevor sie abdrücken konnte. Sie packen und die Treppe hinaufschleifen. Hoffen, dass Connor und Geoffrey in der Lage waren, ihm aus eigener Kraft zu folgen. Und beten, dass sich der Einflussbereich des Tores nicht weiter ausbreitete.

Knapp fünf Meter trennten ihn vom Ende der Treppe, rund drei mehr von Valerie. Noch verbarg ihn die Dunkelheit.

Behutsam setzte er einen Fuß vor den anderen.

Valerie trat einen Schritt auf Connor zu, der jetzt wie ein Zwitterwesen aus Echse und Mensch aussah.

Tom biss die Zähne so fest aufeinander, dass seine Kiefern schmerzten. Er hatte gerade die vorletzte Stufe erreicht, als Geoffrey ihn bemerkte. Der Kopf des Engländers ruckte herum. Er öffnete den Mund ...

Bevor er einen Schrei ausstoßen konnte, packte Tom den Revolver am Lauf und sprang. Noch im Flug schmetterte er der Israelin den Griff des Colts auf den Hinterkopf, schlug ihren Waffenarm zur Seite und schleuderte ihr die Pistole aus der Hand. Er landete mit beiden Füßen auf dem Boden, bremste seinen Schwung mit einem Ausfallschritt ab und wirbelte herum.

Valerie kippte ihm wie ein gefällter Baum entgegen.

Tom ging leicht in die Knie, fing sie mit der Schulter auf, schlang einen Arm um ihre Hüfte und wuchtete sie hoch.

»Connor, Geoffrey!«, schrie er, ohne sich die Zeit zu nehmen, die Reaktion der beiden abzuwarten. »Raus hier! Verlasst die Kammer!«

Mit Valeries schlaffem Körper auf der Schulter stürmte er die Treppe empor. Mit jeder Stufe ließen das Schwindelgefühl, die Kopfschmerzen und der Augendruck nach. Hinter sich hörte er Schritte, die ihm folgten.

Er war völlig außer Atem, als er den Ausgang erreicht hatte und Valerie vorsichtig auf den Boden gleiten ließ. Hoffentlich hatte er nicht zu fest zugeschlagen, aber ihm war keine andere Wahl geblieben. Er hatte kein Risiko eingehen dürfen. Die Israelin beherrschte eine Reihe gemeiner Nahkampftricks.

Neben ihm tauchten Connor und Barnington auf.

»Danke«, sagte der Schotte knapp und beugte sich über Valerie. Geoffrey taumelte ein paar Schritte weiter und übergab sich würgend.

Erst als Tom sich überzeugt hatte, dass Valerie gleichmäßig atmete, wurde ihm bewusst, dass er ihr Gesicht sehen konnte, obwohl alle Lampen im Basislager gelöscht worden waren. Und es regnete nicht mehr.

Er hob den Kopf und warf einen Blick in den dunklen Himmel, der noch immer wolkenverhangen war. Aber hier und da funkelten ein paar Sterne zaghaft durch kleine Lücken. Die Luft war frisch und etwas kühler geworden. Ein leichter Wind wehte. Und die Moskitoschwärme waren verschwunden.

Zumindest vorläufig.

»Unglaublich«, murmelte er und horchte in sich hinein. Die Kopfschmerzen, der Druck in den Augen, die Desorientierung und das Schwindelgefühl waren wie weggeblasen. Er fragte sich, ob es einen Zusammenhang zwischen dem Unwetter und den halluzinatorischen Anfällen gab. Hatte die Energieentladung der Blitze, die mit statischer Elektrizität aufgeladene Luft vielleicht auf die in dem Tor schlummernden Kräfte eingewirkt? Oder war es genau andersherum gewesen, und die Kräfte des Tors hatten das Gewitter ausgelöst?

Er sah zu, wie Connor Valerie hochhob und zu ihrem Zelt unter der Regenplane trug. Barnington trottete auf unsicheren Beinen neben dem Schotten her. Vân Nguyên hatte den angeschossenen Birmanen bereits auf eine Pritsche neben dem Zelt gebettet.

»Ein glatter Durchschuss«, berichtete er. »Maung hat Glück gehabt. Keine Venen oder Arterien wurden verletzt. Ich habe die Wunde verbunden und die Blutung gestoppt, aber wir müssen ihn gleich morgen früh zu einem Arzt bringen.« Er musterte den Amerikaner aufmerksam. »Was ist geschehen, Mr. Ericson? Was war da unten los?«

Tom erwiderte den Blick des Vietnamesen aus schmalen

Augen. »Haben Sie nichts Ungewöhnliches gespürt oder gesehen?«, fragte er zurück.

Vân zögerte. »Nun, kurz nachdem das Gewitter losgebrochen war und Saw Thu Zon geflohen ist, da habe ich tatsächlich etwas gespürt.«

»Was?«, hakte Tom ungeduldig nach.

»Ein Gefühl wie bei einem leichten Erdbeben. Verunsicherung. Verwirrung.«

»War das alles? Nicht mehr?«

Nguyên schüttelte den Kopf.

»Dann können Sie froh sein«, brummte Tom. Er bemerkte, dass Nguyên ihn immer noch fragend ansah. »Ich habe mich wie nach einem königlichen Besäufnis gefühlt«, fügte er hinzu. Das entsprach zumindest teilweise der Wahrheit. »Und meinen Begleitern ist es offenbar genauso ergangen.«

Er trat an den Rand des Treppenganges und spähte hinab. Von unten schimmerte das schwache Licht der Bildschirme empor. Sonst nichts. Kein Schwindelgefühl mehr. Keine Übelkeit. Keine Kopfschmerzen. Vermutlich war der Spuk wieder vorbei, als hätte es ihn nie gegeben.

Aber sie waren gewarnt. Das Phänomen konnte jederzeit wieder auftreten. Jetzt wussten sie, was die einheimische Bevölkerung mit den *Nächten des Krokodils* meinte.

»Wir machen Schluss für heute«, sagte er zu Nguyên. »Wenn Sie wollen, können Sie in unserem Lager übernachten. Das eine Feldbett ist von Moe Maung belegt, aber ich glaube, wir haben noch irgendwo eine Ersatzhängematte.«

»Wir kennen jetzt die Form jeder einzelnen geometrischen Figur«, sagte Connor. »Und wir haben ihre individuellen Spannungssignaturen. Zusammen mit der mathematischen

Hierarchie der Körper ergibt das eine bestimmte Ordnung, eine Wertigkeitstabelle, wenn Sie so wollen.«

Er deutete auf den zweigeteilten Monitor, auf dem sich 3-D-Symbole und Ziffern gegenüberstanden.

»Ganz am Anfang steht natürlich die Kugel, der perfekte geometrische Körper und im Prinzip auch der einfachste. Es folgt die dreiseitige gleichschenklige Pyramide, der einfachste und perfekteste Flächenkörper. Vier gleiche Seiten, Kanten und Winkel. Dann die vierseitige gleichschenklige Pyramide, der Würfel, der Quader mit den Seitenmaßen im Verhältnis eins zu zwei zu drei und dann eine Reihe von Variationen der Flächenkörper, deren System nicht unbedingt der Hierarchie entspricht, wie ich sie aus den Grundlagen unserer Mathematik abgeleitet hätte. Am Ende der Tabelle stehen die sozusagen zweidimensionalen Ableitungen der dreidimensionalen Formen, Kreise, mehrseitige Flächen, Penta- und Hexagramm, sowie Kreuze mit zwei und mehr Balken.«

Thomas Ericson, Valerie Gideon und Geoffrey Barnington standen hinter ihm und folgten seinen Ausführungen, den Blick auf den Monitor gerichtet.

Der Tag neigte sich dem Ende entgegen. Seit dem Unwetter und den geisterhaften Erscheinungen waren knapp achtzehn Stunden vergangen. Der Besuch zweier Polizisten aus Kengtong, die, durch Berichte der Einheimischen und der geflohenen Hilfskräfte alarmiert, die Tempelruine aufgesucht und die A.I.M.-Leute einem kurzen Verhör unterzogen hatten, war glücklicherweise glimpflich verlaufen.

Trotzdem gaben sich die Abenteurer keinen Illusionen hin. Sollten sich die Vorfälle wiederholen oder sogar noch schlimmer werden, waren ihre Tage in Burma gezählt. Sie standen unter Zeit- und Erfolgsdruck. Es ging längst nicht mehr nur um das Sammeln von Erkenntnissen, sondern vor allem darum, den Einfluss des Tores – oder der ominösen *schwarzen Maschine* auf der anderen Seite – zu neutralisieren. Schließlich hatten sie, wenn auch unbeabsichtigt, die Ereignisse erst in Gang gesetzt.

»Und wie sollen uns diese Erkenntnisse helfen, das Tor wieder zu aktivieren?«, fragte Valerie. Sie tastete geistesabwesend über die Beule an ihrem Hinterkopf. Als Profi, der sie war, hatte sie Tom keine Vorwürfe gemacht. An seiner Stelle wäre sie auch nicht zimperlicher mit ihm umgesprungen.

»Das wird sich zeigen«, erwiderte Connor. »Wenn meine Vermutungen zutreffen, haben die Erbauer dieser Anlage das Tor mit einer Sicherung versehen, um es gegen den Zugriff Unbefugter zu schützen. Und offensichtlich hat es die letzte Aktivierung durch das Einfügen der kleinen schwarzen Pyramide oder Mr. Barningtons Manipulation des seltsamen Gebildes als unbefugten Zugriff eingestuft. Also müssen wir nur den Sicherungscode knacken, um die Steuerkonsole wieder funktionstüchtig zu machen.«

Er deutete auf den Bildschirm. »Wie Sie sehen, enthält jedes der Felder eine charakteristische Spannung, die zurzeit konstant ist, sich aber bei Berührung verändert. Den höchsten Wert weist das zentrale Feld mit der Kugel auf, den niedrigsten das mit dem Hexagramm in der Mitte der unteren Reihe. Die leeren Felder rechts und links der Kugel sind energetisch neutral. Berührt man irgendeins der Symbole, sinkt der Energiehaushalt des betreffenden Feldes auf einen bestimmten Wert, während der des zentrales Feldes um exakt den gleichen Betrag wächst. Nun, das wussten wir auch schon früher. Das Problem war nur, dass die Energie nicht gleichmäßig kulminierte. Irgendwann wurde das System immer chaotisch und stürzte schließlich wie ein Computerprogramm ab, um einen Vergleich zu bemühen. Wir sind bisher nach den verschiedensten Kriterien vorgegangen, haben die Felder in bestimmten Reihenfolgen berührt, von links nach rechts, von oben nach unten und umgekehrt, in Zweier- und Dreierschritten und anderen numerischen Folgen, nach ihrem Energiehaushalt geordnet in auf- und absteigender Linie, nach Kombinationen, die sich aus der Form der Grundflächen ergeben ...«

»Connor«, unterbrach Tom ungeduldig. »Überfordern Sie uns nicht. Sagen Sie uns einfach, wie es funktioniert.«

»Entschuldigen Sie.« Der Schotte räusperte sich. »Ich wollte nur verdeutlichen, wie geschickt die Konstrukteure dieser Anlage unbefugte Eindringlinge in die Irre geführt haben. Der Schlüssel liegt in der Hierarchie der geometrischen Körper und Symbole, so wie die Erbauer sie definiert haben. Nur konnten wir sie bisher nie in ihrer Gesamtheit erkennen. Aber dann ist uns der Zufall zu Hilfe gekommen. Seit dem Stromausfall und der elektrischen Aufladung der Isolierfolie konnten wir die vollständige Form aller Körper durch die Technik der Kirlian-Fotografie ermitteln. Wenn wir die Felder jetzt in der richtigen Reihenfolge berühren, müsste sich ihr gesamter Energiehaushalt in der Kugel konzentrieren.«

»Und dann?«, wollte Tom wissen.

Connor gestattete sich ein schwaches Grinsen und zuckt die Achseln. »Dann wird vermutlich irgendetwas geschehen. Was, das werden wir bald erfahren. Sind Sie bereit, Mr. Barnington?«

Der Engländer schluckte und nickte.

»Gut, dann lassen Sie uns anfangen.«

Tom und Valerie verfolgten gespannt, wie Geoffrey an das Schachbrettmuster trat, von dem Connor die Folie längst wieder entfernt hatte, und auf Anweisung des Highlanders ein Feld nach dem anderen berührte. Für den uneingeweihten Beobachter war tatsächlich kein nachvollziehbares System in dem Muster erkennbar, aber auf dem Monitor wechselten die schematisch dargestellten Felder in der Reihenfolge ihrer Berührung von Rot nach Grün. Schließlich leuchtete nur noch das Zentralfeld in einem satten Rot. Trotz des bedrohlich wirkenden Farbtons lag die Ladung der Kugel immer noch im Milliampere-Bereich.

Geoffrey zögerte und drehte sich um. Sein Blick wanderte von Valerie zu Tom und blieb schließlich an Connor hängen.

»Soll ich wirklich ...?«, fragte er zaghaft.

»Wenn du willst, nehme ich dir das gern ab«, erbot sich Valerie.

»Nein, nein. Schon gut«, wehrte Geoffrey schnell ab. »Ich meinte ja nur ...«

»Seien Sie auf alle Eventualitäten vorbereitet«, sagte Connor ruhig. »Wir wissen nicht, was passieren wird. Vielleicht gar nichts, vielleicht ein erneuter Anfall mit Halluzinationen und Übelkeit.«

Tom tastete unbewusst über sein leeres Holster. Er und Valerie hatten ihre Waffen vorsorglich im Zelt gelassen. »Oder aber uns fliegt die gesamte Anlage um die Ohren«, knurrte er.

Barnington zuckte sichtbar zusammen, doch dann straffte er die Schultern und atmete tief durch. Seine Hand näherte sich dem zentralen Feld, schwebte einen Moment lang wenige Zentimeter davor und legte sich schließlich auf die äußerste Wölbung der Kugel.

Auch das letzte Feld auf Connors Monitor wechselte von Rot auf Grün. Von irgendwoher klang ein leises Geräusch auf, wie das melodische Klirren einer Windharfe, und das gesamte Schachbrettmuster schob sich langsam aus der

Felswand heraus. Geoffrey sprang mit einem Aufkeuchen zurück.

Nach etwa zwanzig Zentimetern kam die quadratische Schalttafel zum Stillstand. Wieder ertönte das melodische Klirren, und diesmal glitten alle geometrischen Körper zur Hälfte aus ihren Fassungen.

Eine Weile herrschte atemlose Stille. Tom horchte in sich hinein, konnte aber außer seinem beschleunigten Pulsschlag, dem Augendruck und den leichten Kopfschmerzen, die sich bei längerem Aufenthalt in der unterirdischen Kammer immer einstellten, nichts Außergewöhnliches spüren.

»Alle Werte auf null«, meldete Connor und überprüfte ein separates Ohmmeter. »Keine Anzeigen vom Tor selbst. Noch scheint es nicht aktiviert zu sein, aber ich denke, die Steuerung ist wieder in Betrieb.« Er drehte sich auf seinem Stuhl herum und betrachtete seine Gefährten der Reihe nach. Ein Lächeln glitt über seine kantigen Züge. »Wie es aussieht, haben wir die erste Hürde genommen.«

Paldan Manjushi saß in seiner schlichten roten Leinenrobe auf einem mit Flechten überzogenen Felsblock, den Blick auf den *Kangrinpoche* im Westen gerichtet, den Heiligen Berg im westlichen Hochland Tibets, das Schneejuwel, das heute seinem Namen alle Ehre machte. Es glitzerte und leuchtete wie ein Bergkristall im Licht der tief über dem Horizont stehenden Sonne.

Es war ein schöner Tag, der Himmel wolkenlos, beinahe windstill und ungewöhnlich mild für eine Höhenlage von fast 5000 Metern. Und doch war Manjushi von tiefer Sorge erfüllt.

Der hagere Lama trug eine schwere Bürde. Jahrzehntelang hatte er in dem kleinen Talkessel unter ihm, der wie mit einem gigantischen Spaten nahezu senkrecht in den harten Fels der Hochebene getrieben worden zu sein schien, ein friedliches und genügsames Leben geführt, das von der täglichen Routine eines buddhistischen Abtes geprägt gewesen war. Aber Manushi war mehr als ein gewöhnlicher Lama in einem abgelegenen Bergkloster.

Wie Generationen seiner Vorgänger hatte er geduldig auf ein bestimmtes Ereignis gewartet, das vielleicht nie eintreten würde. Und dann war es eingetreten.

Über die Abgründe der Zeit hinweg, aus den Tiefen einer längst in Vergessenheit geratenen Vergangenheit, war der Geist Cahunas zu ihm gekommen, der Geist des Gesandten. Das von seinem Körper getrennte Bewusstsein des Atlanters hatte jahrtausendelang in einer geheimen Station geschlummert, um wieder erweckt zu werden, sollten die alten Feinde der Menschheit zurückkehren. Und für diesen Fall benötigte er einen Wirtskörper, in dem er ruhen und Kraft schöpfen konnte, damit sein ruheloses umherirrender Geist nicht wie eine Kerzenflamme erlosch und in die reine, diamantene Leere einging.

Dieser Wirt war Paldan Manjushi, von Kindheit an dazu ausgebildet, seinen Geist mit dem eines anderen zu teilen, ohne dabei den Verstand zu verlieren.

Momentan gehörte ihm sein Körper allein. Cahuna befand sich auf einer seiner zahllosen Astralreisen und versuchte, alte Verteidigungssysteme seines Volkes zu reaktivieren, um Vorkehrungen gegen die Rückkehr seiner Erzfeinde zu treffen.

Was Manjushi Sorgen bereitete, war nicht so sehr die geheimnisvolle dunkle Macht, die im Verborgenen lauerte – denn wie jeder Lama wusste er genau, dass die Dunkelheit der natürliche Gegenpart und nicht der Feind des

Lichtes war, ein unverzichtbares Element des Daseins –, sondern vielmehr der Hass und die Wut, die Cahuna in sich trug, und die von Tag zu Tag wuchsen. Mächtige Emotionen, die die unbefleckte Reinheit der Erkenntnis trübten und ihn dazu verleiten konnten, durch seine Maßnahmen mehr Unheil anzurichten, als er vereiteln wollte.

Deshalb sah Manjushi seine vordringliche Aufgabe darin, beruhigend und besänftigend auf Cahuna einzuwirken. Der Gesandte musste besonnener auf die Herausforderungen reagieren.

Ja, die dunklen Kräfte aus der Vergangenheit waren erwacht, daran bestand kein Zweifel. Das hatten die Mönche, die der Lama als transzendentale Lauscher eingesetzt hatte, am eigenen Leib zu spüren bekommen. Eine dunkle Energiewelle war über sie hinweggefegt und hatte ihre Augäpfel wie überreife Weintrauben platzen lassen. Seither wusste er, wie groß die Gefahr war, die von den wieder erwachenden uralten Anlagen ausging.

Und wenn selbst buddhistische Lamas, ein Leben lang in Askese und Selbstbeherrschung geschult, diesen Kräften so schutzlos ausgeliefert waren, wie mochte es dann erst anderen Menschen ergehen, die unvorbereitet damit in Berührung kamen?

Nach diesen Ereignissen hatte Manjushi die erblindeten Mönche in ihre Heimatklöster zurückgeschickt. Jetzt war Gompa oder auch Gompa-Tso, wie das kleine Kloster in dem Talkessel von den wenigen Menschen genannt wurde, die es kannten, wieder nahezu verwaist. Außer Paldan Manjushi beherbergte es nur noch seine ursprünglichen Bewohner, zwei weitere Mönche sowie zwei junge Novizen, die nach dem Tod ihrer Meister deren Plätze einnehmen würden.

Das leichte Ziehen in seinem Hinterkopf, das stets die

Rückkehr des Gesandten ankündigte, war diesmal heftiger als gewöhnlich. Manjushi spürte, wie ein kurzer Ruck seinen Körper durchlief. Einen Moment lang trübte sich sein Blick, und das Bild vor seinen Augen verdoppelte sich, als würde er schielen. Dann wurde es übergangslos wieder klar.

Ich grüße dich, Bruder, sagte er lautlos.

Die Anlage in dem Land, das Burma oder Myanmar genannt wird, erwacht zu neuem Leben, antwortete Cahuna barsch auf die gleiche Art, ohne den Gruß zu erwidern. *Eine Gruppe von Menschen macht sich an ihr zu schaffen. Du kennst sie, zumindest einen von ihnen. Er war schon einmal mit zwei Begleitern hier.*

Manjushi registrierte den unverhohlen feindseligen Tonfall der geistigen Stimme in seinem Kopf. Er konnte sich noch sehr gut an den Besuch der drei Westler erinnern, die mit einer chinesischen Führerin in das Kloster gekommen waren. Zwei Männer und eine Frau. Sie arbeiteten für ein privates Forschungsinstitut im fernen Schottland und kämpften, ohne es zu wissen, auf der gleichen Seite wie Cahuna.

Es sind nicht unsere – deine – Feinde, mein Bruder, wie du weißt, erklärte er ruhig. *Du selbst hast sie damals unsere Mitstreiter genannt und ihnen den Weg zu uns gewiesen. Sie haben geholfen, den Menschen namens Richard Dean Karney daran zu hindern, deinen alten Gegenspielern die Rückkehr in diese Welt zu ermöglichen.*

Hätte Cahuna einen Körper besessen, hätte er jetzt unwillig den Kopf geschüttelt. *Eine glückliche Fügung!,* schnaubte er. *Ich habe mich in ihnen getäuscht. Sie kennen die wahren Hintergründe nicht, sie würden sie nicht verstehen, und durch ihre Unwissenheit richten sie großes Unheil an. Sie haben zwar die Schwarze Pyramide des Mannes zerstört, der sich Kar genannt hat, aber dabei dem Feind ein Artefakt von unermesslicher Macht in die Hände fallen lassen. Sie waren es, die durch ihre Manipulationen die verhängnisvollen Ereignisse erst in Gang gesetzt haben!*

Nein, mein Bruder, widersprach Manjushi sanft. *Es war Kar. Sie haben sich gegen ihn gestellt und die unmittelbare Gefahr gebannt. Was jetzt geschieht, mag wie eine Bedrohung deiner Aufgabe erscheinen, aber der Grat zwischen Schein und Wirklichkeit ist fließend. Das Orakel ...*

Das Orakel spielt sein eigenes Spiel!, unterbrach ihn Cahuna gereizt. *Alle Orakel tun das. Das haben sie schon zu meiner Zeit getan. Sie kennen keine Loyalität. Sie spielen gegeneinander, und dazu benutzen sie jeden, der sie auf ihrem Weg zum Ziel einen Schritt weiterbringt.*

Manjushi schwieg einen Moment. Cahuna hatte nicht gänzlich Unrecht. Seit jeher hatten die Orakel in die Geschicke der Menschen eingegriffen, ohne eindeutig Position zu beziehen. Sie gaben ihnen verschlüsselte Ratschläge und Hinweise, und sie erfüllten sogar persönliche Bitten, verlangten dafür aber stets eine Gegenleistung, deren Preis sehr hoch sein konnte.

Andererseits hatte das Orakel von Delphi, das sich auf eigenen Wunsch nun in Gompa befand, den Wissenschaftlern von A.I.M. geholfen, das erste Tor nach Atlantis zu öffnen. Nach seinen Gründen befragt, antwortete es gewöhnlich nur auf seine ausweichende, häufig spöttische Art. Und wie es schien, hatte es auch diesmal wieder die nicht vorhandenen Finger im Spiel. Seine geheimnisvollen Botschaften, von denen noch einige im Hauptquartier von A.I.M. ihrer Entdeckung harrten, hatten die laufenden Ereignisse erst in Gang gesetzt.

Und was willst du jetzt tun, mein Bruder?, erkundigte sich der Lama.

Vorerst abwarten und beobachten, erwiderte Cahuna. Plötzlich klang seine geistige Stimme müde und erschöpft. Sein Zorn war verraucht. *Und eingreifen, sobald sich der Weg zum Zentrum der Anlage wieder öffnet. Ihre Macht brechen.*

Du kannst den Weg nicht selbst öffnen?, fragte Paldan Manjushi.

Cahuna seufzte lautlos. *Nein. Ich wusste bisher nicht einmal von der Existenz dieser Anlage, hinter der sich ein weit verzweigtes System von Torwegen verbirgt. Sie muss noch aus einer Zeit stammen, als mein Volk ...* – er zögerte, und als er weitersprach, schwang ein Anflug von Hilflosigkeit und Empörung in seiner geistigen Stimme mit – *... als mein Volk den Feinden als willenlose Sklaven gedient hat.*

Er verstummte. Manjushi spürte, wie sich der Gesandte in eine Art Dämmerschlaf sinken ließ.

Die Sonne näherte sich dem Horizont im Westen und überzog den *Kangrinpoche* mit weichem, rötlichem Licht. Ihre Strahlen ließen die reglose Wasseroberfläche der beiden Heiligen Seen, des Mapham Tso und des Langak Tso, glitzern. Die Eiskuppe des Heiligen Berges leuchtete geheimnisvoll. Ein Bild des Friedens.

Paldan Manjushi erhob sich, trat an den Rand des Talkessels und blickte in die Tiefe. Rund fünfhundert Meter unter ihm breitete sich eine grüne Oase mit einem kleinen türkisfarbenen See in der Mitte aus. An einer Flanke der fast senkrecht abfallenden Felswände war die Vorderfront eines von Geröll halb verschütteten Klosters zu erkennen, dessen Architektur sowohl tibetische als auch völlig fremdartige Elemente aufwies. Zwei Gestalten in roten Roben, die aus dieser Höhe wie Spielzeugfiguren aussahen, standen über sorgfältig angelegte Beete gebeugt, in denen verschiedene Gemüsesorten und Gerste angebaut wurde.

Was den Blick jedes Fremden jedoch als Erstes angezogen

hätte, waren die Pappeln, Birken, Weiden und Zedern, die am Grunde des Tales wuchsen. Bäume, die in dieser Höhe absolut nichts verloren hatten.

Und das war nicht das einzige Rätsel, das dieser ovale, etwa fünfhundert mal dreihundert Meter durchmessende Talkessel aufgab.

Lediglich Eingeweihte fanden den Weg zu ihm. Obwohl aus der Höhe gut zu erkennen, wusste nur eine Hand voll Menschen, wie er zu erreichen war. Jeder Fremde, der versuchte, das Labyrinth aus schmalen Schluchten und engen Felsspalten zu durchqueren, das einen der beiden Zugänge bildete, verirrte sich hoffnungslos. Irgendeine geheimnisvolle Kraft ließ Kompassnadeln verrückt spielen, die hohen Felswände blockierten jeden Funkverkehr, und selbst die Zeit und die Himmelsrichtungen schienen keine verlässlichen Größen mehr zu sein.

Der andere Zugang, den Manjushi jetzt beschritt, bestand aus einem stellenweise nur handbreiten Sims, der über die senkrecht abfallenden Felswände von der Hochebene an der Nordseite des Tales steil in die Tiefe führte. Manjushi war der einzige Bewohner des Klosters, der es wagen konnte, diesen halsbrecherischen Pfad zu nehmen. Vor vielen Jahren hatte ein früherer Schüler des Lamas, ein äußerst geschickter und wagemutiger Kletterer, der Versuchung nachgegeben, den schmalen Aufstieg zu bezwingen, und war zu Tode gestürzt.

Doch daran dachte Manjushi nicht, während er dem Felssims mit traumwandlerischer Sicherheit folgte.

Cahuna hatte sich verändert. Angst und Zorn trübten seinen Geist. Die Trauer um das, was er verloren hatte, drohte ihn zu überwältigen. Seinen Körper, seine Verwandten und Freunde, sein Volk, seine Vergangenheit. Der Verlust von allem, was er gekannt und geliebt hatte.

Die Furcht, unter der Last seiner Verantwortung zu zerbrechen. Der Zweifel, seiner Aufgabe nicht gewachsen zu sein.

Angst, Trauer und Zorn entsprangen der Geißel des Begehrens, des Festhaltens, und es waren schlechte Ratgeber. Manjushi teilte die Besorgnis des Gesandten aus der fernen Vergangenheit, aber er bezweifelte auch, dass Cahuna die richtigen Maßnahmen ergriff. Nicht Gewalt und Aggression führten zum Ziel, sondern Verständnis, Sanftheit und Mitgefühl.

Selbst im Kampf.

Und so hatte er beschlossen, seine Zweifel in einen Winkel seines Geistes zu verbannen, der nicht einmal dem Wesen zugänglich war, das sich mit ihm seinen Körper teilte. Mehr noch, Cahuna würde nicht einmal bemerken, dass sein Wirt etwas vor ihm verbarg.

Zum Beispiel die Tatsache, dass sich in den Tiefen des uralten, halb verschütteten Klosters vor einigen Tagen ein Tor geöffnet hatte. Keines, das ein Mensch durchschreiten konnte.

Aber durchlässig für den Geist eines Lamas, der die Fähigkeit der Astralreise beherrschte.

Nach dem Anfangserfolg erwies sich das Tor als äußerst hartnäckig. Alle Figuren ließen sich den Feldern problemlos entnehmen, ohne dass die Schalttafel oder das Tor in irgendeiner Weise darauf reagierten. Jede Figur bestand aus dem gleichen matt glänzenden schwarzen Material und schien aus einem einzigen Stück gefertigt zu sein. Die Aussparungen in den Feldern waren nicht mehr als eben das, Aussparungen ohne irgendein erkennbares Innenleben. Keine Kontakte, elektrischen Leiterbahnen oder Schalter.

Seltsam war, dass die sich nach hinten verjüngenden Körper wie die Pyramiden oder der Kegel in ihren Fassungen schwebten, wenn sie zur Hälfte daraus hervorragten, ohne die Ränder zu berühren. Als würden sie von einem Magnetfeld oder einer anders gearteten Kraft in Position gehalten, obwohl Connors empfindliche Sensoren keinerlei Energiefelder anmessen konnten.

Übte man einen leichten Druck auf die Grundfläche eines Körpers aus, glitt er wie von Geisterhand bewegt selbstständig bis zum Anschlag in seine Fassung. Eine Berührung der Kugel im Zentralfeld reichte aus, um die so versenkte Figur wieder aus ihrem Feld hervortreten zu lassen.

Ein faszinierender, aber letztendlich fruchtloser Vorgang.

Natürlich hatten die Abenteurer es zuerst mit der vierseitigen Pyramide versucht, durch die es Valerie ursprünglich gelungen war, das Tor zu öffnen. Ohne Erfolg. Allerdings hatte sich die Schalttafel damals auch in einem anderen Aussehen präsentiert.

Der gleiche Misserfolg stellte sich bei den anderen Körpern ein. Seither versuchten sie es mit Kombinationen. Nachdem sie alle Paar-Varianten mit der viereckigen Pyramide durchgespielt hatten – wieder erfolglos –, waren sie bei Dreier-Kombinationen angekommen. Connor hatte Geoffreys Vorschlag abgelehnt, alle Figuren nach ihrer Wertigkeitsskala hintereinander in ihre Öffnungen einzuführen. Ohne dass er es rational hätte begründen können, erschien ihm diese Maßnahme als zu brachial und riskant.

Bei zweiundzwanzig beweglichen Körpern – von dem Zentralfeld mit der Kugel, bei dem es sich um eine Art Enter-Taste zu handeln schien, und den beiden leeren Feldern mit ihren halbkugelförmigen Öffnungen abgesehen –, wuchs allein die Zahl möglicher Dreier-Kombinationen in Schwindel erregende Höhen. Bei vier oder noch mehr Feldern würden sie Monate, wenn nicht gar Jahre brauchen, alle Variationen durchzuspielen. Auch wenn er es nicht laut aussprach, wusste Connor, dass er sich etwas anderes einfallen lassen musste. So skurril und unwissenschaftlich – zumindest nach den Kriterien zweckmäßiger Logik – der Steuermechanismus auch anmuten mochte, er war in seiner Komplexität einfach genial. Hatte man endlich ein Rätsel gelöst, stand man vor dem nächsten. Wer den Code nicht kannte, war auf einen Glückstreffer angewiesen. Connors ohnehin nicht geringer Respekt vor den unbekannten Baumeistern wuchs mit jeder Minute.

Als der Messsensor des leeren Feldes rechts von der Kugel plötzlich einen sprunghaften Energiezuwachs anzeigte, stieß Connor einen tonlosen Pfiff aus. »Treffer!«, rief er. Gleichzeitig war der Energiewert des mittleren Feldes auf null gefallen.

Der ersten Aufregung folgte Ernüchterung. Das Tor blieb geschlossen.

»Berühren Sie die Kugel und wiederholen Sie die letzte Kombination«, wies Connor Geoffrey seufzend an. »Vielleicht haben wir irgendetwas übersehen.«

Barnington legte die Fingerspitzen auf die Kugel und zuckte zurück.

»Was ist los?«, fragte Connor, dem die Bewegung nicht entgangen war.

»Die Kugel ... sie ist in ihre Fassung geglitten und ... und einfach verschwunden«, stammelte Geoffrey. »Jetzt ist da nur noch eine leere Halbkugelschale. Ich habe ...« Er brach mitten im Satz ab. »Da ist sie wieder!«, krächzte er kurz darauf aufgeregt. »Im rechten Feld!«

Vom Tor her klang ein leises Klatschen auf. Alle Köpfe fuhren ruckartig herum.

»Es ist nur der Sensor und das Stromkabel«, sagte Tom.

»Die Klebstreifen haben sich gelöst, und das Ding ist auf den Boden gefallen. Ich werde es wieder befestigen.«

Er trat an das Tor, hob den Sensor auf und wollte ihn in Kopfhöhe an den glatten Fels drücken ...

... doch seine Hand drang in ihn ein wie in eine Nebelwand. Mit einem überraschten Keuchen riss er sie zurück, ließ den Sensor fallen und starrte seine Finger an, als fürchtete er, sich verbrannt zu haben. »Connor, ich schätze, wir haben es geschafft!«, rief er. »Das Tor scheint offen zu sein!« Langsam streckte er die Hand wieder aus und näherte sie der Felswand.

»Nein, Mr. Ericson«, warnte Connor. Er sprang auf und eilte zu Tom. »Tun Sie das lieber nicht. Möglicherweise haben die Konstrukteure dieser Anlage noch andere Sicherheitsvorkehrungen getroffen. Wir sollten vorsichtiger sein, bevor wir uns in Gefahr bringen.«

Tom ließ die erhobene Hand sinken. »Wollen Sie Ihren *Spider* ausprobieren?«, fragte er und deutete auf ein kleines, silbern schimmerndes Gerät, das auf acht dünnen Spinnenbeinen aus Memory-Metall in einer offenen Kiste stand. Es war mit einer Miniaturkamera ausgestattet und konnte sich, über ein Kabel ferngesteuert, durch unwegsames Gelände und schmale verwinkelte Gänge bewegen.

Connor überlegte kurz und schüttelte dann den Kopf. »Zu riskant. Ich möchte das Gerät nicht verlieren. Außerdem würde ich gern mehr als nur ein optisches Bild von dem erhalten, was uns auf der anderen Seite erwartet. Der *Spider* verfügt lediglich über eine Kamera und ein Mikrofon. Lassen Sie uns ein bisschen improvisieren. Wir können aus einer der Kisten und ein paar Rollen einen kleinen Karren bauen und ihn mit verschiedenen Messinstrumenten bestücken. Ich habe alles da, was wir dazu brauchen. Dann schieben wir den Karren mit einer Stange durch das

Tor und erkunden den Raum auf der anderen Seite aus sicherer Entfernung.«

»Wo bleibt denn da das Abenteuer?«, murmelte Tom. »Bei unseren früheren Einsätzen ...«

»... haben Sie ständig Kopf und Kragen riskiert«, unterbrach ihn Connor ungewohnt unhöflich. »Es ist geradezu ein Wunder, dass Sie immer noch leben.«

»Meistens hatte er mit Gudrun nicht nur einen Schutzengel, sondern auch einen weiblichen, analytischen Verstand zur Seite«, warf Valerie süffisant ein. »Frauen neigen nicht zu unbedachten, halsbrecherischen Hauruck-Aktionen, sondern berücksichtigen die Risiken, bevor sie handeln.«

»Das müssen *Sie* gerade sagen«, erwiderte Tom in einem Tonfall, dessen Schärfe nicht gänzlich gespielt war. »Wenn ich mich recht erinnere, haben Sie sich durch Ihre Leichtfertigkeit mehr als einmal in Gefahr gebracht. Sie sind die Weltmeisterin in unbedachten Hauruck-Aktionen.«

Aber er wusste, dass sie im Grunde Recht hatte. Gudruns Umsichtigkeit und pragmatische Vernunft – bei allen Marotten, die sie sonst haben mochte –, hatten sich in der Vergangenheit mehr als einmal bewährt. Aber es war mehr als nur das.

Er gestand sich ein, dass er die deutsche Anthropologin vermisste. Mehr als er geglaubt hatte. Sie waren durch die gemeinsam erlebten Abenteuer zu einem festen Team zusammengeschweißt worden, bei dem der eine den anderen ergänzte. Nicht nur in professioneller Hinsicht ...

Und nun trieb sie sich mit Pierre Leroy irgendwo in Südfrankreich herum, nur weil irgendeine Urgroßtante des quirligen Franzosen, die sie nicht einmal kannte, ihren hundertsten Geburtstag feierte. Bei dem Gedanken spürte er einen Stich von Eifersucht.

Ihr letzter Streit, bei dem er sich wie ein kleiner Junge benommen hatte, war hitziger als sonst gewesen. Tom verstand einfach nicht, wieso sich Gudrun ihm gegenüber plötzlich so abweisend verhielt. Schon gar nicht nach ihren Erlebnissen im Amazonas-Dschungel von Brasilien, bei denen sie sich im wahrsten Sinne des Wortes näher gekommen waren. Und Pierre war ein notorischer Weiberheld, der kein Hehl daraus machte, dass er Gudrun äußerst anziehend fand.

Nicht dass sie an ihm auf eine Weise interessiert war, die über rein freundschaftliche Gefühle hinausging. Oder vielleicht doch …?

Obwohl Thomas Ericson hier in Burma vor einem der größten Rätsel dieser Welt stand, dessen Lösung ungeahnte Möglichkeiten und neue Erkenntnisse versprach, interessierte es ihn in diesem Moment mehr, wie es Gudrun Heber ging und was sie gerade tat.

Pierre Leroy saß neben dem Eingang des Hauses, in dem Gudrun und er untergekommen waren, auf einem alten Schaukelstuhl und zählte die Pflastersteine der schmalen Gasse. Doch die äußerliche Gelassenheit, mit der er langsam hin und her schaukelte, täuschte.

Innerlich vibrierte der kleine, dunkelhaarige Franzose vor unterdrückter Spannung, was jedoch nicht daran lag, dass Gudrun und er hier in dem verschlafenen Nest Pont des Chevaliers dicht vor der spanischen Grenze im französischen Teil der Pyrenäen ihrem Ziel einen großen Schritt näher gekommen waren.

Der *Steinernen Prophezeiung* des Sehers Nostradamus.

Was Pierre in erste Linie schwer zu schaffen machte, war seine Sucht. Oder besser gesagt, die Entzugserscheinungen.

Denn daran, dass er süchtig war, bestand kein Zweifel. Lange Zeit hatte er sich etwas vorgemacht, so wie es jeder angehende Junkie tat.

Ich kann jederzeit damit aufhören. Aber warum jetzt schon? Es geht mir doch gut.

Und wahrscheinlich hätte er während der ersten Zeit tatsächlich aufhören können, denn Pierre war nicht etwa nach Drogen, Alkohol oder Nikotin süchtig, sondern nach Wasser.

Einem ganz bestimmten Wasser.

Nach Wasser aus dem so genannten Heiligen Gral.

Genau wie Gudrun. Nur ahnte sie noch nicht, dass er davon wusste. Oder dass er ebenfalls süchtig war.

Es hatte vor mehr als einem Jahr angefangen. Damals, auf der Suche nach dem Heiligen Gral – der sich letztendlich als etwas ganz anderes entpuppt hatte, nämlich als die biblische Bundeslade –, war ihnen ein mit Edelstein besetzter Kelch in die Hände gefallen. Die ursprünglichen Besitzer des Kelches hatten Pierre und Gudrun einer Prüfung unterzogen.

Drei Kelche, alle mit einem tödlichen Gift gefüllt, das nur von dem richtigen Gefäß neutralisiert wurde.

Sie hatten die Probe bestanden und aus dem richtigen Kelch getrunken. Und damit hatte das Verhängnis seinen Lauf genommen.

Unmerklich und schleichend zuerst.

Goss man eine beliebige Flüssigkeit in den Kelch und trank davon, fühlte man sich belebt und erfrischt. Und die Wirkung steigerte sich mit der Menge, die man trank.

Ein wahrer Jungbrunnen. Ein Lebenselixier.

Doch alles hatte seinen Preis. Und der Preis für den fortwährenden Genuss des Gralswassers war Abhängigkeit.

Die ersten Monate war Pierre nur hin und wieder in das

Kellergewölbe von Oake Dùn gestiegen, in dem der Gral stand, um sich einen kleinen Schluck zu gönnen. Wenn er mal wieder erschöpft oder müde gewesen war. Oder vor einer anstrengenden Arbeit, die besonders viel Konzentration, Ausdauer oder Kraft erforderte. Oder einfach nur so ...

Irgendwann war aus den gelegentlichen Schlucken eine Gewohnheit geworden. Dann hatte sich die Frequenz verkürzt und die Wassermenge gleichzeitig erhöht. Der letzte Schritt war gewesen, sich einen stets verfügbaren Vorrat abzufüllen.

Und endlich – viel zu spät – hatte er es sich eingestanden: Er kam ohne das Gralswasser nicht mehr aus. Er war süchtig.

Dass er mit diesem Problem nicht allein war, hatte er erst vor Kurzem herausgefunden.

Gudrun hing ebenfalls am Kelch, sozusagen. Eines Nachts hatte er sie, von ihr unbemerkt, dabei ertappt, nicht nur aus dem Gral zu trinken, sondern sich wie er eine größere Menge Wasser abzufüllen.

Er grinste humorlos und warf einen Blick auf seine Uhr.

Erst zehn Minuten vergangen, seit er zuletzt nachgesehen hatte. Die Zeit kroch im Schneckentempo dahin. Wo blieb der verdammte Bote?

Pierre schaukelte etwas stärker und zwang sich, nicht in sein Zimmer zurückzukehren, um sich noch einen Schluck – wirklich nur einen ganz kleinen! – von seinem kümmerlichen Rest Gralswasser zu genehmigen. Noch waren die Entzugserscheinungen nicht allzu schlimm. Nervosität. Reizbarkeit. Verstärktes Schwitzen. Ein leichtes Reißen und Zerren in allen Gliedern. Hitzeanwallungen und Kältegefühle. Schwindel. Kopfschmerzen, Bauchschmerzen ...

Er schloss die Augen.

Zum Bekämpfen der schlimmsten Symptome reichten schon geringe Mengen des Wassers aus. Ein Schnapsglas voll alle paar Stunden. Aber wie jeder lupenreine Junkie, der seinen Stoff im Notfall immer mehr streckte, um irgendwie über die Runden zu kommen, nur um alle guten Vorsätze innerhalb einer Sekunde wieder über Bord zu werfen, sobald die nächste größere Lieferung eintraf, hatte Pierre seine Vorräte zu schnell aufgebraucht.

Und Gudrun erging es nicht anders.

Ohne ihr Wissen hatte Pierre ihr während der letzten beiden Tage kleine Mengen von seinem Wasser in die Flasche geschüttet. Das verlangte sein Gefühl für Ritterlichkeit von ihm. Immer nur so viel, dass es nicht auffiel. Zumindest hoffte er das. Er würde sie erst darauf ansprechen, sobald der Bote eintraf.

Eigentlich war es erstaunlich, dass Gudrun trotz der prekären Situation nicht darauf bestand, nach Oake Dùn zurückzukehren, um Nachschub zu beschaffen. Dafür zollte der kleine Franzose ihr Respekt. Wäre er nicht auf die Idee gekommen, Elwood anzurufen und ihn zu überreden, ihm einen Fünf-Liter-Kanister Gralswasser abzufüllen und es per Express nach Tarascon zu schicken, der nächstgrößeren Stadt, hätte er sich längst schon auf den Heimweg gemacht.

Die Vorstellung, endgültig auf dem Trockenen zu sitzen, war geradezu unerträglich.

Ein weiterer Blick auf die Uhr. Mist! Wieder erst fünf Minuten vergangen!

Irgendwo krähte ein Hahn. Auf dem Zweig eines Apfelbaums hüpfte eine Meise herum. Eine getigerte Katze erforschte voller Hingabe einen Riss in der gegenüberliegenden weiß getünchten Häuserwand. Sonst gab es nirgendwo ein Anzeichen für Leben zu entdecken.

Pont des Chevaliers verdiente nicht einmal die Bezeichnung Dorf. Ein gutes Dutzend Häuser, davon mindestens die Hälfte verlassen, gruppierte sich um eine holprige Kopfsteinpflasterstraße. Keine Kneipe, kein Bistro, kein Geschäft, nicht einmal ein kümmerlicher Kiosk. Der einzige Grund, aus dem Pierre und Gudrun dieses gottverlassene Nest aufgesucht hatten, war der, dass es in Sichtweite der verfallenen Klosterruine lag, zu der sie die Spur geführt hatte, auf die sie durch ein handschriftliches Manuskript gestoßen waren.

Mit freundlicher Unterstützung des Orakels von Delphi.

Natürlich gab es in diesem Geisterdorf auch keine Pension oder auch nur ein einziges Gästezimmer, aber wie der Zufall es wollte, hatte ein Kunstmaler aus Norddeutschland ausgerechnet hier ein altes Haus erworben und dem seltenen Besuch ohne zu zögern oder einen einzigen Franc dafür zu verlangen zwei liebevoll hergerichtete Zimmer zur Verfügung gestellt.

Pierre wollte gerade seinen Wachposten verlassen und einen kurzen Abstecher in sein Zimmer machen, um allen guten Vorsätzen zum Trotz wenigstens ein winzigkleines Schlückchen Gralswasser zu trinken, als er ein Motorengeräusch in der Ferne hörte. Er hob den Kopf.

Ein uralter klappriger R-4-Kastenwagen kämpfte sich rasselnd und schnaufend die letzten Meter der steilen Zufahrtsstraße empor und rollte in das Dorf hinein.

Pierre sprang auf und fuchtelte mit beiden Armen in der Luft herum. Der Wagen hielt neben ihm an, und ein junger Bursche mit einer schwarzen Lockenmähne streckte den Kopf zum Seitenfenster heraus. »Monsieur Leroy?«

»Genau der«, erwiderte Pierre eifrig und wischte sich die schweißnassen Handflächen an der Hose ab. »Sind Sie der Bote aus Tarascon? Haben Sie ein Paket für mich?«

»Habe ich. Und nicht nur für Sie. Heute muss mein Glückstag sein. Gleich zwei Lieferungen auf einmal an dieselbe Adresse.« Der junge Mann grinste breit und zeigte dabei ein kräftiges Pferdegebiss. »Gibt es hier irgendwo eine Mademoiselle Gudrun Heber?«

»Eine Lieferung für Gudrun?«, fragte Pierre verblüfft. »Was, zum Teufel ...«

Hinter ihm flog scheppernd die Tür auf, und Gudrun stürmte ins Freie. Eine dicke Strähne ihres dunklen Haars klebte ihr in der Stirn, und unter den Achseln ihres hellroten T-Shirts zeichneten sich dunkle halbmondförmige Flecken ab. Ihre grünen Augen blitzten. Pierre hatte sie noch nie so aufgeregt gesehen.

»Ich bin Gudrun Heber!«, rief sie. »Haben Sie eine Lieferung für mich?«

Das Grinsen des Boten wurde noch breiter. Er stieg aus dem Auto und nahm zwei Pakete vom Rücksitz.

»Ziemlich schwer für die Größe«, sagte er, während er das eine Pierre und das andere Gudrun übergab. »Und es gluckst leise, wenn man die Dinger bewegt.« Er warf einen Blick auf die Absenderaufkleber. »Muss ja ein höllisch guter Stoff drin sein, bei den Lieferkosten. Steigt hier 'ne Fete, oder was? Mit schottischem Whisky? Steh ich nicht drauf. Bei hartem Zeug bevorzuge ich Cognak oder Calvados. Aber egal, jeder nach seinem Geschmack. Hier, unterschreiben Sie bitte den Lieferschein.«

Höllisch guter Stoff, du weißt ja gar nicht, wie Recht du hast, dachte Pierre, während er mit zitterndem Finger seinen Namen auf die gepunktete Linie der Empfangsbestätigung kritzelte. Er starrte Gudrun fassungslos an.

Natürlich, man musste wahrlich kein Genie sein, um auf die Idee zu kommen, sich Gralswasser aus Oake Dùn schicken zu lassen.

»Was hast du da?«, fragte sie misstrauisch, nachdem der Bote mit einem großzügigen Trinkgeld davongefahren war.

»Ich schätze, das Gleiche wie du«, erwiderte Pierre grinsend. Er fühlte sich so erleichtert, als hätte er bereits einen großzügigen Schluck des belebenden Wassers getrunken.

Gudruns Augen wurden schmal. »Ich weiß, was ich in den Händen halte, aber du ...?«

Pierre nickte. Sein Grinsen erlosch wie abgeschaltet. »Die gleiche Geschichte, Chéri. Süchtig wie ein bretonischer Leuchtturmwärter. Nur hat unser Stoff keine Prozente. Jedenfalls keine messbaren.«

»Dann habe ich mich also nicht getäuscht? Du hast während der letzten beiden Tage tatsächlich meinen Wasservorrat immer wieder ein bisschen aufgefüllt? Woher wusstest du ...?«

»Ich weiß schon seit einigen Tagen, dass du das gleiche Problem wie ich hast. Ich habe dich im Keller von Oake Dùn entdeckt, als ich mich selbst heimlich runtergeschlichen hatte, um meine Vorratsflasche zu füllen.«

»Ich ... ich ...« Gudrun schlug die Augen nieder. »Ich schäme mich ganz entsetzlich, Pierre. Ich wollte schon lange mit irgendjemandem darüber sprechen, aber dann habe ich mich immer wieder ...«

»... deswegen geschämt«, beendete Pierre den Satz für sie. »Ich weiß, geht mir nicht anders. Obwohl, bei meiner Vergangenheit ...« Er schüttelte den Kopf. »Ist nicht das erste Mal, dass ich an irgendeinem Zeug festhänge. Aber ich habe es damals geschafft, davon loszukommen, und ich werde es wieder schaffen. Wir schaffen es gemeinsam, Gudrun!«

Die Deutsche lächelte zaghaft. »Das wünsche ich mir, Pierre. Von ganzem Herzen. Aber heute ...«

»Heute feiern wir«, sagte Pierre. »Der beste Zeitpunkt

für eine schwierige Aufgabe ist übermorgen, wie ein alter Freund von mir so treffend zu formulieren wusste. Jetzt besaufen wir uns erst einmal hemmungslos mit klarem Wasser.«

»Okay«, sagte Connor, ohne den Blick vom Kontrollmonitor zu nehmen. »Schieben Sie das Ding durch.«

Tom spürte Valeries Atem im Nacken, als er die Bambusstange unnötig fest mit beiden Händen umklammerte und die auf das Rollbrett montierte Videokamera zentimeterweise auf das Felstor zuschob. Das leise Geräusch der Rollen auf dem rauen Untergrund klang unnatürlich laut, fast so laut wie Geoffreys unterdrücktes Keuchen.

Das Kameraobjektiv näherte sich dem scheinbar massiven Fels und drang mühelos in ihn ein.

»Kein Bild mehr«, meldete Connor ruhig.

Obwohl Tom aus Erfahrung wusste, dass das Gestein eines aktivierten Tores so durchlässig wie Wasser war, spannte er instinktiv die Muskeln an und biss die Zähne zusammen. Die Kamera war fast im Tor verschwunden, der hinter ihr aufragende Scheinwerfer berührte gerade den Fels.

»Spüren Sie irgendetwas?«, erkundigte sich Valerie heiser.

»Nichts«, erwiderte Tom gepresst. »Buchstäblich. Selbst der Rollwiderstand lässt nach. Fühlt sich fast so an, als hätte der Wagen seine Masse verloren und ich würde in dickem Öl herumstochern.«

Das Rollbrett wurde vollends vom Fels verschluckt. Die Kabel der Videokamera, der diversen Messgeräte und des Scheinwerfers sanken langsam durch das Gestein nach unten, je tiefer die Ausrüstung in das Tor eindrang, als wäre es lediglich eine Holografie. Die erste Markierung der Bambusstange näherte sich den Fels.

»Halt.« Connor hatte nicht lauter als zuvor gesprochen, aber trotzdem zuckte Tom zusammen. Die glatte Oberfläche des Bambus fühlte sich glitschig in seinen schweißnassen Händen an. »Wir haben ein Bild«, fügte Connor hinzu.

Valerie sprang auf und eilte zu ihm. Geoffrey schob die Holzböcke mit zitternden Fingern in Position und folgte ihr bereits, während Tom noch behutsam die Bambusstange absetzte, sich ächzend aufrichtete und seine verkrampften Arme ausschüttelte.

»Was ist das?«, fragte Valerie mechanisch, ohne wirklich eine Antwort zu erwarten. Sie starrte gebannt auf den Monitor.

»Auf jeden Fall ein größerer Hohlraum«, sagte der Highlander nüchtern. »Und es scheint eine schwache Lichtquelle im Hintergrund zu geben.«

Tom gesellte sich zu Valerie und Geoffrey, die sich um Connor drängten, schob sich zwischen die beiden und fuhr sich mit den Fingern durch das verfilzte Haar. Die dumpfen Kopfschmerzen und der leichte Druck in seinen Augenhöhlen schienen urplötzlich zu verfliegen. Er blinzelte und kniff die Augen zusammen, aber dadurch wurde das Bild auch nicht schärfer.

Connors vorsichtige Umschreibung »Hohlraum« brachte die Sache auf den Punkt. Alles, was Tom erkennen konnte, war ein dunkler Raum undefinierbarer Größe, darin ein paar verschwommene, rechteckige Umrisse und ein schwacher Lichtschein ohne ersichtliche Quelle im Hintergrund.

»Schalten Sie den Scheinwerfer ein!«, krächzte Geoffrey aufgeregt.

»Noch nicht.« Connors Stimme klang völlig emotionslos, und seine Miene war maskenhaft starr, als er die Anzeigen der Messgeräte ablas. »Die Temperatur beträgt 21 Grad Celsius, Luftdruck 1100 Millibar, Luftfeuchtigkeit 48 Prozent. Keine Geräusche.«

»1100 Millibar?«, fragte Tom irritiert. »Wir haben hier nur 970. Wieso ...?« Er räusperte sich.

»Richtig«, griff Connor den Faden auf und bearbeitete die Aufnahme der Videokamera digital. Das Bild auf dem Monitor wurde heller und schärfer, wirkte aber immer noch merkwürdig körnig. »Wieso können feste Gegenstände das Tor problemlos passieren, aber es findet kein Luftaustausch zwischen beiden Räumen statt? Eigentlich müsste durch den Überdruck auf der anderen Seite ein kühler Luftzug zu uns hereinwehen.«

Tom nickte wortlos, trat dicht vor das Tor und näherte das Gesicht dem Fels. Bei dem Schweißfilm auf seiner Haut hätte er selbst den leisesten Windhauch wahrnehmen müssen, aber er spürte nichts. Er kehrte zu den anderen zurück und zwängte sich wieder zwischen Geoffrey und Valerie.

Connor hatte die Hände auf die Steuerkonsole gelegt und schwenkte die Videokamera in ihrer Kardanaufhängung herum. Das Mikrofon übertrug das leise Surren des Servomotors. Davon abgesehen herrschte völlige Stille in dem unbekannten Gewölbe.

Die Kamera schien sich in einem schmalen Gang zu befinden, der sich nach hinten erweiterte. Die Wände rechts und links wirkten glatt und konturlos, ebenso wie die dunkle Decke und der Boden.

»Na los, schalten Sie schon den gottverdammten Scheinwerfer ein«, verlangte jetzt auch Valerie. Tom konnte spüren, wie schnell sie atmete, und plötzlich wurde er sich bewusst, dass er sich dicht an sie geschmiegt hatte, um den Monitor besser im Auge behalten zu können. Unter normalen Umständen hätte die Israelin mit einer bissigen Bemerkung auf den engen Körperkontakt reagiert oder wäre von ihm abgerückt, aber sie schien seine Nähe nicht einmal zu registrieren.

Der Monitor erhellte sich.

»Das ist nicht der Raum, in dem wir waren!«, stieß Geoffrey hervor.

»Stimmt«, bestätigte Valerie atemlos. »Er sieht nicht nur anders aus, es fehlt auch das Podest mit dem seltsamen schwarzen Konstrukt in der Mitte.«

Tom kannte den Raum, in dem Geoffrey und Valerie bei ihrem ersten Sprung durch das Tor herausgekommen waren, nur aus den Erzählungen der beiden, aber die Unterschiede sprangen auch ihm sofort ins Auge.

Das Gewölbe war in den Grundzügen rechteckig. Es maß mindestens dreißig Meter in der Länge, fünfzehn in der Breite und zehn in der Höhe. Die Videokamera schien sich in einer Art Nische in der vorderen Stirnwand direkt hinter dem Tor zu befinden, deren Boden ungefähr einen halben Meter über dem Niveau des Hauptraumes lag. Also würden sie den Wagen nicht viel weiter durch das Tor schieben können, ohne dass er über die Kante stürzte. Die Seitenwände der Nische, deren Durchmesser etwas mehr als zwei Meter betrug, schränkten das Sichtfeld stark ein. Lediglich das gegenüberliegende Ende der Höhle war in seiner ganzen Breite und Höhe zu erkennen.

Doch was die Aufmerksamkeit der Abenteurer sofort fesselte, waren die pechschwarzen Gebilde, die säuberlich aufgereiht vor der rechten Längswand des Raumes standen. Auf den ersten Blick erinnerten sie an rund einen Meter lange und halb so dicke Tonnen, die der Länge nach in der Mitte durchgeschnitten worden waren und auf matt silbern schimmernden Gestellen ruhten, sodass ihre untere

Wölbung eine Hand breit über dem Boden endete. Die obere Schnittfläche der Tonnen schien, soweit man es aus dieser Perspektive erkennen konnte, mit durchsichtigen Abdeckungen verschlossen zu sein. Doch das Innere war durch den viel zu flachen Kamerawinkel nicht einsehbar.

Plötzlich hob Geoffrey einen Arm. »Da!«, rief er aufgeregt. »Sehen Sie!«

Tom kniff die Augen zusammen und starrte auf den Monitor. »Was ist?«, fragte er. »Ich sehe nichts Ungewöhnliches.«

Geoffreys Hände flatterten wie zwei gefangene Fledermäuse hektisch in der Luft herum. »Schalten Sie den Scheinwerfer aus, Connor.«

Der Schotte runzelte die Stirn, kam jedoch wortlos der Aufforderung nach. Der Bildschirm wurde wieder dunkler.

»Merken Sie es denn nicht?« Barningtons Adamsapfel hüpfte wie ein Gummiball auf und nieder. »Es ist heller geworden!«

»Stimmt«, bestätigte Valerie. »Jetzt kann man diese Kästen auch ohne künstliche Beleuchtung ein bisschen deutlicher erkennen. Vielleicht hat irgendetwas da drüben auf den Kamerawagen oder den Scheinwerfer reagiert.«

Vier Augenpaare hingen wie gebannt an dem Monitor, doch die Helligkeit schien nicht weiter zuzunehmen. Und obwohl die Videokamera über einen Restlichtverstärker verfügte, gelang es Connor nicht, das Bild weiter aufzuhellen.

»Oder aber die Lichtquelle ist natürlichen Ursprungs«, brach er schließlich das Schweigen.

»Das würde bedeuten ...«, begann Tom.

»... dass sich dieser Raum auf der anderen Seite der Welt befindet«, vervollständigte Connor den Satz. Er warf einen Blick auf seine Uhr und rechnete im Kopf nach. »Irgendwo in einem Korridor zwischen dem siebzigsten und neunzigsten Längengrad West, je nachdem, wie weit dieser Ort vom Äquator entfernt liegt. Also an der nordamerikanischen Ostküste, in der Karibik oder in Südamerika. Dort geht gerade die Sonne auf.« Er schaltete den Scheinwerfer wieder an.

Möglicherweise in Amazonien, dachte Tom, wo er und Gudrun während einer mentalen Zeitreise eine prähistorische indianische Zivilisation und eine schwarze Totenstadt mit einer fremdartigen Architektur entdeckt hatten. Das würde die von Geoffrey Barnington unvollständig entzifferte Inschrift erklären, nach der dieses Tor in eine schwarze Stadt führte, die nicht von oder nicht für Menschen erbaut worden war. Doch er behielt seine Gedanken für sich.

»Scheint so etwas wie eine Lagerhalle zu sein«, murmelte er nach einer Weile.

»Wieso? Wegen dieser Dinger da?«, fragte Valerie und deutete auf die tonnenförmigen Gebilde. »Dann haben die Erbauer aber eine ziemliche Platzverschwendung betrieben. Genauso gut könnten das kleine Aggregate sein, ähnlich der Maschine, auf die Geoffrey und ich in dem anderen Raum gestoßen sind.«

Tom zuckte die Achseln. »Es gibt nur eine Möglichkeit, das herauszufinden.«

Valerie drehte sich zu ihm um, und erst jetzt schien sie zu bemerken, dass er halb auf ihr gelehnt hatte. Ihre grauen Augen blitzten, und ihr Mund wurde schmal, doch dann grinste sie unvermittelt. »Genau«, sagte sie. »Einer muss rein und nachsehen. Melden Sie sich freiwillig?«

»Haben Sie etwa Angst?«, wich Tom einer direkten Antwort aus.

»Natürlich«, gab Valerie mit entwaffnender Offenheit zu.

Sie tippte sich an die Schläfe. »Die Kopfschmerzen, Albträume und Visionen in der Nähe der Ausgrabungsstätte kommen nicht von ungefähr. Wer weiß, was uns dort drüben erwartet? Vielleicht Gefährlicheres als diese psychischen Beeinflussungen. Und wenn Sie auch nur halb so klug sind, wie es Ihr akademischer Titel nahe legt, sollten auch Sie Angst haben.«

»Schön«, knurrte Tom gereizt. »Wenn es Sie beruhigt, ja, ich habe auch Angst. Aber das wird mich nicht davon abhalten, diese Höhle zu erkunden. Wenn ich jedes Mal den Schwanz eingezogen hätte, sobald es gefährlich geworden ist, wären wir nicht da, wo wir jetzt sind. Dann würde ich heute noch in New Haven Studenten unterrichten, ein bequemes Leben führen und am Wochenende zum Angeln in die Berge fahren.«

»Und wäre das wirklich so schlecht?«, fragte Geoffrey Barnington leise, bevor Valerie etwas erwidern konnte. Er ruderte mit seinen langen Armen fahrig in der Luft herum. »Ich meine, ist das Leben etwa langweilig, wenn man sich nicht ständig in Gefahr begibt?«

Tom und Valerie sahen sich einen Moment lang an.

»Mr. Barnington hat nicht Unrecht«, meldete sich Connor ruhig zu Wort. »Wir sollten alles tun, um die Gefahr zu minimieren, bevor wir diesen Raum betreten.«

»Richtig«, bestätigte Valerie. »Und deshalb werden Sie hier bleiben, Connor. Sie sind unsere Lebensversicherung und geben uns Rückendeckung. Ich werde Tom begleiten.«

Bentley parkte den Rover in der Nähe des Eingangstors und ließ den Schlüssel stecken, als er ausstieg. Die rechte Hand ließ er in der Tasche der blauen Treckingjacke, die er sich in Thurso gekauft hatte. Seine Finger tasteten über kalten Stahl, den todbringenden Lauf der Walther, deren Griff er nun fest umklammerte.

Im Zwielicht der Abenddämmerung wirkte Oake Dùn mit seinen hell erleuchteten Fenstern seltsam unwirklich und erinnerte ein wenig an die protzigen Prospektfotos luxuriöser schottischer Landhotels. Der Wind wehte landeinwärts, und Bentley konnte das Rauschen der Wellen hören, die sich rund hundert Yards vor ihm an der Steilküste brachen, auf der das Schloss erbaut war.

Sein Schloss!

Direkt neben dem Tor entdeckte er eine beleuchtete Klingeltafel aus Edelstahl, die auf dem verwaschenen Granit ziemlich deplatziert wirkte. Als sich seine linke Hand zögernd dem runden Druckknopf näherte, vernahm er ein leises Sirren, das ihm nur zu gut bekannt war.

Eine Kamera! In jeder Zelle und in jedem Gang des *Blofeld Health Centers* gab es solche automatischen Kameras, und Bentley wusste, dass das charakteristische Geräusch von dem winzigen Motor stammte, der das Objektiv scharf stellte. Es dauerte eine Weile, bis er gut drei Fuß über seinem Kopf die Überwachungskamera ausfindig machte, die sirrend seinen Bewegungen folgte wie die Augen eines Raubtiers seiner Beute.

Er suchte die Wand direkt oberhalb des Klingelschildes ab und entdeckte ungefähr auf Höhe seines Kinns direkt vor sich ein Loch im Gemäuer, hinter dem sich vermutlich eine weitere Kamera verbarg, die das Gesicht eines Besuchers aufnehmen sollte, sobald dieser auf die Idee kam, die Klingel zu betätigen. Bentley vermutete, dass diese Kamera hier unbeweglich und mit einem Weitwinkelobjektiv mit fester Brennweite ausgerüstet war.

Was noch?, überlegte er. Bewegungsmelder? Selbstschussanlagen?

»Das ist kein Schloss, sondern eine gottverdammte Festung«, murmelte er. Einen Moment lang erwartete er einen zynischen Kommentar in seinem Kopf, aber die Stimmen produzierten seit seinem Besuch in Thurso nur ein sanftes, kaum wahrnehmbares Gemurmel, statt ihn wie gewohnt mit Vorschlägen und Ansichten zu bombardieren. Hatte die Begegnung mit Homer sie zum Verstummen gebracht? Er wusste es nicht. Immerhin konnte er wieder einigermaßen klar denken, statt sich bei jeder Eingebung zu fragen, ob sie nun von ihm selbst gekommen war oder von den anderen Stimmen in seinem Kopf.

Seine rechte Hand steckte nach wie vor in der Jackentasche und umklammerte den Griff der Pistole. Er war verunsichert, da er nicht sonderlich gut mit Schusswaffen zurechtkam. Deshalb hatte er eine weitaus bessere Waffe in seiner Jacke versteckt, ein zwölf Zoll langes Fleischermesser, dass er mit Gaffatape am Innenfutter festgeklebt hatte. Er würde das Messer benutzen, wenn er erst einmal drin war. Aber die Pistole war der Schlüssel, um einfach und schnell hinein zu gelangen.

Ich werde klingeln. Irgendjemand wird mir aufmachen. Und dann schieße ich ihn nieder, durch den Stoff der Jacke hindurch.

Schade um die Jacke. Sie war das Opfer, das er bringen musste, um in die Festung zu gelangen. Der Rest war einfach, er musste nur die Verstecke der anderen finden, die sich in Oake Dùn eingenistet hatten.

Kurz entschlossen drückte er den Klingelknopf. Zwei Mal, wie er es gewohnt war.

Er wartete zwei Minuten ab, bevor er erneut klingelte. Warten machte ihm nichts aus, darin hatte er mehr als genug Übung. Gerade als er sein Handgelenk verdrehte, um auf die Uhr zu sehen, hörte er, wie sich jemand an der Eingangstür zu schaffen machte.

»Master Sean!«, rief eine brüchige Stimme, während sich die Personentür im rechten Flügel des Doppeltores öffnete.

Bentley schloss die Augen und drückte ab.

Es war nicht das erste Mal, dass Thomas Ericson eins dieser merkwürdigen Tore durchschreiten würde. Vor nicht viel mehr als einem Jahr, das ihm wie ein halbes Leben vorkam, war er auf der anderen Seite der Welt, in der Ruinenstadt Tiahuanaco in Bolivien, durch ein ähnliches Tor getreten und in einer uralten atlantischen Station irgendwo unter den Azoren herausgekommen. Dort war er Gwadain begegnet, einem atlantischen Wächter, der die Jahrtausende in einer Art Stasisfeld überdauert hatte. Und bei seiner Rückkehr hatte er versehentlich einem monströsen Geschöpf, das ebenfalls in einem Stasisfeld gefangen gewesen war, den Weg in die Freiheit geebnet, einer lebenden Vernichtungsmaschine, einem so genannten ZERSTÖRER, einer genetisch manipulierten Kreatur mit einer Art organischen Schallkanone, die kristalline Strukturen regelrecht pulverisierte und tierisches oder pflanzliches Gewebe in einen amorphen Brei verwandelte.

Ein nahezu unüberwindliches Albtraumwesen.

Nahezu ... Letztendlich war es ihnen doch gelungen, den ZERSTÖRER zu vernichten, und mit ihm hatte ihr Gegenspieler Kar den Tod gefunden.

Tom atmete tief ein. »Fertig?«, fragte er.

»Bereit, wenn Sie es sind«, erwiderte Valerie knapp. »Connor?« Sie stand breitbeinig ein paar Meter von dem Tor entfernt und hielt das Seil, das Tom sich um die Taille geschlungen hatte, in beiden Händen. Das andere Ende hatten sie vorsichtshalber an einem in den Boden getriebenen Haken befestigt.

»Alle Werte unverändert«, sagte der Schotte, der wieder auf seinem Klappstuhl vor dem Tisch mit dem Videomonitor und den Kontrollanzeigen Platz genommen hatte. »Nur die Helligkeit hat weiter zugenommen. Bildverbindung steht nach wie vor.«

Geoffrey hockte nervös neben ihm auf einer Holzkiste, die Finger fest ineinander verknotet. Sein Blick huschte zwischen dem Monitor und dem Tor hin und her. Sie hatten die letzten beiden Stunden damit verbracht, die Höhle hinter der durchlässigen Felswand mit der Videokamera so weit wie möglich zu erforschen, aber die Abbruchkante am Rande der Nische schränkte den Bewegungsspielraum des kleinen Wagens stark ein.

Langsam hob Tom die Hände und legte die Finger vorsichtig auf die Felswand. Das heißt, er *wollte* sie auf den Fels legen, aber sie drangen mühelos in ihn ein, als wäre er lediglich eine dreidimensionale Projektion. Instinktiv riss er sie zurück, schüttelte, über sich selbst verärgert, den Kopf und streckte sie wieder vor.

»Es fühlt sich ... irgendwie kühl an«, sagte er. »Und es kribbelt leicht. Wie bei dem Tor in Tiahuanaco.« Seine Arme verschwanden bis zu den Ellbogen. Er bewegte sie auf und ab, hin und her, öffnete und schloss die Hände. Nichts zu spüren, außer einem schwachen Sog. Aber was hatte er anderes erwartet? Das Tor war im aktivierten Zustand substanzlos und knapp anderthalb Meter dick. *Falsch*, korrigierte er sich in Gedanken. *Wenn die Höhle dort drüben tatsächlich auf der anderen Seite der Erdkugel liegt, durchmisst dieses Tor mehr als 10.000 Kilometer.*

Die Vorstellung ließ ihn erschaudern. Er würde den glutflüssigen Kern der Erde durchqueren, wenn er durch das Tor schritt. Oder das vollkommene Nichts. Oder eine andere Dimension ...

»Blödsinn«, knurrte er und spuckte aus. Sein Speichel verschwand vor ihm, und plötzlich huschte ein Grinsen über Toms Gesicht. *Das wäre einen Eintrag ins Guinness Buch der Rekorde wert,* dachte er, hielt instinktiv die Luft an und trat kurz entschlossen durch das Tor.

Nach einer undefinierbaren Zeitspanne der Orientierungslosigkeit und des Gefühls zu schweben wurde es wieder hell um ihn. Es knackte vernehmlich in seinen Ohren, als er sich übergangslos dem höheren Luftdruck auf der anderen Seite ausgesetzt sah, und die deutlich niedrigere Temperatur ließ ihn einen Moment lang frösteln.

Er stand in einer Nische, deren graue Felswände matt schimmerten, als seien sie poliert worden. Einen Meter vor ihm versperrte ihm der Rollkarren mit der Videokamera, dem Scheinwerfer und den Messgeräten den Weg. In die Felswand hinter ihm war ein schlichter Bogen aus dem Gestein gehauen worden, der ein paar Zentimeter hervorragte, am Scheitelpunkt gut zweieinhalb Meter hoch und anderthalb Meter breit. Linkerhand schloss das Tor fast mit der Seitenwand der Nische ab, rechterhand erstreckte sich eine ebene Fläche, rund einen halben Meter breit, vom Boden bis zur Decke. Und in Kopfhöhe, eine Hand breit tief in die lang gezogene Fläche eingelassen, entdeckte Tom eine quadratische Aussparung, die von dem leicht gewölbten Torbogen bis an die Seitenwand reichte.

Er richtete den Strahl seiner Taschenlampe auf das Quadrat und sah, dass es, ähnlich wie die »Steuerkonsole« in Burma, aus fünf mal fünf Feldern bestand. Nur wiesen diese Felder keine Öffnungen auf. Es schienen kompakte Steinplatten zu sein, glatten Boden- oder Wandfliesen vergleichbar, die jeweils mit verschiedenen geometrischen Symbolen gekennzeichnet waren, zwei- und dreidimensionalen Abbildungen. Pyramiden, Quader und Würfel, Dreiecke, Rechtecke und Rauten, Kreise, Linien und Kreuze. Insgesamt vierundzwanzig Tafeln, zwei davon ohne irgendwelche Symbole, eins der Felder war frei. Der Anblick erinnerte Tom an eins dieser Geduldsspiele, bei denen man die beweglichen Teile durch geschicktes Hin- und Herschieben zu beliebigen Mustern neu anordnen konnte. Und die ersten drei Felder in der oberen Reihe wiesen exakt die gleichen Symbolen auf, die Connor am Tor auf der anderen Seite aktiviert hatte.

»Können Sie mich hören?«, fragte er laut in Richtung des Mikrofons der Videokamera.

»Klar und deutlich«, drang Connors Stimme kurz darauf aus dem winzigen Lautsprecher auf dem Wagen. »Versuchen Sie es mit dem Funkgerät.«

Tom hob das Walkie-Talkie an seine Lippen. »Test, Test, eins, zwei, drei«, sagte er langsam und ließ die Sendetaste los.

»Nichts«, erfolgte Connors Antwort wieder über den Außenlautsprecher auf dem Wagen. »Das Tor scheint undurchlässig für elektromagnetische Wellen und Schall zu sein. Probieren Sie jetzt aus, ob der Rückweg offen ist.«

Obwohl alles in ihm danach drängte, die Nische zu verlassen und die eigentliche Höhle zu erforschen, trat Tom den Rückweg an. Augenblicke später befand er sich wieder in der Torstation von Burma.

»Und? Was haben Sie gesehen?«, fragte Geoffrey gespannt. Er starrte Tom an, als erwartete er, dass der Archäologe jeden Augenblick tot umfallen oder zumindest grün anlaufen würde.

»Nicht mehr als das, was Sie auf dem Monitor sehen«, sagte Tom und wandte sich Valerie zu.

Die Israelin hatte sich bereits den leichten Rucksack mit der von Connor zusammengestellten Ausrüstung umgeschnallt und reichte Tom den zweiten. Sie deutete auf den Colt an seinem Gürtel. »Glauben Sie wirklich, dass Sie das Ding dort drüben brauchen?«

Tom klopfte auf den Griff des alten Revolvers und zuckte die Achseln. »Ich habe zufällig gerade kein vierblättriges Kleeblatt oder eine Hasenpfote dabei. Und dieses *Ding*, wie Sie es nennen, hat mir bisher immer Glück gebracht.« Er löste das um seine Taille geschlungene Seil und bedachte sie mit einem abschätzigen Blick. »Wie ich sehe, haben Sie Ihre Plastikpistole auch dabei.«

»Meine *Plastikpistole*, wie *Sie* sie zu nennen belieben, ist immerhin handlicher als Ihre überdimensionale, altertümliche Kugelspritze, wenn es darum geht ...«, begann Valerie gereizt und berührte das Schulterholster, in dem die tatsächlich nur aus Keramik und Kunststoffen bestehende Spezialanfertigung einer 22er Stupsnase steckte, als sich Connor vernehmlich räusperte.

»Ms. Gideon, Mr. Ericson«, meldete sich Ian Sutherlands persönlicher Butler und Vertrauter mit der ihm eigenen Höflichkeit zu Wort, »ich bezweifle, dass dies der richtige Zeitpunkt ist, die Vorzüge Ihrer jeweiligen Schusswaffen zu erörtern. Aber solange wir nicht wissen, was Sie auf der anderen Seite erwartet, sind Sie gut beraten, Ihre Waffen mitzunehmen.«

Barnington registrierte die Wirkung der selbst für Connor recht gestelzten Formulierung mit Verblüffung. Thomas Ericson verschluckte die Erwiderung, die ihm offensichtlich auf der Zunge gelegen hatte, und Valerie Gideon senkte ungewohnt friedfertig den Kopf.

»Ladies first.« Tom zog die Gurte seines Rucksacks fest und machte eine demonstrativ einladende Handbewegung.

»Ein wahrer Gentleman würde eine Lady nie in gefährliches Terrain vorschicken«, konterte Valerie trocken, machte aber Anstalten, seiner Aufforderung zu folgen.

Tom verdrehte die Augen. »Wo habe ich nur meine Manieren gelassen«, seufzte er theatralisch und stürzte sich beinahe durch das Tor.

»Die Position ist perfekt«, sagte Connor, justierte den Neigungswinkel der Videokamera nach und zoomte in die Totale. Der Monitor zeigte jetzt den größten Teil der Höhle samt der Lichtquelle auf der linken Seite. Knapp unterhalb der Decke in rund acht Metern Höhe war eine ovale Öffnung in die Felswand eingelassen, durch die helle Sonnenstrahlen in einem flachen Winkel in das Gewölbe fielen. Eine steile, offensichtlich aus dem gewachsenen Gestein gehauene Treppe führte zu einem schmalen Podest unterhalb des Fensters, auf dem Valerie stand.

»Scheint eine dicke, leicht gewölbte Glasscheibe zu sein.« Die Stimme der ehemaligen Mossad-Agentin hallte ein wenig nach. Sie klopfte mit den Fingerknöcheln gegen die Scheibe. »Aber das Glas geht an den Rändern fließend in den Fels über, als wäre es mit ihm verschmolzen. Und es ist absolut klar und entspiegelt. Nicht die geringste Reflektion. Wenn ich es nicht fühlen könnte, würde ich das Fenster für ein Loch in der Felswand halten.«

Geoffrey konnte nicht erkennen, wo der Strahl ihrer Taschenlampe auf das Glas traf. Normalerweise hätte es zumindest leicht schimmern müssen. Trotz seiner Angst wünschte er sich beinahe, ebenfalls das unheimliche Tor zu durchschreiten, um den Raum auf der anderen Seite persönlich zu erkunden. Doch mit etwas Glück würde er schon bald die Gelegenheit dazu erhalten. Bisher war nichts Unvorhergesehenes passiert. Die Bild- und Tonübertragungen funktionierten weiterhin perfekt, nachdem Tom den Wagen mit der Videokamera außerhalb der Nische platziert hatte.

»Was ist hinter der Scheibe?«, fragte er unnötig laut. »Kannst du irgendwas erkennen?«

»Eine morastige Landschaft, sanfte Hügel im Hintergrund, ein leicht bewölkter Himmel, ein Teich und dichte Vegetation«, erwiderte Valerie. »Tropische Pflanzen, schätze ich. Keine Straßen oder Gebäude, keinerlei Anzeichen menschlicher Besiedlung. Abgesehen von einem dünnen Rauchfaden in der Ferne. Könnte aber auch natürlichen Ursprungs sein.«

Geoffrey riss den Blick von ihr los und richtete ihn auf das andere Ende der länglichen Höhle, wo sich Tom Ericson gerade über eine hüfthohe Brüstung beugte.

»Ein Bassin mit klarem Wasser«, meldete der Archäologe. »Ziemlich tief, nehme ich an. Es scheinen Stufen hinabzuführen, aber ich kann den Grund nicht sehen.« Er hielt seine Taschenlampe in einer Hand, tauchte die andere in das Wasser, hob die Finger und schnupperte vorsichtig daran. »Kühl und geruchlos. Muss aus einer frischen Quelle gespeist werden.«

»Was ist mit den Behältern?«, erkundigte sich Connor. Es waren kaum fünf Minuten vergangen, seit Tom und Valerie die Höhle betreten hatten, aber es kam Geoffrey so vor, als wäre bereits eine Stunde verstrichen. Es war ihm schleierhaft, wie der Schotte so ruhig bleiben konnte.

Ericson drehte sich um und trat an eins der halbtonnenförmigen Objekte heran, behielt aber einen guten Schritt Sicherheitsabstand. Der Strahl seiner Taschenlampe glitt über die flache Abdeckung. Das durchsichtige Material glitzerte und funkelte.

»Das Ding ist mit einer grünlichen Substanz gefüllt, in

der irgendetwas schwimmt.« Tom trat einen halben Schritt näher und beugte sich weiter vor. »Ich kann es nicht genau erkennen. Sieht ziemlich amorph aus. Ein länglicher grauer Klumpen mit ein paar stumpfen Auswüchsen. Ungefähr so groß wie ein Kaninchen.« Er richtete die Taschenlampe auf den benachbarten Behälter. »Auch hier das grüne Zeug mit einem grauen Klumpen darin. Wie Götterspeise mit Fruchtstücken.«

Valerie deponierte den GPS-Peilsender, den Connor ihr mitgegeben hatte, in der Mitte des Podestes vor dem Fenster, aktivierte ihn und stieg die Stufen hinab. Geoffrey bemerkte, dass sie eine Hand auf den Griff ihrer Pistole gelegt hatte. Er fuhr sich unbewusst über die schweißnasse Stirn. Trotz des Gebläses, das für eine permanente Frischluftzufuhr sorgte, schwitze er wie in einer Sauna.

»Nehmen Sie die Kamera und halten Sie sie über einen der Behälter«, schlug Connor vor. »Ich werde versuchen, die Aufnahme digital zu bearbeiten.«

Einen Moment lang füllte Valeries Oberkörper den Monitor vollständig aus, als sie sich über die Kamera mit dem dahinter montierten Scheinwerfer beugte und sie aus ihrer Aufhängung hob. Gegen seinen Willen blieb Geoffreys Blick an den Konturen ihrer Brustwarzen hängen, die sich deutlich unter dem feuchten Stoff ihres dünnen T-Shirts abzeichneten. Dann geriet das Bild in Bewegung und wackelte wie bei einem Erdbeben, bevor es wieder einigermaßen stabil wurde und den Deckel eines Behälters zeigte. Das durchsichtige Material glitzerte und blendete.

Connor dimmte die Lichtstärke. Seine Finger huschten mit traumwandlerischer Sicherheit über die Computertastatur. Geoffrey atmete tief ein.

Die Konturen des Klumpens in der grünlichen Substanz wurden schärfer. Das Ding erinnerte vage an einen menschlichen Embryo mit rudimentären Extremitäten, wäre der Kopf nicht gewesen. Er war besser ausgebildet als der Rest des Körpers und wies unverkennbar echsenartige Züge auf, einen vorgewölbten Kiefer, riesige Augen, eine flache, geschlitzte Nasenpartie und eine fliehende Stirn.

Obwohl Geoffrey Kar nie gesehen hatte, kannte er die Bilder, die Connor am Computer von dem zu einer humanoiden Echse mutierten texanischen Biochemiker angefertigt hatte, und dieser Embryo schien das Vorstadium einer ausgewachsenen Echse zu sein. Waren sie auf eine Brutstation dieser geheimnisvollen urzeitlichen Wesen gestoßen? Und wenn ja, war es denkbar, dass diese Föten noch immer lebensfähig waren?

Er zuckte zusammen, als hinter ihm Schritte aufklangen, und wirbelte herum.

»Guten Abend«, sagte Vân Nguyên höflich in seinem kultivierten, fast akzentfreien Englisch. »Ich wollte nicht stören, aber Sie sind nun schon seit mehr als fünf Stunden hier unten, und die Männer werden allmählich unruhig.«

»Ich, äh ... wir ...«, stotterte Geoffrey hastig. Er warf Connor einen Hilfe suchenden Blick zu, doch der Schotte beachtete ihn nicht weiter. Obwohl dem jungen Vietnamesen der Zutritt in die Torstation nicht ausdrücklich verboten worden war, hatte Nguyên die unterirdische Kammer bisher nie ohne Aufforderung oder Begleitung betreten.

»Es ist alles ... in Ordnung«, fügte Barnington schnell hinzu und versuchte vergeblich, sich zwischen Nguyên und den Videomonitor zu schieben.

Der zierliche Vietnamese betrachtete neugierig den Bildschirm und sah sich dann suchend um. »Wo sind Mr. Ericson und Ms. Gideon?«, fragte er. »Gibt es hier doch noch einen verborgenen Zugang in einen anderen Raum?«

»Äh ... ja.« Geoffrey verfluchte sich selbst für seine Unsicherheit. Sobald er nervös wurde, brachte er einfach keinen ganzen Satz mehr zustande. Aber wie sollte er sich aus der Affäre winden, ohne dem jungen Mann zu viel zu verraten?

Doch offenbar gab sich Nguyên mit dieser Erklärung zufrieden. Anstatt weitere Fragen zu stellen, blieb er ruhig stehen und beobachtete interessiert das Geschehen auf dem Monitor. Geoffrey überlegte einen Moment, ob er ihn wegschicken sollte, entschied sich dann aber dagegen. Nguyên, obwohl selbst kein Birmane, war ihr wertvollster Mitarbeiter und Verbindungsmann zu den einheimischen Hilfskräften, und sie konnten es nicht riskieren, sein Misstrauen zu wecken. Solange Tom und Valerie nicht durch das Tor zurückkehrten, bestand keine Gefahr, dass er ahnte, was hier tatsächlich vorging. Und wäre Connor anderer Meinung gewesen, hätte er bestimmt etwas gesagt.

»Können Sie einen der Behälter bewegen?«, riss die Frage des Schotten Geoffrey aus seinen Überlegungen. »Gibt es irgendwo Befestigungen oder Anschlüsse?«

»Ich kann keine entdecken«, drang Toms Stimme gedämpft aus dem Lautsprecher. »Die Dinger stehen auf einem Gestell, das wie ein Aluminiumgerüst aussieht. Drei Ständer aus dünnen Vierkantrohren, die oben, in der Mitte und am Boden durch Längs- und Querstreben verbunden sind. Die Container scheinen ziemlich schwer zu sein. Ihre Wandung ist rund zehn Zentimeter dick, sieht wie Obsidian aus, dazu die grünliche Substanz, mit der sie gefüllt sind ...«

Er ging in die Hocke und legte die Hände vorsichtig, als fürchtete er, sich zu verbrennen, um die horizontalen Gerüststangen. Valerie trat etwas zurück, um das Geschehen mit der Kamera festzuhalten.

»Fühlt sich wie Metall an«, berichtete Tom. »Glatt und

kühl. Fast schon kalt. Auf jeden Fall deutlich kälter als die Umgebungstemperatur.« Er schwieg einen Moment, dann stieß er ein leises Ächzen aus. »Das Ding *ist* schwer«, fuhr er fort. »Ich konnte es nicht einen Zentimeter anheben. Und die anderen sind ... Moment!« Wieder schwieg er kurz, und als er weitersprach, klang seine Stimme verblüfft. »Aber es lässt sich mühelos verschieben. Als stünde es auf Rollen oder Eis, obwohl der Boden rau ist. Und es bewegt sich völlig lautlos.«

»Schieben Sie es zum Tor!«, rief Geoffrey. Er hatte völlig vergessen, dass Vân Nguyên noch immer hinter ihm stand.

»Bis zum Sockel der Eingangsnische wird das vermutlich kein Problem sein«, erwiderte Tom. »Aber dann müssen wir das Ding rund vierzig Zentimeter anheben, wenn wir es über die Kante wuchten wollen, und ich weiß nicht, ob wir das schaffen. Die Behälter dürften ein paar Zentner wiegen.«

»Ich komme rüber und helfe Ihnen«, erbot sich Geoffrey eifrig. Seine Angst war urplötzlich verflogen, der Forscher in ihm hatte die Oberhand gewonnen. Dies war eine einmalige Gelegenheit, einem unglaublichen Geheimnis auf die Spur zu kommen. Er setzte sich bereits in Bewegung, als eine Hand seinen Arm umklammerte und ihn zurückhielt.

»Sie bleiben hier«, sagte Connor ruhig, aber bestimmt und nickte unmerklich in Nguyêns Richtung.

Barnington erstarrte und blickte in die grauen Augen des Butlers. Er kam sich wie ein dummer Schuljunge vor. Nicht zum ersten Mal. »Natürlich«, murmelte er verlegen. Und plötzlich hatte er einen Geistesblitz. Er beugte sich vor. »Befestigen Sie das Seil an der Mittelstrebe des Gestells!«, rief er unnötig laut in das Mikrofon. »Vielleicht können wir Ihnen von hier aus helfen, den Behälter anzuheben.«

»Verstanden«, bestätigte Tom. Er verschwand kurz aus dem Erfassungsbereich der Kamera, dann kehrte er mit dem Seil zurück, schlang es an der Stirnseite um den Mittelrahmen des Gestells und verknotete es. »Okay, ich schiebe das Ding jetzt bis zur Nische.«

Die Art, wie er sich bewegte, machte klar, dass er keine Kraft einsetzen musste. Valerie schwenkte die Videokamera herum, bis sie die Nische zeigte. Kurz vor dem erhöhten Sockel ließ Tom das Gestell los und richtete sich auf. Der Behälter rutschte von allein ein paar Zentimeter weiter über den Boden, bis er zum Stillstand kam.

Das Bild wackelte, als Valerie die Videokamera wieder in den Drehkranz des Wagens setzte und sie herumschwenkte, bis sie die Nische zeigte. Sie trat neben Tom und beugte sich über den Behälter. »Der Embryo bewegt sich!«, stieß sie hervor. »Er ist ... nein, es liegt an diesem grünen Zeug. Es schaukelt wie Wackelpudding hin und her. Oder wie zähflüssiger Sirup.«

»Moment.« Connor drehte sich zu Geoffrey um und musterte ihn kurz. Dann wanderte sein Blick weiter zu dem jungen Vietnamesen. »Mr. Nguyên, wir brauchen Ihre Hilfe.«

»Sie wollen doch nicht etwa ...«, begann Geoffrey.

Connor hob eine Hand. Es war eine ruhige, fast beiläufige Geste, aber Barnington verstummte trotzdem sofort.

Nguyên sah den Schotten abwartend an. Er wirkte neugierig und, wie Geoffrey irritiert feststellte, beinahe amüsiert.

»Ich kann Ihnen jetzt nicht alles erklären, Mr. Nguyên«, fuhr Connor fort, »aber ich vertraue auf Ihre Verschwiegenheit. Was Sie gleich sehen werden, bleibt unter uns. Diese Wand dort ...« – er deutete auf das Tor – »... ist nicht so massiv, wie sie zu sein scheint. Unsere Freunde befinden sich auf der anderen Seite, und sie werden bald durch den Fels treten. Also erschrecken Sie nicht.«

Der Vietnamese folgte dem Lauf des Seils und der Kabel, die über den Höhlenboden liefen und im scheinbar kompakten Felsgestein verschwanden, mit den Augen. Er nickte als wäre er nicht einmal überrascht. »Was kann ich tun?«, fragte er.

»Nehmen Sie dieses Seil«, erwiderte Connor. »Sobald ich Ihnen ein Zeichen gebe, werden Sie und Mr. Barnington langsam und gleichmäßig daran ziehen.« Er wartete keine Antwort ab und wandte sich wieder seinem Monitor zu. »Holen Sie das Seil jetzt langsam ein, bis es sich strafft, und halten Sie es in dieser Position«, sagte er an Geoffrey gerichtet.

Der schlaksige Engländer sprang auf, hob das Seil mit spitzen Fingern vom Boden und zog langsam daran. Es glitt widerstandslos durch den grauen Fels und spannte sich mit einem leichten Ruck. Er spürte Vân Nguyên hinter sich und packte das Seil fester.

Aus dieser Position konnte er den Bildschirm nicht sehen, aber das war auch überflüssig, genau wie Connors Anweisung, denn der Lautsprecher übertrug klar und deutlich die Unterhaltung der beiden Forscher auf der anderen Seite des Tores. »... sparen Sie sich Ihren Atem«, sagte Valerie Gideon gerade. »Bei drei. Eins, zwei, drei ...«, und kurz darauf klang Thomas Ericsons Stimme auf: »Die grüne Flüssigkeit fließt in das hintere Ende.« Eine kurze Pause, dann ein ersticktes Keuchen des Archäologen: »Langsam ziehen!«

»Ziehen!«, wiederholte Connor.

Geoffrey Barnington und Vân Nguyên stemmten die Füße auf den rauen Untergrund und lehnten sich zurück. Sofort gab das Seil unmerklich, aber gleichmäßig nach, als würden sie ein schweres Gewicht über einen gut geschmierten Flaschenzug ziehen.

»Noch ein paar Zentimeter ...« Das war unverkennbar wieder Toms Stimme, aber sie hörte sich merkwürdig langsam und um eine halbe Oktave zu tief an. Offenbar störte irgendetwas die Übertragung. Geoffrey spürte ein unangenehmes Kribbeln zwischen den Schulterblättern, das sich verstärkte, als die Stimme noch leiernder und dumpfer wurde. »... dann haben wir den toten Punkt ...«

Plötzlich stieß Connor einen unterdrückten Fluch in einer kehligen Sprache aus, die Geoffrey nicht verstand.

»Lassen Sie den Behälter stehen und kommen Sie sofort zurück!«, rief der Schotte drängend.

Barnington verrenkte sich beinahe den Hals, ohne das Seil loszulassen. Er sah, wie sich Connor zu dem Mikrofon vorbeugte und gleichzeitig hektisch die Tastatur seines Laptops bearbeitete. Und dann stellten sich ihm alle Nackenhaare auf, als er den Highlander mit mühsamer Beherrschung sagen hörte: »Sofort zurückkommen! Auf Ihrer Seite gefriert die Zeit!«

George Bentley hasste Schusswaffen. Sie machten Krach, fühlten sich unangenehm in der Hand an und stanken. Er wollte möglichst wenig mit ihnen zu tun haben. Auf der Rückfahrt von Thurso hatte er einen Abstecher Richtung Osten in eine einsame Gegend gemacht und zwei Magazine auf leere Halbliter-Colabüchsen abgefeuert – mit äußerst mäßigen Resultaten.

Und so war er gar nicht einmal sonderlich überrascht, als nach dem Schuss auf die Türöffnung nicht etwa das Röcheln eines tödlich Getroffenen zu hören war, sondern der scharfe Ton eines an der steinharten Eichenkante der Tür abprallenden Querschlägers, gefolgt von einem dumpfen Einschlag und dem zischenden Geräusch entweichender Luft.

Bentley drehte sich um. Der linke Hinterreifen des Range Rovers war platt.

»Was war das für ein Knall?«, rief die Greisenstimme aus dem Schloss empört. »Man kann Türen doch auch leise schließen!«

Noch immer etwas ratlos nach seinem so jämmerlich fehlgegangenen Schuss, wandte sich Bentley dem alten befrackten Mann zu, der in der Türöffnung stand und zitternd seine rechte Hand hob.

»Master Sean, dass meine alten Augen das noch erleben dürfen!«, jammerte Mortimer sentimental. »Nach all den Jahren ... Aber was rede ich, kommen Sie doch herein!«

Er trat zur Seite und machte eine einladende Handbewegung.

Bentley löste die um den Griff der Pistole verkrampften Finger. Es wäre ein Leichtes für ihn gewesen, das Messer zu ziehen und dem Alten die Kehle durchzuschneiden. Aber dann sagte er sich, dass es eigentlich gar nicht nötig war, da der greise Diener ihn ja ausdrücklich zum Betreten des Hauses aufforderte.

»Sie sagen ja gar nichts, Master Sean! Ich hoffe doch sehr, dass Sie Ihren alten Diener Mortimer wieder erkennen!«

»Mortimer, sicher«, murmelte Bentley zögernd, während er auf das Faktotum von Oake Dùn zuging. »Guten Tag, Mortimer. Wie geht es Ihnen?«

Der Alte strahlte ihn an. »Ausgezeichnet, Sir, jetzt, wo Sie endlich wieder da sind!«

Bentley ließ sich von ihm in die Lobby führen. Sein Blick huschte über die Wandvertäfelungen, die in schwere Goldrahmen gefassten Gemälde, den frischen Blumenstrauß auf der eichenen Anrichte, die in der Nische unter der nach oben führenden Treppe stand.

»Wie schade, dass Sie nicht vorher angerufen haben«, plapperte Mortimer, während er die Tür schloss. »Sonst hätte ich schon Ihr Bett hergerichtet. Aber wenn Sie einstweilen im Salon Platz nehmen wollen, kann ich das rasch nachholen. Sie wissen sicher noch, wo das ist – links und dann gleich die erste Tür! Oder war es die zweite rechts?« Er runzelte die Stirn. »Hach, es gibt ja so viele Zimmer hier, dass man manchmal etwas durcheinander kommt.«

»Ich finde mich schon zurecht«, antwortete Bentley ruhig. Seine Gedanken waren plötzlich klar wie ein Gebirgsbach. Er fragte sich, wie er jemals auf die Idee gekommen war, Oake Dùn im Sturm nehmen zu können.

Du warst zu lange nicht mehr hier. Du hast völlig vergessen, wie groß dieses Schloss ist.

Groß genug, um eine halbe Armee von Leuten zu verstecken. Bei einem Blitzangriff hätte er vermutlich die meisten von ihnen erwischt. Aber einige wären zweifellos entkommen und hätten ihm gefährlich werden können.

Nein, wenn er dieses Schloss säubern wollte, dann war es viel vernünftiger, erst einmal so zu tun, als führe er nichts im Schilde. Auf diese Weise würde er leicht in Erfahrung bringen können, wie viele Menschen sich hier derzeit aufhielten ...

»Mortimer?«

»Zu Ihren Diensten, Master Sean.«

»Wer ...« Bentley zögerte, um sich die Worte genau zurechtzulegen. »Ich wollte nur sagen, dass Sie sich mit dem Herrichten meines Zimmers Zeit lassen können. Es gibt ja gewiss noch andere Gäste, um die Sie sich kümmern müssen. Da ich unangemeldet gekommen bin, möchte ich auf keinen Fall bevorzugt werden, verstehen Sie? Außerdem sind Sie ja nicht mehr der Jüngste, und ich möchte Sie auf keinen Fall überfordern.«

»Das ist sehr umsichtig und rücksichtvoll von Ihnen, Master Sean, Sir«, erwiderte der alte Diener. »Aber ich werde mich schon nicht überanstrengen. Sie sind derzeit nämlich der einzige Gast, wenn man einmal von Mr. Blues absieht, aber der sorgt so gut für sich selbst, dass ich manchmal völlig vergesse, dass es ihn überhaupt gibt.«

»Mr. Blues?«, fragte Bentley interessiert.

»Ja – Sie werden ihn gewiss noch kennen lernen. Ein Gentleman mit ausgesprochen korrekten Manieren, auch wenn sein Geschmack für Kleidung etwas zu wünschen übrig lässt.«

»Aha«, machte Bentley einfallslos. »Vielleicht könnten Sie Mr. Blues fragen, ob er sich zu mir gesellen möchte? Auf ein Glas Sherry und einige Gurkensandwiches vielleicht?«

Mortimer kratzte sich nachdenklich am Kopf. »Mr. Blues macht sich leider gar nichts aus Gurkensandwiches. Oder aus Sandwiches überhaupt. Ich denke jedoch, dass er Ihrer Einladung trotzdem gern nachkommen wird. Aber was ist das, Sir? Dort, auf ihrer Jacke!«

»Was meinen Sie?« Bentley starrte ihn irritiert an.

»Der Brandfleck dort!« Mortimer deutete auf die Stelle, an der die Kugel den Stoff der Jacke durchschlagen hatte. Er musterte Bentley aus listig zusammengekniffenen Augen. »Master Sean, Sie haben doch nicht etwa wieder heimlich geraucht und versucht, die Zigarette vor mir in Ihrer Tasche zu verstecken?« Er hob drohend den Zeigefinger.

»Äh ...« Mehr fiel Bentley dazu nicht ein. Einerseits bot ihm Mortimers abenteuerliche Vermutung eine brauchbare Ausrede für die Entstehung des Lochs. Andererseits fragte er sich, welchen Grund er nach Mortimers Ansicht haben sollte, *heimlich* zu rauchen. Selbst im *Blofeld* gehörte das Rauchen zu den Privilegien, die man selbst den gefährlichsten Insassen erlaubte, insofern es sich nicht gerade um Selbstmordkandidaten oder notorische Pyromanen handelte.

»Sie wissen doch, dass Sie nicht rauchen dürfen«, erklärte Mortimer mit mildem Vorwurf. »Jedenfalls nicht vor Ihrem einundzwanzigsten Geburtstag. Danach können Sie sich Ihre Gesundheit ruinieren. Aber jetzt muss ich Sie bei allem gebotenen Respekt bitten, Master Sean, mir die Zigaretten herauszugeben!«

»Es ... es war ... die letzte«, stotterte Bentley, der seit fast zwanzig Jahren nicht mehr rauchte. »Habe es endgültig drangegeben. Mein Ehrenwort, Mortimer.«

»Wenn ich nur wüsste, in welchem finstren Winkel der Sherry steckt, den Master Sean immer so gern trinkt«, murmelte Mortimer zerstreut, während der Lichtkreis seiner Taschenlampe über die staubigen, mit Spinnweben behangenen Regale wanderte.

In diesem Teil des Kellergewölbes unterhalb von Oake Dùn gab es kein elektrisches Licht, seit die unterdimensionierten und altersschwachen Aufputzleitungen vor einigen Jahren bei einem der heftigen, schottischen Herbstgewitter durchgeschmort waren. Zwar stand die Erneuerung der Stromversorgung in diesem Teil des Kellers seither auf dem Instandhaltungsplan, den Connor zu Beginn jedes Quartals aktualisierte und allen Hausangestellten persönlich überreichte. Doch bedauerlicherweise hatte es immer etwas anderes gegeben, das dringlicher war, sodass Mortimer nun im schwachen Schein der Taschenlampe durch die uralten Gänge und Gewölbe dieses Bereichs schlurfte.

»Es war ziemlich weit hinten«, setzte Mortimer sein Selbstgespräch fort und stolperte beinahe über den Kopf eines achtlos auf dem Boden ausgebreiteten Eisbärenfells. »In einem Gang, dessen Ende zugemauert ist. Ja, so war es, ich erinnere mich genau ...«

Was hier unten in den roh gezimmerten Regalen lagerte, war sozusagen der Edeltrödel von Generationen. Mortimers unsteter Blick fiel auf den angelaufenen Zwei-Gallonen-Trinkkelch von Sir Ians Großonkel Sir Roderick, dem seinerzeit in den gesamten Highlands als »Reckless Rod« berühmt-berüchtigten Trinker und Wüstling. Daneben stand schräg an die Wand gelehnt ein Stillleben aus dem Präraphaelismus, das trotz seiner künstlerischen Perfektion in keinem der oberirdischen Räume des Herrensitzes einen Platz gefunden hatte.

»Master Sean wird schon ganz ungeduldig sein«, brabbelte der alte Diener vor sich hin. »Wie unbedacht von Sir Ian, den lieblichen Sherry so weit wegschaffen zu lassen. Wo er doch wissen müsste, dass Master Sean um diese Uhrzeit immer nach einem Schlückchen davon ist.«

Das matte Funkeln auf dem untersten Brett des Regals zur Linken kam von dem Silberbesteck mit den angeschimmelten Hirschhorngriffen, das Sir Ians Mutter aus Gründen der Hygiene in den Keller verbannt hatte. Und nicht weit davon befand sich ein mächtiger Samowar mit Einlagen aus Elfenbein, den Sir Ian erst vor verhältnismäßig kurzer Zeit hierhin hatte verbringen lassen, nachdem sich seine fünfzehnjährige Nichte Ann zu einer militanten Tierschützerin entwickelt hatte.

Nichts hier war völlig wertlos, manches sogar ausgesprochen wertvoll. Im Auktionshaus Sothebys hätte das Ganze bestimmt ein kleines Vermögen einbracht, aber Sir Ian hatte seine Gründe, dieser Versuchung nicht nachzugeben.

So hässlich und unnütz ihm das meiste davon auch erscheinen mochte, handelte es sich nun einmal um einen Teil des Familienerbes, dessen ideellen Wert jedes Familienmitglied anders bemaß. Sir Ian wollte sich deshalb absolut nicht zum Papst des guten Geschmacks über seinen Klan aufschwingen. Es war durchaus schon vorgekommen, dass einer der hier gelagerten Gegenstände nach jahrzehnte- oder sogar jahrhundertelangem Exil wieder ans Licht der Welt geschafft worden war, weil irgendjemand daran Gefallen gefunden hatte.

Erst vor drei Monaten hatte Mortimer nach mehr als fünf Jahrzehnten die alte, aus emailliertem Blech gefertigte Dampfmaschine hervorkramen müssen, die von ihm persönlich einst hier verstaut worden war. Sie hatte einem jung verstorbenen Cousin Sir Ians gehört und befand sich nun im Besitz eines zwölfjährigen Neffen, der einem ganz anderen Zweig der Familie angehörte.

»Aha! Hier muss es sein!«

Mortimer starrte zufrieden auf das Ende des vor ihm liegenden Ganges. Links befand sich ein aus Teakholz gefertigtes Regal, in dem rund zwei Dutzend Flaschen lagen.

»Warum bin ich es immer, der hier herumstöbern muss«, seufzte er schwermütig. »So viele Erinnerungen, so viele Menschen, die ich gekannt habe, die nicht mehr unter uns weilen ...«

Die Erinnerung übermannte ihn, und er zog ein großes, kariertes Taschentuch aus der Innentasche seines Rocks hervor, um sich die Nase zu schnäuzen. Doch als er das Tuch gerade umständlich auseinander gefaltet hatte und es mit beiden Händen seiner Nase näherte, musste er niesen.

»Haa-aa-tschi!«

Von dem explosionsartigen Luftstoß angetrieben, segelte des Taschentuch davon und nahm Kurs auf das höchstens drei Schritte von ihm entfernte zugemauerte Ende des Gewölbeganges. Zwar reagierte Mortimer überraschend schnell und wollte es noch im Flug greifen, aber seine unkontrollierte Handbewegung ging fehl, sodass die Luftbewegung dem bereits zu Boden sinkenden Tuch neuen Auftrieb verlieh.

Der greise Diener sah, wie es die Wand berührte, in etwa drei Fuß Höhe. Statt jedoch daran abzugleiten und dem Zug der Schwerkraft zu folgen, wurde das Tuch von dem Fels regelrecht aufgesogen, wie ein Wassertropfen von einem Schwamm.

Zum ersten Mal, seit er im Radio von der Bombardierung Londons durch die Deutsche Luftwaffe gehört hatte, verlor Mortimer so sehr die Kontrolle über sich, dass ihm ein Fluch entschlüpfte.

»*Zounds*!«

Valerie wusste nicht, ob sie erleichtert oder enttäuscht sein sollte. Sie entschied sich für Ersteres. Das Gewölbe schien nicht mit verborgenen Fallen oder irgendwelchen gefährlichen Abwehrmechanismen aufzuwarten. Bis auf die Tornische mit der Schalttafel, die Treppe, die zu dem ovalen Fenster hinaufführte, das Wasserbassin an der gegenüberliegenden Stirnseite und die schwarzen Behälter, insgesamt zwölf an der Zahl, bestanden Decke, Wände und Boden der Höhle lediglich aus glatten grauen Felsblöcken mit fast unsichtbaren Trennfugen. Keine weiteren erkennbaren Ein- oder Ausgänge. Keinerlei fremdartigen Skulpturen, Apparaturen oder Bilder. Von seiner Größe abgesehen, wirkte der Raum so schlicht und nüchtern wie ein normaler Keller im Rohbau. Aber Valerie wusste aus Erfahrung, dass der erste Eindruck oft täuschte. Und sie hatte kaum zehn Minuten Zeit für eine flüchtige Inspektion gehabt.

Im Gegensatz zu dem domartigen Raum mit dem surealistisch anmutenden schwarzen Gebilde, in dem sie und Geoffrey bei ihrer ersten Durchquerung des Tores gelandet waren, war der Boden hier so sauber und staubfrei, als wäre er erst vor wenigen Tagen gereinigt worden. Und vielleicht traf das ja sogar zu ...

Mit einem leichten Schaudern verdrängte Valerie den Gedanken.

»Wir sind hier drüben so weit«, drang Connors Stimme aus dem Lautsprecher. »Versuchen Sie jetzt, ob Sie das Gestell weit genug anheben können.«

Valerie stellte sich auf eine Seite des Behälters, spreizte die Beine, ging leicht in die Knie und legte beide Hände um die mittlere Längsstrebe. Tom, der ihr gegenüber stand, war ebenfalls in die Hocke gegangen und starrte sie über den Deckel des Behälters an. »Fertig?«, fragte er leise. »Gut. Keine ruckhaften Bewegungen. Langsam und gleichmäßig ziehen, die Kraft allmählich steigern, bis ...«

»Es ist nicht das erste Mal, dass ich ein schweres Gewicht hebe«, unterbrach ihn Valerie. »Also sparen Sie sich Ihren Atem. Bei drei. Eins, zwei ...«

Tom seufzte ergeben, verzichtete aber auf eine Erwiderung. Er wusste, dass in dem schlanken Körper der Israelin mehr Kraft steckte, als ihm anzusehen war. Das hatte schon so mancher unvorsichtige Angreifer schmerzhaft am eigenen Leib erfahren müssen.

»... drei ...«

Im ersten Moment tat sich nichts. Valerie spürte, wie sich die Kanten der Metallstrebe tiefer in die Haut ihrer Hände gruben. Sie sah die Anspannung in Toms Gesicht, der die Zähne zusammengebissen hatte. Ihre Knie begannen leicht zu zittern. Dann löste sich das Gestell beinahe widerwillig vom Boden, als wäre ein Magnet abgeschaltet worden, und das Gewicht des Behälters schien langsam abzunehmen.

»Die grüne Flüssigkeit fließt in das hintere Ende«, keuchte Tom, dessen Gesicht allmählich dunkler wurde. Er drehte den Kopf in Richtung des Mikrofons. »Langsam ziehen!«, rief er gepresst.

Das Seil spannte sich, der Behälter hob sich schneller, und die untere Querstrebe des Gestells rutschte über die Sockelkante der Nische.

Wie auf Kommando ließen Tom und Valerie den Metallrahmen los, griffen weiter hinten wieder zu und schoben aus Leibeskräften.

Der vordere Teil des Behälters glitt wie in Zeitlupe in die Nische hinein. Obwohl das gesamte Gewicht des Gestells auf der Sockelkante der Nische ruhte, schien kein Reibungswiderstand zwischen dem Untergrund und den Metallstreben zu existieren.

»Noch ein paar Zentimeter«, ächzte Tom, »dann haben wir den toten Punkt ...«

»Lassen Sie den Behälter stehen und kommen Sie sofort zurück!«, quäkte Connors Stimme so schrill und schnell aus dem Lautsprecher, dass sie kaum verständlich war.

Valerie und Tom zuckten zusammen und wechselten einen kurzen Blick. Ohne sich abzusprechen, verdoppelten sie ihre Anstrengungen. Es konnte sich nur noch um wenige Sekunden handeln, bis sich die Hälfte des Behälters über die Kante geschoben hatte und er durch sein eigenes Gewicht aus der Schrägen in die Waagrechte fiel.

Außer ihrem Keuchen war nichts zu hören, und als Tom einen flüchtigen Blick über die Schulter warf, entdeckte er nichts Ungewöhnliches hinter sich. Was auch immer Connor beunruhigt hatte, die Ursache schien sich nicht in diesem Gewölbe zu befinden. Oder sie war mit menschlichen Sinnen nicht wahrzunehmen ...

Endlich hatte der Behälter die Kante des Nischensockel so weit passiert, dass die Schwerkraft das obere Ende herabzog und das Gestell schwerfällig in die Horizontale kippte. Lautlos berührten die unteren Streben der Länge nach den Boden. Die grüne Substanz schwappte unter dem durchsichtigen Deckel hin und her und ließ den Embryo träge schaukeln.

Aus dem Lautsprecher drang ein undefinierbarer Krach, als plärrte Donald Duck mit sich überschlagender Stimme in höchster Ekstase unverständliche Anweisungen. »Sfritzrickm! Afihrsitgrfitdzit!«

Noch bevor er sich bewusst wurde, dass er seinen Colt gezogen hatte, bemerkte Tom, dass Valerie ihre kleine Waffe ebenfalls in der Hand hielt. »Okay, verlieren wir keine Zeit mehr«, flüsterte er unwillkürlich leise und schob sich in den schmalen Spalt zwischen der Seitenwand der Nische und dem Behälter. Valerie nickte knapp und zwängte sich auf der anderen Seite in die Nische. Beide visierten das Tor an.

»Sollten dort drüben Eindringlinge auf uns warten, nehmen Sie die links vom Tor, ich kümmere mich um die auf der rechten Seite«, zischte Valerie. »Irgendetwas muss dort vorgefallen sein, sonst hätte Connor sich klarer verständlich gemacht.«

»Oder aber das Tor kollabiert«, sprach Tom ihre größere Befürchtung aus.

Die Anspannung musste Unmengen von Adrenalin in seinem Blut freigesetzt haben, denn Tom hatte das Gefühl, als hätten sich seine Gedanken unnatürlich beschleunigt. Seine Bewegungen und die von Valerie erschienen ihm zeitlupenhaft langsam. Plötzlich klang erneut Connors

Stimme auf, zuerst dumpf und etwas zu langsam, doch noch während er sprach, wurde sie immer schneller und schriller, wie ein Tonband, das kontinuierlich beschleunigte.

»Sooofoort – zuurückkommen! Auf Ihrer Seite gefriertdiezeit!«

Tom erstarrte einen Moment lang. Seine Gedanken rasten. Es kam ihm nicht so vor, als hätte sich der Zeitablauf nennenswert verlangsamt, bestenfalls um den Faktor zwei, aber wie sollte er das beurteilen können, wenn sein Gehirn dem gleichen Einfluss wie sein Körper unterlag? Trotzdem konnte er sich nicht des Eindrucks erwehren, dass sich seine Wahrnehmung immer mehr beschleunigte, exponentiell – oder aber seine Bewegungen gefroren tatsächlich. »Schnell! Beeilen Sie sich!«, rief er Valerie zu und hatte dabei das Gefühl, als wären seine Kiefernmuskeln wie gelähmt. Seine Stimme klang dumpf und leiernd, nicht so langsam wie die von Connor, aber trotzdem beängstigend schwerfällig.

Die Luft schien dick wie Sirup zu sein, als er auf das Tor zuhechtete. Aus den Augenwinkeln heraus sah er, dass Valerie sich fast synchron mit ihm bewegte. Gemeinsam erreichten sie die Felswand, ihre ausgestreckten Hände tauchten in das graue Gestein, und im gleichen Augenblick spürte Tom, wie sehr sich der Zeitablauf in dem Gewölbe tatsächlich verlangsamt haben musste.

Es war ein widerwärtiges, unbeschreibliches Gefühl. Seine Hände und die Unterarme, die in das substanzlose Medium ragten, aus dem das aktivierte Tor bestand, kribbelten, und alle Muskeln zuckten, als wären sie einer schnellen Abfolge leichter Stromstöße ausgesetzt. Die Diskrepanz zwischen dem unkontrollierten, hektischen Flattern seiner Finger und den trägen Bewegungen seiner Beine überforderte sein Gehirn. Bevor sein Gesicht in den grauen Fels eindrang, holte er noch einmal tief Luft und schloss die Augen.

In seinem Kopf schien sich ein Ballon aufzublähen, in seinen Ohren schrillte ein nervtötendes Klingeln, sein Brustkorb, der Bauch und die Arme erhitzten sich zunehmend, während Rücken, Gesäß und die Beine, die noch immer aus der anderen Seite des Tores ragten, eiskalt wurden. Irgendetwas berührte seine Hand. Er riss sie reflexartig zurück und wollte aufschreien, bis er begriff, dass es Finger gewesen sein mussten. Valeries Finger.

Offenbar endete die Wirkung der Zeitfalle unmittelbar an der Oberfläche des Tores. Tom schob den Colt unter seinen Gürtel, streckte den rechten Arm aus, ertastete Valeries Hand und umklammerte sie fest. Etwas Raues schabte über seinen Unterarm. Das Seil! Er zog Valeries Hand näher zu sich heran, drückte sie auf das Seil, spürte, wie sich ihre Finger darum schlossen, ließ sie los, und packte ebenfalls zu. Die Kälte in seinem Rücken ließ nach, je weiter er in das Tor eindrang. Jetzt ragten nur noch sein Gesäß und seine Beine auf der anderen Seite ins Freie, und es war, als steckten sie in einem eisigen, klebrigen Morast fest.

Wie lange war es her, seit er mit dem Gesicht in dieses graue Nichts eingetaucht war? Es konnten nicht mehr als ein paar Sekunden vergangen sein – aus seiner Warte –, und doch verspürte er das überwältigende Bedürfnis, auszuatmen und frische Luft zu schöpfen. Aber gab es hier, wo auch immer sich dieser Übergang zwischen Burma und dem anderen Gewölbe befand, überhaupt Luft? Auf jeden Fall herrschten normale Druckverhältnisse, im Vakuum wären ihm längst die Augen aus den Höhlen gequollen, und sein Blut hätte zu kochen begonnen. Er hangelte sich an dem unsichtbaren Seil vorwärts und spürte den Druck von Valeries Körper an dem seinen. Die Berührung war ungemein tröstlich.

Die Kälte zog sich über seine Knie in die Unterschenkel zurück und ließ sie taub werden. Obwohl inmitten des Tores die Naturgesetze offenbar außer Kraft gesetzt waren und es kein Oben oder Unten gab, hatte Tom das Gefühl, nahezu waagrecht im Raum zu hängen, nur noch von seinen in gefrorener Zeit steckenden Füßen fest gehalten zu werden. Eigentlich hätte er mittlerweile mit dem Kopf das Tor durchbrechen müssen, aber als er die Augen öffnete, umgab ihn nur konturloses Grau, das weder hell noch dunkel war. Dann waren seine Füße plötzlich frei, und er schoss, von seinem Schwung getragen, wie ein Pfeil vorwärts, aufwärts, abwärts, schwebte schwerelos im Nirgendwo.

Verirrt!, dachte er seltsam gelöst. In diesem Moment verspürte er weder Angst noch Verzweiflung, nur ein leises Bedauern und Verwunderung. *Wir haben uns in einer namenlosen Dimension verirrt!*

Connor hätte nicht sagen können, an welchem Punkt der Effekt eingesetzt hatte. Es gab keinerlei Vorwarnung, keine ungewöhnlichen Anzeichen oder Werte der Messgeräte. Als Thomas Ericson und Valerie Gideon neben dem tonnenförmigen Behälter in die Knie gingen, um ihn anzuheben, klangen ihre Stimmen noch völlig normal. Dass sie und der Bottich sich nur sehr langsam bewegten, schrieb Connor dem großen Gewicht des schwarzen Gebildes zu. Auch als sie das vordere Ende über die Kante des Nischensockels hoben, das Gerüst losließen und weiter hinten erneut zupackten, machten ihre trägen Bewegungen ihn noch nicht stutzig.

Doch die leiernde Stimme Ericsons alarmierte ihn. Es konnte nicht allein an der Anstrengung liegen. Ein technischer Defekt? Wenn ja, dann betraf er nicht nur die akustischen Übertragungswege, denn jetzt erkannte Connor deutlich, dass auch mit den Bewegungen der beiden A.I.M.-Mitarbeiter etwas nicht stimmte. Es war die Art, wie sich eine Haarsträhne des Archäologen bewegte, als er gemächlich den Kopf zur Seite drehte, die Art, wie Valerie sich den Schweiß aus den Augen blinzelte, das Heben und Senken ihrer Brust ...

Alles geschah viel zu langsam.

Connor stieß einen gälischen Fluch aus. »Lassen Sie den Behälter stehen und kommen Sie sofort zurück!«, rief er laut, noch bevor Ericson den angefangenen Satz beendet hatte.

Er sah, wie Valerie und Tom zusammenfuhren, und in diesem Moment war er sich ganz sicher. Kein Mensch reagierte derartig lahmarschig, wenn er überrascht wurde. Und entweder hatten sie ihn nicht verstanden, oder aber sie waren fest entschlossen, den Behälter erst in die Waagrechte zu hieven, bevor sie den Rückzug antraten.

Mit zusammengebissenen Zähnen hämmerte Connor eine Befehlssequenz in die Tastatur, lud ein Akustikprogramm und öffnete eine Tondatei, ohne dabei den Monitor aus den Augen zu lassen. Er musste eine möglichst kurze und trotzdem prägnante Botschaft formulieren, eine unmissverständliche Warnung, und er durfte nicht lange überlegen. Jede Sekunde konnte entscheidend sein. Mittlerweile hatten Tom und Valerie ihre Arbeit beendet und sich aufgerichtet. In diesem Moment schien sich der Zeitablauf in dem Gewölbe schlagartig weiter zu verlangsamen. »Sofort zurückkommen! Auf Ihrer Seite gefriert die Zeit«, sagte Connor so beherrscht und deutlich wie möglich in das Mikrofon.

Er bezweifelte, dass sie ihn verstanden hatten. Ihren Bewegungen nach zu urteilen, musste die Zeit auf ihrer Seite etwa um den Faktor fünf langsamer verstreichen, was seine Stimme aus ihrer Sicht auf das Fünffache beschleunigte. Und dieser Faktor wuchs unaufhaltsam.

Zumindest waren die beiden umgekehrt. Sie zogen ihre Waffen und schoben sich rechts und links des Behälters in die Nische, als wateten sie durch dickflüssigen Teer. Connor entschied sich, die Tondatei um das Sechsfache verlangsamt abzuspielen, schaltete eine Leitung von seinem Laptop auf den Lautsprecher und schickte die Botschaft ab.

Die Widergabe der Warnung dauerte eine kleine Ewigkeit, und da die Videokamera im Raum hinter der Nische stand, konnte er Toms und Valeries Mienen nicht erkennen, aber ihre Reaktion verriet ihm, dass sie ihn diesmal verstanden hatten. Sie hechteten regelrecht auf das Tor zu, obwohl sie scheinbar kaum von der Stelle kamen.

Wie lange dauert es, um eine Distanz von rund zwei Metern aus dem Stand zurückzulegen?, fragte sich Connor. Zwei Sekunden, die Schrecksekunde eingerechnet? Er zählte in Gedanken mit. *Eins, zwei, drei ...* Auch hier schien die Zeit einzufrieren. *Vier, fünf, sechs ...*

»Was ist los?«, hörte er Barnington ängstlich fragen. »Soll ich ...?«

Sieben, acht, neun ... »Bleiben Sie, wo Sie sind und halten Sie das Seil fest«, erwiderte Connor, ohne den Blick vom Monitor zu nehmen. »Vielleicht können sich die beiden daran entlangziehen.« *Zehn, elf, zwölf ...* Tom und Valerie hatten das Tor gleichzeitig erreicht, ihre Hände verschwanden in der grauen Fläche. *Dreizehn, vierzehn, fünfzehn ...* Wie groß ist die Zeitdiskrepanz zwischen hier und dort mittlerweile?, überlegte Connor. Und dann durchzuckte ihn ein anderer Gedanke: Wo verläuft die Grenze? Ist sie stabil? Dehnt sie sich womöglich in unsere Richtung aus?

Sechzehn, siebzehn, achtzehn ... Der Amerikaner und die Israelin waren jetzt knapp zur Hälfte in den Fels eingedrungen, und der Rest ihrer Körper folgte etwas schneller nach, als würde er von der bereits in dem Tor steckenden Masse beschleunigt. Also befand sich die Trennlinie offenbar an der rückwärtigen Seite des Tores. Welche Auswirkungen mochte diese Grenze auf den menschlichen Metabolismus haben? Connor erschauderte.

Neunzehn, zwanzig, einundzwanzig ... Jetzt ragten nur noch ihre Beine aus der grauen Fläche hervor.

»Das Seil wackelt!«, schrie Geoffrey.

»Halten Sie es weiter fest!«, rief Connor zurück. Er sprang auf, lief zum Tor und stellte sich direkt daneben, damit Tom und Valerie nicht gegen ihn prallten. Sie mussten jeden Augenblick die Oberfläche durchstoßen.

Zweiundzwanzig, dreiundzwanzig, vierundzwanzig ... Connor atmete tief durch und schloss kurz die Augen. *Fünfundzwanzig, sechsundzwanzig, siebenundzwanzig ...*

Sie hätten längst da sein müssen. Das Tor – oder die rätselhafte Barriere zwischen beiden Räumen – maß lediglich anderthalb Meter. Connor streckte vorsichtig eine Hand aus und berührte das Tor am Rand mit einem Finger. Er zuckte zusammen. Massiver Fels! *Großer Gott!*, dachte er entsetzt. *Wir haben sie verloren.* Er klopfte mit den Knöcheln gegen die graue Fläche. Hartes, kompaktes Gestein. Dann fiel sein Blick auf das Seil, das in Hüfthöhe aus dem Tor ragte. Es schwang ein paar Zentimeter auf und ab. »Völlig unmöglich!«, krächzte Connor fassungslos. »Das ergibt keinen Sinn ...!«

Im gleichen Moment schossen Tom und Valerie wie zwei Delfine im Formationsflug an ihm vorbei durch das Tor. Tom rutschte ein paar Meter auf dem Bauch über den Boden und blieb sekundenlang keuchend liegen. Valerie rollte über die Schulter ab, richtete sich in die Hocke auf und blickte sich hektisch um.

»Valerie!«, schrie Geoffrey, ließ das Seil los, sprang auf sie zu und umarmte sie stürmisch, bevor sie sich seiner erwehren konnte. Tom stemmte sich auf den Händen hoch. Sein Blick huschte durch die Kammer, und auf seinem Gesicht erschien ein völlig deplatziert wirkendes Grinsen. »Und wer umarmt mich?«, fragte er trocken.

»Ich bin mir sicher, Mr. Barnington wird sich auch Ihrer annehmen, wenn Sie das wünschen«, sagte Connor auf seine unnachahmlich distinguierte Art, aber die Erleichterung in seiner Stimme war unüberhörbar. »Ich möchte allerdings vorschlagen, diesen Raum sicherheitshalber für eine Weile zu verlassen, bis wir wissen, ob sich diese ... Zeitfront weiter ausbreitet.«

»Ich verstehe nicht, was die durch eine rechtswidrige Körperverletzung herbeigeführten Wunden einer historischen Person des öffentlichen Interesses damit zu tun haben sollen«, bemerkte Elwood Blues, nachdem er Mortimers Bericht gehört hatte.

»Rechtswidrige was ...?«

Bentley sah den Mann mit der schwarzen Sonnenbrille fassungslos an.

Wieso redet der so komisch? Warum trägt er diesen völlig lächerlichen schwarzen Anzug? Er sieht aus wie eine Figur aus einem wirklich miesen Gangsterfilm! Ist er am Ende vielleicht ... geistesgestört?

»Körperverletzung, Sir. Das Opfer wurde an eine rechtwinklige Balkenkonstruktion genagelt. Mit dem Erfolg, dass Füße und Handgelenke die von den Nägeln verursachten charakteristischen Wundmerkmale aufweisen. Der von Mr. Mortimer verwendete Kraftausdruck *Zounds* bezieht sich auf diese Wunden – es ist eine umgangssprachliche Zusammenziehung des Namens der betreffenden Person – Jesus, im altenglischen *Dsjeesuss* gesprochen – und dem Wort *wounds*. *Jesus' Wounds* wurde also zu *Zounds*. Ein höchst bemerkenswertes, frühes Beispiel für eine etymologische Eigentümlichkeit der englischen Sprache, die man umgangssprachlich als *Rhyming Slang* bezeichnet.«

»Ach so«, sagte Bentley, der es plötzlich gar nicht einmal so uninteressant fand, was der Mann in Schwarz da zu erzählen hatte.

»Sie beziehen sich doch auf Jesus Christus, ja? Aber wieso reden Sie dann von Wunden an den Hand*gelenken*? Ich dachte immer, dass die Hand*flächen* betroffen sind. So ist es jedenfalls auf den traditionellen Bildern dargestellt.«

»Diese traditionelle Darstellung ist aus forensischer Sicht unhaltbar«, erläuterte Elwood. »Auch kunsthistorisch betrachtet ist sie irrelevant, da sie erst im Hochmittelalter entwickelt wurde. Darüber hinaus gibt es auch korrekte Darstellungen gleichen oder sogar noch älteren Datums, wie etwa das Leichentuch von Turin.«

»Mr. Blues!«, rief Mortimer empört aus. »An meinem Taschentuch war ganz bestimmt kein Urin! Wie kommen Sie nur darauf?«

»Mr. Mortimers auditive Rezeptoren sind stark beeinträchtigt«, erklärte Elwood leise. »Entschuldigen Sie bitte, Master Sean.«

Der Mann in Schwarz wandte sich dem alten Hausdiener zu und brüllte: »MR. MORTIMER, SIR, ICH SAGTE AUSDRÜCKLICH: LEICHENTUCH – VON – TURIN UND NICHT: TASCHENTUCH – VOLL – URIN! URIN!«

»Ach so«, meinte Mortimer versöhnlich, während die Sherrygläser auf dem Kartentisch zwischen den beiden

Gentlemen immer noch von Elwoods Gebrüll nachklirrten.
»Jetzt verstehe ich. Sie haben wirklich eine schöne und klare Stimme, Mr. Elwood. Alle anderen flüstern immer nur, als wollten sie mir etwas verheimlichen. Dabei habe ich doch ...« Er schien in sich hineinzulauschen, doch offensichtlich hatte sich der Gedanke, den er verfolgte, schon wieder verflüchtigt. »Nun, wie dem auch sei, wenn die Herren noch etwas benötigen, möchten sie bitte nach mir läuten! Das Telefon steht ja dort griffbereit auf dem Tischchen, gleich neben Mr. Blues.«

Damit verließ er den Salon.

Bentley ließ seine rechte Hand in die Jackentasche gleiten und umklammerte den Griff der Pistole.

Das ist der richtige Moment, flüsterte eine Stimme in ihm. Seine eigene. *Diesmal werde ich nicht danebenschießen. Ich muss nur die Ruhe bewahren, langsam Ziel nehmen und dann abdrücken. Dann ist dieser seltsame Mr. Blues aus dem Weg geräumt. Und mit dem alten Mortimer werde ich ja spielend fertig.*

»Eine sehr interessante Erklärung für die Entstehung des Wortes *Zounds*, Mr. Blues«, gab Bentley mit aufrichtiger Anerkennung zu, als der Diener die Tür hinter sich geschlossen hatte. »Aber wie erklären Sie sich das geisterhafte Verhalten des Taschentuchs, von dem Mortimer uns berichtet hat?«, fuhr er fort, um Elwoods Aufmerksamkeit von seiner verstohlenen Bewegung abzulenken.

»Eine konstruktionsbedingte Fehlfunktion des menschlichen Organismus, die sich durch Überalterung zwangsläufig in der einen oder anderen Form manifestiert«, sagte der Mann in Schwarz ohne langes Nachdenken. »Art und Ausmaß der Fehlfunktionen variieren stark von Individuum zu Individuum. Mr. Mortimer bedarf dringend einer biologischen Generalüberholung. Allerdings fehlen uns derzeit noch die Möglichkeiten ...«

Langsam schwenkte Bentley den Lauf seiner Pistole herum, bis sie genau auf den Solarplexus von Elwood zielte. Sein Ellbogen war fest auf der Lehne des schweren Polsterstuhls abgestützt. Der Schuss konnte nicht ins Leere gehen, aber sicherheitshalber ließ er Elwood Blues noch eine Weile erzählen, um den richtigen Augenblick abzuwarten.

»... könnte man Mr. Mortimer durchaus bis zu dem Zeitpunkt einfrieren, an dem dieses Problem von der Medizin gelöst wird. Ich habe Mrs. Paddington schon von den Vorzügen meines Vorschlages berichtet, und ich glaube, dass sie davon sehr angetan war. Vor allem als ich erwähnte, dass man damit die Kosten für neues Geschirr um siebenundneunzig Komma vier acht Prozent reduzieren könnte, selbst unter Berücksichtigung der zusätzlichen Personalkosten. Sie wies mich allerdings darauf hin, dass zurzeit sämtliche Kühltruhen bis zum Rand ...«

»Zeit«, sagte Bentley leise. »Zeit ist ein wesentlicher Faktor. In vielerlei Hinsicht. Zum Beispiel wenn es darum geht, einem schnell fliegenden Geschoss auszuweichen.«

Er schloss seine Augen und drückte ab.

Die schweren Polstermöbel und Wandbehänge des Salons dämpften den Knall auf ein sehr erträgliches Maß.

Ein Lächeln huschte über Bentleys Gesicht. Gleich, wenn er die Augen wieder öffnete, würde der seltsame Mr. Blues dort vor ihm liegen, mit einem großen, roten Fleck auf seinem lachhaft blütenweißen Hemd.

»Damit haben Sie völlig Recht«, sagte eine etwas unmoduliert klingende Stimme. »Und der mir zur Verfügung stehende Zeitraum war wirklich äußerst knapp bemessen. Wenn ich eine weitere Bemerkung äußern dürfte, Ihre Waffe muss dringend gereinigt werden. Der Lauf ist verschmutzt.«

Bentley riss die Augen auf. Elwood Blues saß immer noch in seinem Sessel. Aber er war nicht tot, nicht einmal verletzt.

In seinen Händen hielt der Mann in Schwarz einen Stapel von Telefonbüchern mit dicken Lederschutzhüllen, über die er sich gebeugt hatte, um sie zu begutachten. Er hob das dünnste davon in die Höhe und wandte sich wieder Bentley zu.

»Das Branchenbuch des Bezirks Sutherland ist völlig unbeschädigt, sehen Sie, Master Sean, Sir? Falls Sie Ihre Waffe ein wenig besser gepflegt hätten, wäre die Kugel bis zur Rubrik *Foreign Language Services* vorgedrungen, und sogar zwei sechzehntel Zoll weiter bis *Fortune Tellers*, wenn das Projektil nicht durch den Stoff Ihrer Jacke einen Teil seiner kinetischen Energie verloren und sich leicht verformt hätte.«

Elwood legte die drei Telefonbücher auf den Beistelltisch zurück, von dem er sie kurz zuvor genommen hatte.

»Da sich in Ihrer Jackentasche, Sir, zwei Schusslöcher befinden, gehe ich davon aus, dass diese Unart des Schusswaffengebrauchs nicht auf einem Versehen beruht. Sir, eigentlich steht mir eine solche Kritik nicht zu, aber ich muss schon sagen, dass ich diese Technik für höchst nachteilig halte. Mein Rat: Nehmen Sie die Waffen ganz normal in die Hand, wenn Sie auf jemanden ...«

Bentley riss die Pistole aus der Tasche und feuerte ein zweites Mal, diesmal direkt auf das Gesicht von Elwood Blues.

»So ist es besser«, lobte der Mann in Schwarz, während er die Telefonbücher vor seinem Gesicht sinken ließ. »Natürlich stand mir diesmal durch die Aufwärtsbewegung Ihrer Hand und das nachträgliche Ausrichten der Waffe auf mein Gesicht erheblich mehr Zeit zur Verfügung, das

Projektil aufzuhalten. Streng genommen bin ich ihm nicht, wie von Ihnen angeregt, ausgewichen, aber meine Handlung hat zu dem gleichen Ziel geführt, die unmittelbare körperliche Konfrontation mit dem schnell fliegenden Geschoss zu vermeiden.«

Bentley starrte ihn fassungslos an.

Das ist unmöglich! Völlig unmöglich! Niemand kann so schnell reagieren! Kein Mensch ...

Er drückte noch einmal ab. Und noch einmal ...

Jedes Mal tauchte nach dem Schuss der Stapel mit den Telefonbüchern dort auf, wohin er gezielt hatte.

Die Bewegungen des Mannes in Schwarz waren so schnell, dass Bentley sie gerade noch wahrnehmen konnte. Wie der Typ in dieser lächerlichen TV-Serie, an die er sich schwach erinnerte – der mit dem roten Kostüm, *The Flash*, so hieß er wohl ...

Bentley drückte erneut ab, doch es ertönte nur ein helles Klicken.

»Das Magazin ist leer«, sagte Elwood überflüssigerweise. »In Ihrer linken Hosentasche befinden sich zwei voll bestückte Ersatzmagazine. Man hört es sehr deutlich, wenn Sie sich bewegen. Allerdings glaube ich nicht, dass weitere Demonstrationen zur Untermauerung Ihrer These erforderlich sind. Davon abgesehen, wäre es nicht sinnvoller, die Waffe erst einmal zu reinigen? Wenn Sie gestatten.«

Bentley stierte erschüttert auf seine leere Hand und bekam schemenhaft mit, wie Elwood sich wieder in seinem Polsterstuhl niederließ. Keine vier Sekunden später hatte der Mann in Schwarz die Pistole in ihre Bestandteile zerlegt.

»Die Walther PP setzt sich aus insgesamt siebenunddreißig Einzelteilen zusammen, wie Sie hier leicht sehen können, Sir. An bestimmten Merkmalen lässt sich feststellen, dass diese Waffe hier außerordentlich schlecht gepflegt wurde. Die Mündungsgeschwindigkeit liegt sehr deutlich unter dem von der Firma angegebenen Minimalwert von dreihundert Metern pro Sekunde. Die Ursachen sind offensichtlich: Verunreinigungen des Laufes, Lubrikation mit einem für diesen Zweck völlig ungeeigneten Schmiermittel, das bereits Korrosionsspuren hinterlassen hat, statt diese zu vermeiden.«

»Was ...«, murmelte Bentley ratlos, als er Elwoods abwartende Miene sah.

»Was? Nun, die Auswahl der in Frage kommenden Substanzen können wir sofort mittels einer vorläufigen olfaktorischen Prüfung eingrenzen, Sir.«

Elwood Blues hob die Waffe an seine Nase und zog kräftig die Luft ein.

»Überwiegend gesättigte Fettsäuren, hohe Anteile an Transfetten, dazu Harnsäure und diverse Beimengungen, darunter Fuselöle. Ein Fett, das mit einer Sicherheit von achtundneunzig Komma zwei neun Prozent rein tierischen Ursprungs ist. Schweineschmalz vielleicht. Jedenfalls völlig ungeeignet zur akkuraten Pflege einer Schusswaffe.«

Bentley überlegte ernsthaft, ob sein alter Kumpel Homer die Waffe tatsächlich mit Schweineschmalz gefettet hatte. Zuzutrauen wäre es ihm.

»Zudem weist diese Waffe Spuren eines wiederholten unsachgemäßen Gebrauchs auf«, fuhr Elwood fort. »Hier innerhalb des Rahmens zeigen diese Riefen, dass jemand mehrmals versucht hat, mit einer Kraft von mindestens einhundertzwölf Komma drei acht Newton im ungesicherten Zustand ein Magazin einzuführen. Selbst bei äußerster Kraftanwendung führt diese Methode nicht zum Erfolg, da die Modelle der Baureihen PP und PPK der *Jagd- und Sportwaffenfabrik Walther* nur im gesicherten Zustand geladen werden können. Schlimmstenfalls kann ein solcher Bedienungsfehler sogar die Zerstörung der Waffe herbeiführen.«

»Ich glaube es nicht ...« murmelte Bentley hilflos.

»Nicht? Gut, Sir, dann erlauben Sie mir, es Ihnen zu demonstrieren.«

»Ja, aber ...«

Während Bentley mit offenem Mund zusah, schnurrten Elwoods Hände als fast unsichtbare Schemen über die glasbedeckte Mahagoniplatte des Tisches, um die völlig zerlegte Waffe in drei Atemzügen wieder zusammenzusetzen.

»So – wenn ich den Sicherungshebel löse und jetzt das Magazin hineindrücke – Sehen Sie bitte *ganz* genau hin, Sir! Falls Sie nicht glauben, dass man die Waffe durch unsachgemäßes Laden rettungslos zerstören kann, dann wird Sie meine Demonstration vom Gegenteil überzeugen.«

Elwood drückte das Magazin ohne sichtliche Anstrengung mit dem Handboden in den Schacht der Waffe.

»Nein!«, rief Bentley entsetzt.

Aber es war bereits zu spät.

Der Mann in Schwarz hatte das Magazin wie eine Colabüchse zerquetscht und es dabei rettungslos im Rahmen der Waffe verkeilt.

»Sehen Sie, Sir, die Waffe ist damit völlig unbrauchbar. Und jetzt hören Sie bitte genau hin.«

Er nahm die Walther mit zwei Fingern am Lauf und ließ sie wie ein Glöckchen baumeln. Ein metallisches Klingeln bekundete, dass es nicht allzu gut um das feinmechanische Innenleben der Waffe stehen konnte. Zu allem Überfluss fiel der Sicherungshebel der Waffe ab und landete klirrend auf der Glasplatte des Tisches.

In diesem Moment gab Bentley endgültig auf. Es war weniger die absolute körperliche Überlegenheit von Elwood

Blues als vielmehr seine ruhige, beiläufige Art, Bentleys Pläne zu vereiteln, die ihm zu schaffen machte.

»Also gut«, krächzte Bentley. »Ich gebe mich geschlagen. Sie haben gewonnen. Was jetzt?«

Er wird mich der Polizei übergeben. Ich werde für den Rest meiner Tage im Blofeld hocken, während Oake Dùn immer mehr vor die Hunde geht ...

»Was immer Sie wünschen«, erwiderte Elwood zu Bentleys Verblüffung. »Ich fand unsere Konversation bislang ausgesprochen anregend und würde sie bei Gelegenheit sehr gern fortsetzen. Leider muss ich mich jetzt von Ihnen verabschieden, Master Sean, da ich diese Zeit des Tages meiner Fortbildung zu widmen pflege. Der Deutschkurs der BBC beginnt sogleich. *Leben Sie wohl, mein Herr, der liebe Gott beschütze Sie auf all Ihren Wegen!*«

Den letzten Satz hatte er auf deutsch gesprochen, eine Sprache, die Bentley recht gut beherrschte.

Damit stand der Mann in Schwarz auf und verließ den Salon, bevor sich Bentley so weit gefangen hatte, dass er das freundliche Grußwort erwidern konnte.

Du musst diesen Mann töten!, flüsterte eine Stimme.

Bentley zuckte hoch und sah sich hektisch um. Doch außer ihm war niemand im Raum.

Töte ihn zuerst!, wisperte eine andere Stimme. *Die anderen später.*

»Neeeeeeeein!«

Bentley sackte in sich zusammen und vergrub das Gesicht in den Händen.

Der blecherne Klang des billigen Transistorradios oben am Rand der Treppe hatte sich nicht verändert, und solange die für westliche Ohren recht gewöhnungsbedürftige birmanische Musik nicht scheinbar schneller wurde, lief die Zeit innerhalb und außerhalb der unterirdischen Kammer weiterhin synchron ab. Trotzdem hatte Connor darauf bestanden, dass Vân Nguyên außerhalb der Torstation wartete und in regelmäßigen Abständen hinabstieg, damit sie ihre Uhren vergleichen konnten. Bisher war keine Abweichung feststellbar.

Das Tor blieb von dieser Seite aus gesehen geschlossen. Seine Oberfläche war so undurchdringlich, wie man es von massivem Fels erwarten durfte. Im Gegensatz dazu ließen sich das Seil und die Kabel beliebig bewegen und glitten widerstandslos durch das Gestein, als hätte es seine Durchlässigkeit nicht verändert. Connor hatte längst aufgehört, sich über diese physikalische Unmöglichkeit den Kopf zu zerbrechen. Damit würde er sich beschäftigen, sobald sie nach Oake Dùn zurückgekehrt waren. Vielleicht gab es in der theoretischen Mathematik und Physik Gleichungen, die ein solches, jeder Logik spottendes Phänomen beschrieben.

Momentan hatte er eine viel praktischere Aufgabe zu bewältigen.

Die Bild- und Tonverbindungen in das rätselhafte Gewölbe standen noch immer, und so war es Connor nicht schwer gefallen, den Verzögerungsfaktor im Zeitablauf auf der anderen Seite des Tores zu bestimmen. Dazu musste er nur ein akustisches Signal durch den Lautsprecher auf dem Rollbrett in die Höhle schicken, es mit dem Mikrofon der Videokamera aufzeichnen und die Dauer des ursprünglichen Signals mit dem der Aufzeichnung vergleichen. Der Wert, den er errechnet hatte, blieb seit ihrer Rückkehr in die Kammer konstant. Demnach lief die Zeit dort drüben um den Faktor siebenundfünfzig langsamer ab.

»In Ordnung, ich bin so weit«, sagte Thomas Ericson

und legte eine Hand auf die elektrische Seilwinde. »Von mir aus kann's losgehen.«

Connor drehte sich auf seinem Klappstuhl um. Valerie Gideon stand mit Geoffrey Barnington am Fuß der Treppe. Sie hatte die Mundwinkel mürrisch herabgezogen und wirkte gereizt, während der Engländer seine Nervosität nicht verbergen konnte.

»Es wäre klüger, wenn Sie sich nach oben begeben würden«, versuchte Connor ohne große Hoffnung noch einmal, die Israelin und den Engländer zum Verlassen der Torkammer zu bewegen. »Sie können hier unten nichts tun, und wir wissen nicht, was passiert, wenn wir ...«

»Um einen gemeinsamen Bekannten zu zitieren«, unterbrach ihn Valerie in einem süffisanten Tonfall. »Wenn ich jedes Mal ...« Sie stutzte kurz und runzelte die Stirn. Dann huschte ein Grinsen über ihr Gesicht, und ihre Mundwinkel hoben sich ein wenig. »Wenn ich jedes Mal den Schwanz eingezogen hätte, sobald es gefährlich geworden ist, wären wir nicht da, wo wir heute sind. Oder so ähnlich.«

Connor seufzte lautlos. Er wusste, dass es keinen Sinn hatte, die ehemalige Mossad-Agentin mit Argumenten zu überzeugen. Sie war intelligent genug, um die potenzielle Gefahr zu erkennen, aber sie konnte stur wie ein Maulesel sein, wenn sie sich einmal etwas in den Kopf gesetzt hatte. »Mr. Barnington?«

Geoffrey zupfte unbewusst an seinem Hemdkragen herum und trat von einem Fuß auf den anderen. »Wenn Valerie bleibt, bleibe ich auch«, sagte er.

Diesmal gelang es Connor nicht, das Seufzen gänzlich zu unterdrücken. Geoffrey Barnington mochte ein fähiger Archäologe sein, aber er war alles andere als ein Draufgänger, und manchmal nahm sein Verhalten geradezu kindische Züge an. Besonders wenn er glaubte, seinen Mut beweisen zu müssen.

»Also gut«, gab Connor nach. »Mr. Ericson, schalten Sie die Winde ein.«

Tom legte den Schalter um und wich unbewusst einen Schritt zurück. Der Elektromotor setzte sich leise surrend in Bewegung. Die Kabeltrommel begann sich langsam zu drehen, und das Seil straffte sich.

Es war Barningtons Idee gewesen, den Behälter mittels einer elektrischen Seilwinde durch das einseitig geschlossene Tor zu ziehen und so möglichen Gefahren vorzubeugen. Connor hatte den Vorschlag sofort aufgegriffen, doch zu Geoffreys Leidwesen und gegen seinen Protest hatten seine Begleiter darauf bestanden, in der Kammer zu bleiben, anstatt den Vorgang von ihrem Basislager aus per Video zu überwachen.

»Der Behälter bewegt sich«, sagte Connor, der sich wieder seiner improvisierten Messstation zugewandt hatte. Er warf einen Blick auf den Computermonitor. »Bisher keine Veränderung im Zeitablauf auf der anderen Seite.«

»Wie lange wird es bei dieser Schleichfahrt dauern, bis wir das Ding hier haben?«, erkundigte sich Tom.

»Wenn nichts Unvorhergesehenes passiert ...« Connor verstummte schlagartig. Tom und Valerie fluchten wie aus einem Mund. Geoffrey Barnington stöhnte gequält auf.

Die Woge aus Schmerzen, Schwindelgefühl und Desorientierung, die durch die Kammer rollte, war die bisher intensivste, ebbte aber schon nach wenigen Sekunden wieder ab. Zurück blieben der vertraute Druck in den Augenhöhlen, eine leichte Übelkeit und die bekannten Halluzinationen. Durch den Treppengang drangen gedämpfte Schreie aus den oberirdischen Ruinen in die Tiefe.

Als Connor sich zu den anderen umdrehte, erblickte er

drei Echsen, die ihn anstarrten. Die größte riss das mit spitzen Zähnen besetzte Maul unwahrscheinlich weit auf und fauchte etwas Unverständliches. Connor holte tief Luft, schloss einen Moment lang die Augen, öffnete sie wieder und blinzelte. Die drei Echsen starrten ihn immer noch an, aber ihre Umrisse begannen zu wabern, als würden sich zwei Bilder überlagern.

Es kostete ihn Mühe, den instinktiven Fluchtimpuls zu unterdrücken, sich von ihrem Anblick loszureißen und wieder der Armaturenbatterie zuzuwenden. Die Messwerte hatten sich nicht verändert. Als er eine Hand auf die Tastatur legte, entdeckte er unregelmäßige Flecken metallisch schimmernder Schuppen auf seiner Haut und tückisch gebogene Krallen statt Fingernägel.

»Keine ungewöhnlichen Anzeigen«, sagte er heiser und registrierte das scharfe Zischen in seiner Stimme, die nicht aus einer menschlichen Kehle zu kommen schien. Die leisen Schreie von oben ließen allmählich nach, und einen Moment lang war nur die blecherne Musik aus dem Transistorradio zu hören. Er räusperte sich. »Ms. Gideon, Sie sollten besser nachsehen, was sich im Basislager tut, und die Männer notfalls beruhigen.« Zu seiner Erleichterung klang seine Stimme schon wieder halbwegs normal. »Und nehmen Sie Mr. Barnington mit.«

»In Ordnung«, erwiderte Valerie sofort. »Komm mit, Geoffrey.« Ihre Schritte entfernten sich.

Die Bereitwilligkeit, mit der sie sich seiner Anordnung fügte, überraschte Connor nicht. Valerie mochte gelegentlich eine arrogante Ader an den Tag legen, aber wenn es darauf ankam, wich ihre Überheblichkeit nüchternem Pragmatismus.

Als Conner sich wieder umdrehte, war er mit Tom allein in der Höhle. Mit einem Anflug von Unbehagen bemerkte er, dass der Archäologe den Colt gezogen hatte und ihn zögernd wieder einsteckte. Er erinnerte sich nur zu gut, wie Valerie beim ersten Anfall dieser Art reagiert hatte. Um ein Haar hätte sie ihn erschossen.

Ericson schüttelte den Kopf. Einen Moment lang wirkte er völlig menschlich, dann verwandelte er sich für einen Sekundenbruchteil in eine Echse zurück, wurde zu einem Mischwesen, von der Hüfte abwärts ein bekleideter Mensch, darüber eine nackte Echse, die einen breitkrempigen Hut trug, bis sich das Bild schließlich stabilisierte. Er fuhr sich mit der Hand über die Stirn.

»Großer Gott«, stöhnte er und tastete schuldbewusst über den Griff seines Revolvers. »Diesmal hätte *ich* fast die Beherrschung verloren.«

»Vielleicht sollten Sie Ihre Waffe hier unten lieber ablegen«, schlug Connor vor.

Der Amerikaner ging nicht darauf ein, und eigentlich hatte Connor auch nichts anderes erwartet. Für Thomas Ericson war der alte Single Action Kaliber .45 mehr als nur eine Waffe. »Glauben Sie, dass unsere Aktivitäten diesen ... Anfall ausgelöst haben?«, fragte er. »Eine Schutzmaßnahme der Anlage?«

Connor hob die Schultern. »Möglich. Was denken Sie? Sollen wir die Bergung des Behälters lieber abbrechen oder zumindest verschieben?«

Tom trat an den Monitor. »Nein«, erwiderte er. »Nicht, nachdem wir so weit gekommen sind. Das Ding hat das Tor fast erreicht. Stellen Sie sich vor, der Klumpen in dem grünen Zeug ist wirklich ein Echsenembryo, vielleicht sogar ein lebensfähiger. Diese Chance dürfen wir uns nicht entgehen lassen.«

»Freut mich, dass Sie das ebenfalls so sehen«, sagte Connor. »Auch wenn ich sicher bin, dass Mr. Barnington da anderer Meinung wäre. Und obwohl Ms. Gideon ...« Er unterbrach sich. »Die Zeitverzögerung nimmt wieder zu. Der Effekt ist genau in dem Moment eingetreten, als der Behälter die Torfläche berührt hat.« Er deutete nacheinander auf den Überwachungsbildschirm der Videokamera und auf den Laptop-Monitor. »Die Zeitdiskrepanz hat sich um den Faktor sechzig erhöht und steigt kontinuierlich weiter.«

Der Behälter bewegte sich mit einer Geschwindigkeit von etwa einem Zentimeter pro Sekunde. Das hieß, dass es noch rund anderthalb Minuten dauern würde, bis er die andere Seite des Tores und damit den Einflussbereich des Zeitfeldes zur Gänze passiert hatte.

Sofern der Zeitablauf sich nicht zu schnell und zu stark verlangsamte ...

Wie zur Bestätigung steigerte sich das gleichmäßige Surren des elektrischen Motors der Seilwinde zu einem leisen Winseln.

»Faktor siebzig«, meldete Connor nüchtern. »Weiter zunehmend.«

Tom eilte zu der Winde. Ohne Connors Einverständnis abzuwarten, drehte er den Leistungsregler höher. Das Winseln des Motors wurde lauter, als würde die Masse, die er zog, schlagartig schwerer werden. Die Nadel der Spannungsanzeige ruckte hoch. Tom schaltete die Übersetzung eine Stufe niedriger, und das Winseln ließ etwas nach. Die Nadel fiel deutlich zurück und zitterte im grünen Bereich.

Woher kam der plötzliche Widerstand, den der Behälter dem Zug entgegensetzte? Als sie ihn über den Boden zur Nische geschoben hatten, war er wie auf Kufen über Eis geglitten.

Das Seil vibrierte jetzt wie eine straff gespannte Stahltrosse, aber der in den Fels getriebene Haken, an dem die Halterung der Winde befestigt war, hielt.

»Faktor achtzig«, drang Connors Stimme in Toms Gedanken. »Das Seil hat eine maximale Belastbarkeit von einer Tonne. Überstrapazieren Sie es nicht.«

»Die Zugwirkung liegt gerade bei knapp über zweihundert Kilopond«, las Tom die Anzeige laut ab.

Kurz darauf musste er die Leistung weiter erhöhen und die Übersetzung erneut eine Stufe herunterschalten, um die Drehgeschwindigkeit der Kabeltrommel konstant zu halten.

»Belastung nähert sich fünfhundert Kilopond«, sagte er angespannt.

Connors Stimme dagegen klang geradezu aufreizend gelassen. »Der Zeitfaktor nimmt exponentiell zu. Steigt auf hundertzwanzig. Der Behälter ist erst etwas weiter als bis zur Hälfte im Tor verschwunden. Es könnte eng werden. Erhöhen Sie die Leistung noch einmal.«

Siebenhundertfünfzig Kilopond, und das Winseln der Winde steigerte sich zu einem Jaulen. Die Anzeigenadel wanderte in den roten Bereich.

Es *muss* mehr als nur die Zeitverzögerung im Spiel sein, dachte Tom. Wir steigern die Zugstärke und damit die Beschleunigung der Masse kontinuierlich, während der Bereich, der dem Zeitfeld ausgesetzt ist, im gleichen Maß schrumpft. Vielleicht ist ein weiteres Sicherheitssystem angesprungen, das den Diebstahl des Behälters verhindern soll. Vielleicht hatte Barnington Recht, und wir sollten schleunigst aus der Kammer verschwinden, bis das Ding hier angekommen ist ...

Kontinuierliche Beschleunigung der Masse ... flüsterte es hartnäckig in seinem Hinterkopf. *Kontinuierliche Beschleunigung ... Masse ... Beschleunigung ...*

»Faktor zweihundert. Behälter hat das Tor zu gut drei Viertel passiert.«

Kommentarlos schaltete Tom den Motor der Seilwinde auf maximale Leistung und die Übersetzung auf die niedrigste Stufe. Die Zugbelastung näherte sich tausend Kilopond, die Anzeigenadel berührte den Anschlag, und das Seil knisterte bedrohlich.

Kontinuierliche Beschleunigung einer Masse von etlichen Zentnern Gewicht ...

Die Erkenntnis traf ihn wie ein Faustschlag in die Magengrube. Seine Hand schnellte vor und schlug auf den Aus-Schalter. Aus den Augenwinkeln heraus sah er, wie Connor in seinem Stuhl herumwirbelte, und er hechtete bereits zur Seite, als die Stimme des Highlanders aufgellte: »Aus dem Weg! Verlassen Sie die Verlängerungslinie des Tores!«

Tom hatte das Gefühl, wieder in einem Stasisfeld gefangen zu sein und wie in Zeitlupe durch die Luft zu schweben. Der Höhlenboden kroch regelrecht auf ihn zu, und er sah jedes Detail mit übernatürlicher Klarheit: Hier ein winziger Riss, da eine Schleifspur, dort ein Stückchen roter Kunststoffisolierung, an dessen Ende die glatte Schnittfläche eines dünnen Kupferdrahtes schimmerte ...

Der Aufprall dagegen war alles andere als sanft oder gebremst und prellte Tom die Luft aus den Lungen. Der raue Untergrund riss ihm Hautfetzen aus den Handflächen, und ein stechender Schmerz schoss durch sein rechtes Knie, als er sich auf dem harten Boden überschlug und ihm der Hut vom Kopf flog. Er richtete sich halb auf, griff automatisch nach seinem Hut und presste sich mit dem Rücken gegen die Seitenwand. Sein Blick saugte sich an dem grauen Tor fest.

Nichts passierte. Nur das Seil entspannte sich unmerklich und hing in der Mitte leicht durch.

»Jetzt!«, rief Connor.

Nur Sekundenbruchteile später brach ein schwarzer Schemen durch das Tor, jagte, von der immensen, in ihm gespeicherten kinetischen Energie beschleunigt durch die Kammer und bohrte sich wie ein Rammbock mit einem ohrenbetäubenden Krachen in die Felswand neben dem Treppenaufgang. Scharfkantige Gesteinssplitter schwirrten wie Miniaturschrapnelle durch den Raum. An der Einschlagsstelle stieg eine hellgraue Staubwolke auf. Tom duckte sich und legte die Arme schützend um den Kopf.

Der Lärm erstarb so schnell, wie er gekommen war.

»Tom! Alles in Ordnung?«

Als Tom die Arme sinken ließ und den Kopf hob, sah er Connor gebückt vor sich stehen. »Ich denke ... schon«, murmelte er wie betäubt, stand auf, klopfte mechanisch den Hut an seinem Oberschenkel ab und blickte sich um.

Der Ventilator trieb die Staubwolke auseinander, und neben dem Treppenaufgang wurde der schwarze Behälter sichtbar. Toms Augen weiteten sich. Er hatte damit gerechnet, einen Trümmerhaufen vorzufinden, und tatsächlich entdeckte er auch ein paar Gesteinsbrocken auf dem Boden, doch sie stammten ausnahmslos aus der Felswand der unterirdischen Kammer. Der schwarze Behälter dagegen schien unversehrt. Nur der vordere Teil des silbernen Gestells war leicht verbogen.

Wie von einem Magneten angezogen, näherten sich beide Männer der Einschlagsstelle.

»Vorsicht«, sagte Connor leise, ohne die eigene Warnung zu beherzigen. »Die Abdeckung könnte beschädigt sein. Möglicherweise ist der Inhalt toxisch.«

Aber auch der durchsichtige Deckel hatte den mörderischen Aufprall schadlos überstanden. Er wies nicht den kleinsten Kratzer auf.

Von Connors Arbeitsplatz neben der »Steuerkonsole« des Tores klang ein melodischer Glockenton auf. Der Schotte fuhr herum und eilte zu seinem Computer. Tom folgte ihm etwas langsamer, den Hut noch immer in der Hand. Ein Grauschleier hatte sich über sein verschwitztes Haar gelegt, als wäre er plötzlich um Jahre gealtert. »Was ist los?«, wollte er wissen.

»Irgendetwas passiert mit dem Tor.« Connors Hände flogen über die Tastatur. »Die Zeit da drüben scheint wieder normal zu verlaufen. Aber das Bild wird schlechter. Und die Messwerte ...«

»Connor.«

»Die Daten verändern sich. Ich kann kein System darin erkennen. Die Werte werden chaotisch ...«

»Connor!«, wiederholte Tom eindringlich.

Der Highlander blickte widerwillig auf. »Was?«

»Die Schalttafel«, sagte der Archäologe rau.

Die drei geometrischen Figuren, die Geoffrey nach Connors Anweisungen in die Aussparungen gedrückt hatte, um das Tor zu aktivieren, schoben sich wie von Geisterhand bewegt langsam wieder heraus. Die Kugel war aus dem leeren rechten in das zentrale Feld zurückgekehrt und begann rötlich zu schimmern.

»Heh, ihr da unten!«, drang Valeries Stimme gedämpft vom Treppenaufgang her zu ihnen. »Alles okay bei euch? Braucht ihr Hilfe?«

Nachdem die drei Figuren sich zur Hälfte aus dem Schachbrettmuster geschoben hatten, wurde die Kugel in der Mitte durchsichtig und leuchtete von innen heraus. Und dann zogen sich alle zweiundzwanzig Körper langsam, aber unerbittlich in ihre Aussparungen zurück. Gleichzeitig erlosch der Übertragungsmonitor der Videokamera. Alle Anzeigen der Messgeräte fielen auf null.

»Raus hier!«, schrie Connor, und noch während er sich in Bewegung setzte, brüllte er in Richtung des Ausgangs: »Bleiben Sie, wo Sie sind, Valerie! Wir kommen hoch!«

Tom stülpte sich den Hut auf den Kopf und folgte dem Schotten, der mit jedem Satz drei Stufen auf einmal nahm. Obwohl Ian Sutherlands Vertrauter und Butler rund fünfzehn Jahre älter als Tom war, hatte der Amerikaner Mühe, mit ihm Schritt zu halten. Sein Herz klopfte wie verrückt, und sein Atem ging keuchend, als sie den Ausgang erreicht hatten und kühle Nachtluft sie umfing.

Valerie und Geoffrey erwarteten sie direkt vor der ersten Stufe, Vân Nguyên stand wie eine reglose Statue schweigend ein paar Meter entfernt. Weiter im Hintergrund zeichneten sich undeutlich die Silhouetten einiger Birmanen im Licht der Petroleumlampen ab.

»Was ist passiert?«, fragte Geoffrey ängstlich. »Was war das für eine Explosion? Wir haben den Knall noch drüben im Basislager laut und deutlich vernommen.«

Connor winkte ab. Seine Atemfrequenz hatte sich kaum erhöht. »Später«, sagte er knapp. »Ich brauche jetzt erst einmal einen Schluck Whisky und ein paar Minuten Ruhe.« Er winkte den jungen Vietnamesen zu sich. »Mr. Nguyên, ich bezweifle zwar, dass irgendeiner der Männer freiwillig in die Kammer steigen würde, aber sagen Sie ihnen bitte trotzdem, dass der Zugang bis auf Weiteres gesperrt ist.«

Nguyên nickte, ohne eine genauere Erklärung zu verlangen.

Thomas Ericson bückte sich gedankenverloren und schaltete das quäkende Transistorradio ab, das direkt neben ihm vor der ersten Treppenstufe stand. Dann richtete er sich wieder auf und blickte Connor hinterher, der sich wortlos umgedreht hatte und steifbeinig in Richtung des Basislagers ging.

Obwohl es weitaus Wichtigeres gab und Geoffrey und Valerie ihn mit Fragen bestürmten, beschäftigte ihn im Augenblick nur eines:

Connor hatte ihn und Valerie vor wenigen Minuten zum ersten Mal mit ihren Vornamen angesprochen. Und vermutlich würde es auch das einzige Mal bleiben.

Es sei denn, es geschah demnächst wieder etwas, das den sonst so beherrschten Schotten aus der Fassung brachte.

In einer sich ständig wandelnden Stadt wie New York bot das *Brenner's Restaurant* eine Reihe von Konstanten, die seit einigen Jahren einen Zirkel anspruchsvoller Gäste anzogen. Gäste, die ein vernünftiges Maß an Tradition mehr zu schätzen wussten als ein hysterisch-modisches Ambiente. Der Geschäftsführer des Restaurants war für sein enormes Engagement bekannt, das sich aber keineswegs darauf richtete, das *Brenner's* in den exklusivsten Fresstempel der Metropole zu verwandeln. Die Speisekarte enthielt erstaunlich preisgünstige Gerichte der europäischen Traditionsküchen, ergänzt durch die vom Ober empfohlenen frischen Spezialitäten des Tages, die mit dem Angebot der Lieferanten wechselten.

So erlesen wie die Speisen und Getränke war auch die Schar der Gäste, zumindest soweit diese das Privileg genossen, im ersten Stock des Restaurants dinieren zu dürfen. Die Tische und Separees dieser Etage waren etwa so begehrt wie die Mitgliedschaft in einem exklusiven Londoner Club. Marco Jonovic, dem die Aufsicht über die Aufgangstreppe und den Fahrstuhl ins Obergeschoss oblag, wurde für sein geradezu phänomenales Personengedächtnis gerühmt, in dem es nur zwei Kategorien von Gesichtern gab: solche, die er mit korrekter Anrede begrüßte und ins Obergeschoss vordringen ließ, und andere, die er notfalls unter Einsatz körperlicher Gewalt daran hinderte, sich der handverlesenen Gesellschaft anzuschließen.

»Sir Ian«, sagte Marco mit einem Ausdruck echt wirkender Wiedersehensfreude. »Mr. Mahon lässt sich entschuldigen, er muss noch einen Termin wahrnehmen und wird etwas später als geplant eintreffen. Darf ich Sie einstweilen zu einem frisch gepressten Fruchtcocktail an der Bar einladen? Sie können ihn selbstverständlich auch oben einnehmen.«

»Hm«, machte der Earl of Oake Dùn nachdenklich. »Nein, Marco, ich denke, dass ich direkt nach oben gehen werde. Vielleicht hat Fritz ja ein wenig Zeit für einen kleinen Schwatz? Es muss mehr als zehn Jahre her sein, seit wir uns zuletzt begegnet sind.«

»Sie könnten Glück haben«, erwiderte Marco lächelnd, »Mittwochs abends ist hier nicht so viel los. Einen guten Appetit wünsche ich Ihnen, Sir Ian.«

»Danke, Marco.«

Ian Sutherland stieg die mit weinrotem Teppich bedeckte Treppe empor und betrat nach genau vierundzwanzig Stufen das Foyer des Obergeschosses, wo er seinen Burberry-Mantel und den breitkrempigen Hut der Garderobiere überließ. Während er noch sein nachtblaues, zweireihiges Jackett glättete, bemerkte er an der Speiseauslage einen etwas klein geratenen Mann mittleren Alters, der die Antipasti mit Argusaugen begutachtete, schließlich einen Kellner herbeiwinkte und ihm mit energischem Nachdruck einige Instruktionen gab, die Sutherland nicht verstehen konnte. Dabei fiel sein Blick eher zufällig auf den neuen Gast, worauf er ein fröhliches Lächeln aufsetzte, das überhaupt nicht zu der strengen Miene zu passen schien, mit der er soeben noch den Kellner zurechtgewiesen hatte.

»Sir Ian! Na, das nenne ich eine Überraschung! Was bringt Sie hierher?«

»Fritz«, begrüßte ihn der Earl of Oake Dùn herzlich. »Der Appetit bringt mich her, was sonst? Wie geht es Ihnen? Wir haben uns ja eine Ewigkeit nicht mehr gesehen.«

»Ja, zwei oder drei Jahre ist es bestimmt her, nicht wahr?«, erwiderte der kleine Mann nachdenklich. »Wir haben uns wohl einige Male verpasst, habe ich gehört. Bedauerlich, aber ich war nur selten hier. Musste mich ja auch noch um die Stiftung kümmern. Vor drei Monaten hat Miss Wolfe die Präsidentschaft auf meinen Wunsch übernommen, weil es so einfach nicht mehr weiterging. Das Personal ...« Fritz verdrehte die Augen. »Sir Ian, Sie können sich gar nicht vorstellen, wie schwer es hier in New York ist, gute Leute zu bekommen! Ständig muss man ihnen auf die Finger schauen. Aber sonst geht es mir gut, sehr gut. Danke der Nachfrage. Und wie ist Ihr Befinden, Sir?«

»Oh, ich kann nicht klagen. Sagen Sie, was macht Archie überhaupt?«

»Tja«, sagte Fritz gedehnt, »da sprechen Sie eine ganz merkwürdige Sache an. Er ist damals, kurz nach der Beerdigung, komplett von der Bildfläche verschwunden. Gilt seither offiziell als verschollen.«

»Schlimm, das zu hören«, entgegnete Sir Ian besorgt. »Aber angesichts des Todes der beiden Menschen, die ihm wohl am nächsten gestanden haben, überrascht mich das eigentlich nicht. Weiß man denn gar nicht ...?«

Er ließ die Frage unvollendet im Raum stehen, weil er wusste, dass Fritz ihn auch so verstand.

»Nun ja.« Fritz zuckte die Achseln. »Einige seiner engsten Vertrauten vermuten, dass er sich in Montenegro aufhält, um nach dem Mörder zu suchen. Und ich bin geneigt, diese Ansicht zu teilen.«

Ian Sutherland schüttelte tief berührt das Haupt und ließ sich von Fritz in ein Separee führen, wo ihm der Geschäftsführer noch eine Weile Gesellschaft leistete und ihm detailliert berichtete, was aus ihren gemeinsamen Bekannten geworden war.

Sir Ian hatte Fritz kennen gelernt, als er vor zwanzig Jahren Zeuge eines nahezu perfekten Giftmordes geworden war, dessen Täter durch Fritz' damaligen Arbeitgeber zur Strecke gebracht wurde, einen ebenso genialen wie übergewichtigen Privatdetektiv. Während der langwierigen Ermittlungen war Sir Ian mehrfach in den Genuss von Fritz' brillanten Kochkünsten gelangt und hatte ihm einige Rezepte für Gerichte abgeluchst, die Mrs. Paddington von da an besonders häufig auf die Tafel von Oake Dùn bringen musste.

George Mahon traf erst um viertel vor acht ein, als Sir Ian schon längst wieder allein am Tisch saß, da sich Fritz seinen vielfältigen Aufgaben widmen musste.

»Hallo, altes Haus«, grüßte Mahon und fischte ungeniert mit den Fingern einen Scampi von Sir Ians Vorspeisenteller. »Wie unhöflich von dir, mir was vorzuessen«, frotzelte er kauend.

»Von Rechts wegen müsste ich mittlerweile bei der Nachspeise angekommen sein«, gab der Earl of Oake Dùn bissig zurück. »Waren wir nicht für halb sieben verabredet?«

»Schon«, bestätigte Mahon, während er vom Kellner die Speisekarte entgegennahm. »Aber mir ist noch was dazwischen gekommen.«

»Was denn?«

»Eine Frau. Jacqueline Dupont, die alte Nervensäge.«

In Sir Ian wurde eine schwache Erinnerung an eine nicht unattraktive, mittelblonde Mitvierzigerin wach, die ihm keineswegs unangenehm aufgefallen war. Natürlich kannte er sie nur von dem internen UN-Meeting im kleinen Kreis, bei dem er einen kurzen Vortrag über die Forschungen von A.I.M. gehalten hatte.

»Nervensäge, sagst du. Hmm. So schlimm fand ich sie gar nicht.«

»Ha! Das liegt nur daran, dass du sie nicht kennst – ich meine die *neue* Jacqueline Dupont, nicht diejenige, die damals während des Vortrags an deinen Lippen gehangen hat.«

»Du übertreibst schamlos, mein Lieber. Sie hat sich sehr sachlich verhalten, genau wie ihre Kollegen. Du solltest übrigens das in Mangold geschmorte Filet vom Seewolf probieren. Tanja hat es bestellt, als wir zuletzt hier waren.«

»Tanja? Wie geht's denn der?«, fragte George Mahon und studierte die Speisekarte mit weitsichtigen Augen. »Hmm ... Seewolf, das ist wohl eher was für den hohlen Zahn. Der Maine-Salzlammrücken nach Mountie-Art, das klingt schon rustikaler.«

»Lamm ist aus«, bemerkte Sir Ian ein wenig gehässig. »Das weiß ich genau, weil ich das letzte bereits bestellt habe. Der Kellner musste extra nachfragen.«

»Jammerschade. Dann nehme ich die *Saucisse Minuit*. Vielleicht. Was hast du gerade über Tanja gesagt?«

»Nichts.«

»Ach so, wie schade.«

»Nein, versteh mich nicht falsch, es ist nicht so, wie du meinst«, erklärte Sir Ian leicht genervt, als der Kellner Mahons Vorspeise auftrug, einen italienischen Wurstteller. »Kein Schlussstrich, nur eine Pause. Wir können unsere beruflichen Aktivitäten nicht synchronisieren.«

»Den Spruch hätte ich bitter benötigt, als ich mich von meiner ersten Frau scheiden gelassen habe.«

»Ich bin überzeugt, dass du eine neue Gelegenheit finden

wirst, ihn nutzbringend einzusetzen«, prophezeite Ian Sutherland. »Also, was wolltest du mir über die Dupont erzählen?«

»Dass sie eine Wandlung durchgemacht hat. Scheidung. Midlife. Hitzewallungen. Alles in einem halben Jahr. Seitdem kommt sie zu den Meetings in wallenden Gewändern und Birkenstocks. Und das ist erst der Anfang.«

»Ach du liebe Güte!«

»Genau. Betet den Großen Toomazooma an, glaubt an UFOs und auch daran, dass in denselben Englein am Steuerknüppel sitzen.«

»Da hast du aber ein Problem, George.«

»Irrtum!«, widersprach Mahon energisch, während er eine Salamischeibe mit edlem *Balsamico di Modena* würzte. »Irrtum, mein blaublütiger Brite. *Ich* habe kein Problem mit ihr. *Du* hast eins.«

Der Bambusstock klapperte vernehmlich über den massiven Fels. »Absolut nichts«, sagte Thomas Ericson enttäuscht. »Das Tor ist noch immer geschlossen.«

Connor überprüfte zum wiederholten Mal die Anzeigen auf seinem Monitor. Die Sensoren an den Feldern, in die Geoffrey Barnington dieselben geometrischen Figuren wie zuvor hineingedrückt hatte, maßen die exakt gleiche Spannung wie beim ersten Versuch. Trotzdem weigerte sich das Tor beharrlich, sich zu öffnen.

Nachdem der Behälter mit dem Embryo die Felswand durchbrochen und sich die »Steuerkonsole« von selbst in die Ausgangsstellung zurückgeschaltet hatte, waren sämtliche Verbindungskabel in das Gewölbe auf der anderen Seite, das die Abenteurer mittlerweile nur noch als die Aufzuchtstation bezeichneten, gekappt worden.

»Versuchen wir es mit einer anderen Kombination«, schlug Geoffrey Barnington überflüssigerweise vor.

Der Schotte antwortete nicht. Er hatte nach dem ersten Fehlschlag bereits mehrere Variationen ausprobiert, die nach der inneren Logik seiner Wertigkeitstabelle einen nachvollziehbaren Sinn ergaben, und das Ergebnis war stets dasselbe gewesen. Nämlich gar keins. Allmählich bezweifelte er, dass sich das Tor auf diese Weise überhaupt wieder öffnen lassen würde. Wahrscheinlich hatte die Station auf die unbefugten Eingriffe reagiert und einen Sicherheitsmechanismus aktiviert, der das Tor bis zur Eingabe des richtigen Codes vollständig blockierte. Und die Zeit wurde allmählich knapp.

In den Ansiedlungen und Bauernhöfen um die Ruine herum wuchsen der Unmut und die Feindseligkeit der Einheimischen. Außerdem schien sich der unheilvolle Einfluss, der von der Station ausging, langsam, aber unaufhaltsam auszuweiten. Schon trafen erste Meldungen über Halluzinationen und Angstgefühle bei Tageslicht auch aus Kengtong selbst ein. Dabei spielte es keine Rolle, ob diese Symptome eine reale Ursache hatten oder durch eine allgemeine Massenhysterie ausgelöst wurden.

Wenn sich die Situation nicht bald entspannte, liefen die A.I.M.-Spezialisten Gefahr, nicht nur ihre Hilfskräfte zu verlieren und die Bevölkerung gegen sich aufzubringen, sondern auch die örtlichen Verwaltungsbehörden auf den Plan zu rufen.

»Ich fürchte fast, wir werden auf Ihren Vorschlag zurückgreifen müssen, Mr. Barnington«, sagte Connor eine Stunde später.

Geoffrey runzelte die Stirn. »Welchen Vorschlag meinen Sie?«

»Alle Elemente der Reihe nach in ihre Aussparungen zu

schieben. Vielleicht können wir dadurch eine Art Reset des Systems durchführen.«

»Aber Sie haben doch gesagt ...«

Connor winkte ab. »Sicher, es ist riskant. Nur sehe ich kaum noch eine andere Alternative. Wenn wir nicht bald brauchbare Resultate erzielen und diese psychischen Auswirkungen neutralisieren oder zumindest abschwächen, wird man uns die Erlaubnis entziehen, weiter an der Anlage zu arbeiten. Damit würden wir nicht nur ein hochinteressantes Forschungsobjekt verlieren, sondern auch die einheimische Bevölkerung gefährden. Und stellen Sie sich vor, was alles passieren könnte, sollten die hiesigen Behörden dem Tor mit Gewalt zu Leibe rücken.«

»Ja, aber wenn ...«

»Connor hat Recht, Geoffrey«, mischte sich Valerie ein. »Du hast nicht miterlebt, welche ungeheuren Kräfte die Schwarze Pyramide Kars freigesetzt hat. Wenn in dieser Anlage auch nur annähernd die gleiche Energie schlummert und mit einem Schlag entfesselt wird, wären die Auswirkungen denen einer Atombombe vergleichbar.«

Barnington schluckte und setzte zu einer Antwort an, schwieg dann aber nervös.

Nüchtern betrachtet, war ihr bisheriger Erfolg ziemlich spärlich. Das Tor war so fest geschlossen wie zuvor. Connor hatte zwar Signale des leistungsstarken, von ihm modifizierten GPS-Peilsenders empfangen können, den sie in der Aufzuchtstation deponiert hatten, aber die Koordinaten wechselten ständig, als würde das Gerät unkontrolliert über Entfernungen von einigen hundert Kilometern hin und her hüpfen. Auf der anderen Seite der Erdkugel irgendwo in Kuba. Und die rätselhafte Strahlung aus dem Tor – wenn es sich denn um eine Strahlung handelte, technisch anzumessen war sie jedenfalls nicht –, hatte im Verlauf der letzten Tage nicht nachgelassen, sondern im Gegenteil zugenommen.

Das einzige handfeste Ergebnis, das sie vorweisen konnten, war der schwarze Behälter mit der zähflüssigen grünlichen Substanz und dem fötusartigen Gebilde darin, und der ließ sich nicht öffnen. Jedenfalls nicht mit den ihnen hier zur Verfügung stehenden Mitteln.

Sie standen zweifellos unter Zugzwang.

»Sollen wir wie gute Demokraten abstimmen?«, fragte Tom eher scherzhaft.

Zu seiner Verblüffung stimmte Connor seinem Vorschlag sofort zu.

»Wer einverstanden ist, hebt die Hand«, sagte der Highlander und machte den Anfang. Tom und Valerie folgten seinem Beispiel, und nach kurzem Zögern schloss sich Geoffrey ihnen an.

Connor nahm wieder an seinem Arbeitstisch Platz. »Mr. Barnington, helfen Sie mir? Ich nenne Ihnen wie zuvor die Reihenfolge der Symbole, und Sie betätigen sie.«

Der Engländer kehrte wortlos an das Schachbrettmuster zurück. Jetzt, nachdem die Entscheidung gefallen war, wirkte er zwar immer noch etwas verkrampft, aber auch entschlossen.

Eine Figur nach der anderen verschwand in ihrer Aussparung. Die Messwerte, die Connor aufzeichnete, entsprachen exakt seinen Berechnungen. Nichts deutete darauf hin, dass sich irgendwo ein kritischer Energiepegel aufbaute.

»In Ordnung«, sagte Connor, nachdem auch das letzte Feld aktiviert worden war. »Gleich werden wir wissen, ob wir einen Schritt weitergekommen sind. Mr. Barnington, bitte drücken Sie die Eingabetaste.«

Geoffrey warf Valerie und Tom einen fragenden Blick zu,

dann holte er tief Luft und berührte die Kugel im zentralen Feld.

Wie beim ersten Mal verschwand sie übergangslos, als hätte sie sich in Luft aufgelöst, um kurz darauf wieder aufzutauchen, diesmal allerdings nicht im rechten, sondern im linken Feld. Und wieder löste sich der Sensor auf dem Tor.

»Ich schätze, wir haben es geschafft«, murmelte Tom. Er trat vor das Tor und berührte es mit dem Bambusstab.

Der Stock drang mühelos in den Fels ein.

»Wollen Sie wieder einen Karren mit diversen Messgeräten basteln?«, erkundigte sich Valerie.

Connor schüttelte den Kopf. »Allmählich gehen mir die Ressourcen aus. Außerdem würden wir dadurch noch mehr Zeit verlieren. Wenn die Kopfschmerzen, das Schwindelgefühl und die anderen Auswirkungen im gleichen Maß wie bisher zunehmen, werden wir die Kammer bald überhaupt nicht mehr betreten können. Oder bestenfalls nur noch für jeweils ein paar Minuten. Nein. Ich werde den *Spider* zum Einsatz bringen.«

Er holte das kleine Gerät aus der Kiste und setzte es vor dem Tor auf den Boden. Dann schloss er ein Kabel an, das sich am anderen Ende verzweigte. Eins der beiden Kabelenden stöpselte er in die Fernsteuerung ein, die an die eines Modellflugzeugs erinnerte, das andere in die Videoschnittstelle des Computers.

»Die Fernsteuerung hat einen kleinen integrierten Monitor, einen Lautsprecher und eine Anschlussbuchse für Kopfhörer«, erklärte er, während er arbeitete. »Damit kann ich verfolgen, was der *Spider* hört und sieht. Sie können alles sehr viel besser auf dem Computermonitor beobachten.«

Er legte einen Schalter um, und der *Spider* streckte seine

dünnen Metallbeine. Das kleine Gerät trug diese Bezeichnung zu Recht. Als Connor es probeweise ein paar Schritte laufen ließ, erinnerte es in der Tat an eine tellergroße Spinne.

»Okay, bereit. Schicken wir den Burschen los.«

Der *Spider* stakste auf das Tor zu und verschwand darin.

Tom, Valerie und Geoffrey starrten gebannt auf den Computerbildschirm, der nur ein konturloses graues Flimmern zeigte. Plötzlich schälte sich ein klares Bild heraus.

»Bingo!«, rief Valerie. »Das ist es! Der Raum mit der schwarzen *Maschine*!«

Es gehörte schon einiges an Phantasie dazu, das schwarze Gebilde, das Tom bislang nur aus Valeries und Geoffreys Beschreibungen kannte, als *Maschine* zu titulieren.

Auf den ersten Blick schien es sich um die surrealistische Skulptur eines durchgedrehten Bildhauers mit einer Vorliebe für psychoaktive Drogen zu handeln. Es war pechschwarz, hatte ungefähr die Ausmaße eines doppelstöckigen Busses, und nichts – aber auch gar nichts – an ihm wirkte normal. Alle Konturen erweckten den Anschein, als wären sie in sich verdreht, von innen nach außen gestülpt, fließend und unstet, als würde das Ding atmen, sich ausdehnen und schrumpfen, obwohl es sich nicht bewegte. Es stand reglos und drohend auf einem niedrigen Sockel in einem kuppelförmigen, aus den bekannten Megalithblöcken bestehenden Gewölbe.

Im Gegensatz zur Aufzuchtstation war der Boden in diesem Raum mit einer fingerdicken Staubschicht bedeckt.

»Beim letzten Mal waren da an einigen Stellen der *Maschine* seltsame leuchtende Linien und Muster«, flüsterte Geoffrey atemlos. »Jetzt ist nichts mehr davon zu sehen.«

Das Bild wackelte leicht, als sich der *Spider* dem Gebilde näherte, dann wurde es unscharf und körnig.

»Eine Fehlfunktion«, sagte Connor, bevor ihn jemand danach fragen konnte. »Irgendetwas beeinträchtigt den *Spider*. Ich werde versuchen, ihn zurückzuholen.«

Kaum hatte sich das Gerät etwas von der schwarzen Skulptur entfernt, wurde das Bild auch schon wieder klar.

Nach einigen Versuchen stellte sich heraus, dass der *Spider* nur in einem schmalen Streifen direkt hinter dem Tor voll funktionstüchtig war. Connor holte das Fernerkundungsgerät zurück und untersuchte es. Es wies keinerlei Schäden auf.

»Vermutlich ein weiteres Sicherheitssystem der Erbauer«, brummte Tom. »Sieht so aus, als müssten Valerie und ich reingehen und wieder mal unseren Hals riskieren.«

»Warum plötzlich so zaghaft?«, fragte Valerie spöttisch. »Was ist aus Ihrer Abenteuerlust geworden? Ich erinnere mich, dass Sie erst gestern ...«

Sie verstummte mit einem unterdrückten Stöhnen mitten im Satz.

Eine Woge aus Dunkelheit fegte durch das Tor in die Vorkammer. Schwarze Nebelschwaden jagten durch die Luft, wirbelten umeinander, verfestigten sich und flossen wieder auseinander. Tom hatte das Gefühl, als würden ihm jeden Moment die Augäpfel platzen. Er hörte ein Zischen und Fauchen, und auch ohne sich umzudrehen, wusste er, dass sich seine Gefährten ein weiteres Mal in Echsen verwandelt hatten.

Eine Sekunde später, so abrupt, wie er über sie hereingebrochen war, hörte der Spuk wieder auf. Zurück blieben die Kopf- und Augenschmerzen, stärker als zuvor.

»Puh!«, ächzte Tom und schüttelte sich. »Lange halte ich das nicht mehr aus. Wird Zeit, dass wir den Stecker aus dem Ding ziehen.«

»Und wie wollen Sie das anstellen?«, erkundigte sich

Valerie nüchtern, während sie sich mit beiden Händen die Schläfen massierte. Sie wirkte genauso mitgenommen wie ihre Gefährten. »Wir wissen immer noch nicht, wie der ganze Kram hier funktioniert.«

»Vielleicht kann ich helfen«, antwortete Barnington zur Überraschung aller.

»Du?«, fragte Valerie erstaunt, ohne zu bemerken, wie abfällig sich das für Geoffrey anhören musste.

»Ich war es schließlich, der diese Sache überhaupt erst ins Rollen gebracht hat«, erwiderte der Engländer trotzig. »Wahrscheinlich, jedenfalls. Als ich damals die Maschine berührt habe. Und vielleicht kann ich es wieder rückgängig machen, indem ich genau die gleiche Stelle noch einmal berühre.«

»Beschreiben Sie mir, wo es war, und was Sie getan haben, dann versuche ich es für Sie«, schlug Tom vor. Auch ihm wurde nicht bewusst, dass er Barnington, genau wie Valerie vor ihm, damit vor den Kopf stieß.

»Sehen Sie sich das doch an!«, forderte ihn Geoffrey ungewohnt hitzig auf und deutete auf den Bildschirm. »Glauben Sie wirklich, ich könnte Ihnen die Stelle von hier aus beschreiben? Und selbst wenn, würden Sie sie wieder finden können?«

Tom folgte dem ausgestreckten Finger seines Fachkollegen mit den Augen. Auch wenn er es nur ungern zugab, Barnington hatte Recht. Irgendetwas an der organisch anmutenden Beschaffenheit des schwarzen Gebildes verhinderte, dass man den Blick länger als für ein paar Sekunden auf einen bestimmten Punkt fokussieren oder sich die Stelle merken konnte. Andererseits, wie sollte Barnington dann den Schalter, Knopf, Hebel, oder was auch immer es war, das er damals gedrückt hatte, wieder finden?

»Ich kann mich einmal an meinen Fußspuren im Staub

orientieren«, erklärte Barnington, als hätte er Ericsons Gedanken gelesen. »Und außerdem ...«, er zuckte die Achseln. »Fragen Sie mich nicht, warum, aber ich bin sicher, dass ich die Stelle wieder erkenne, wenn ich sie direkt vor mir sehe. Das war ein Erlebnis, das ich nie vergessen werde.«

Tom warf Connor und Valerie einen fragenden Blick zu. Die Israelin runzelte skeptisch die Stirn, doch Connor nickte langsam.

»Ich denke, wir sollten Mr. Barningtons Vorschlag akzeptieren«, sagte der Highlander ruhig. »Wenn überhaupt einer die richtige Stelle finden kann, dann er.«

»Und wenn wir dadurch alles nur noch schlimmer machen?«, fragte Valerie.

»Was wäre die Alternative?«, gab Connor die Frage kühl zurück. »Warten, bis uns eine dieser rätselhaften Attacken handlungsunfähig macht oder uns den Verstand verlieren lässt? Bis die Wirkung, die offensichtlich von dem Ding dort drüben ausgeht, so stark ist, dass wir nicht einmal mehr diese Vorkammer betreten können oder wir die Anwohner zu Gewalttätigkeiten provozieren? Unsere Sachen packen und unverrichteter Dinge nach Hause fliegen, während hier eine potenzielle Zeitbombe tickt, die wir selbst aktiviert haben? Sir Ian erzählen, dass wir ein kleines Vermögen für nichts und wieder nichts durch den Kamin geblasen haben?«

Valerie starrte den Schotten verblüfft an. Connor war einer persönlichen Beleidigung so nahe gekommen, wie es ihm, dieser Inkarnation von Höflichkeit und Zurückhaltung, jemals möglich sein würde. Erst in diesem Moment begriff sie, unter welch ungeheurer Belastung er stehen musste.

Es stimmte, irgendwann kam man an einen Punkt, an dem Untätigkeit sogar noch gefährlicher als blinder Aktionismus sein konnte. Wer in einem brennenden Haus saß, musste versuchen, einen Ausweg zu finden, selbst wenn er nicht wusste, welches der kürzeste oder sicherste Weg war. Und in übertragenem Sinne brannte es hier bereits lichterloh.

Doch das war nicht alles, was Sir Ians langjährigen Vertrauten und Butler zu dieser außergewöhnlichen Standpauke bewogen hatte.

Ian Sutherland, Earl of Oake Dùn, schottischer Adliger und Lebemann, letzter Spross einer langen Ahnenreihe, die sich lückenlos bis zu William the Conquerer und darüber hinaus zurückverfolgen ließ, Mäzen und Forscher aus Passion, Gründer und Leiter von A.I.M., des privaten *Analytic Institut for Mysteries*, war ein wohlhabender Mann, aber auch er druckte sein Geld nicht selbst.

Valerie war eine gute Beobachterin. Jeder Agent, egal in welchem Geheimdienst der Welt er arbeitete, wurde als Erstes darauf gedrillt, stets die Augen offen zu halten, Daten und Informationen zu sammeln, sie zu analysieren und auszuwerten und erst dann zu handeln.

Und so war ihr nicht entgangen, dass Sir Ians Brieftasche nicht mehr ganz so locker wie früher zu sitzen schien. Zwar würde der Earl seine Mitarbeiter nie mit so trivialen Dingen wie seiner finanziellen Situation behelligen – und bisher hatte er ihre Mittel auch noch nicht gekürzt –, doch allein die Tatsache, dass er damit begonnen hatte, seine exquisite Sammlung alter und seltener Automobile zu veräußern, die teilweise von ihm persönlich mit viel Aufwand und Liebe restauriert worden waren, sprach für sich.

»Also gut«, gab sie nach. »Geoffrey soll gehen. Aber ich werde ihn begleiten.«

Ian Sutherland sah George Mahon fassungslos an. »Ich mache keine Witze«, versicherte sein Freund. »Jacqueline Dupont will wirklich mit aller Macht durchsetzen, dass A.I.M. seine Forschungsergebnisse der Öffentlichkeit zugänglich macht. Der *Welt*öffentlichkeit, wörtliches Zitat Dupont, Ende. Die Frau hat eine mächtige Lobby um sich geschart, den Mauerblümchen-Club der UNO. Du ahnst nicht, wie viele Bekloppte bei uns herumspringen, mein Lieber. In gewisser Weise muss ich Jacqueline dafür sogar bewundern – es ist, als ob ein Irrenarzt zehn Patienten miteinander versöhnt, die alle glauben, sie wären Napoleon. Nur ist der Irrenarzt in diesem Fall selbst nicht ganz richtig im Oberstübchen.«

»George! Das kann sie nicht wirklich ernst meinen! Ich habe ihr und den anderen damals erklärt, wie brisant einige unserer Funde sind. Stell dir vor, dass die Existenz der atlantischen Technologie zum Waffenkartell durchsickert. Die Konsequenzen wären nicht auszudenken!«

»Ich weiß«, pflichtete ihm Mahon kauend bei. »Ich habe einen Bekannten bei der CIA gebeten, mir ein aktuelles Worst-Case-Szenario zu beschaffen. Die produzieren solche Simulationen auf Vorrat, falls du das nicht wusstest. Es geht darin um *außerirdische* Technologie, aber in der Konsequenz spielt das wohl keine Rolle. Demnach steigt die Russenmafia am mächtigsten ein. Sie wird versuchen, selbst an Artefakte heranzukommen, nach Möglichkeit auf russischem Territorium. Falls sie wirklich etwas finden – nun, die Russen haben endlose Forschungskapazitäten, die seit dem Niedergang der Akademie der Wissenschaften brachliegen, mangels liquider Mittel. Die zu beschaffen, ist für die Mafia aber kein Problem.«

»Eine üble Vorstellung.«

»Ja, aber das ist erst der Anfang. Die Chinesen werden

ebenfalls mitmischen. Haben wirklich gute Leute in der Forschung, vielleicht bessere als die Russkis. Wichtiger: In ihrem Einflussgebiet liegen nach derzeitigem Kenntnisstand mehr hochtechnologische Artefakte als in Russland. Sie hegen und pflegen diese Stätten, aber mehr auch nicht. Doch wenn sie die richtige Motivation haben, könnten sie das Rennen gewinnen, weil sie einfach näher dran sind am großen Kuchen.«

George Mahon hob eine Hand und spreizte den Zeigefinger ab.

»Resultat eins: Völlige Abschottung der Volksrepublik China. Resultat zwei: Ein neuer Kalter Krieg zwischen China und Russland. Resultat drei: Falls es einem der beiden Kontrahenten gelingt, die atlantische Technologie zu entschlüsseln, wird es zu einer neuen Blockbildung kommen, mit unabsehbaren Konsequenzen für den Weltfrieden.«

»Verdammt.« Sir Ian sah den UN-Abteilungsleiter nachdenklich an. »Wo stehen eigentlich die USA in der Gleichung?«

»Nirgendwo. Wir sind draußen, weil die maßgeblichen Leute in unserer Regierung augenblicklich abschalten, wenn sie etwas von mysteriösen Hochtechnologien hören, ob sie nun von den Grünen Männchen stammen, von den Atlantern, den Göttern vom Planeten Metaluna oder von Adolf Hitler persönlich. Mit einem entsprechenden Antrag brauchst du in Washington gar nicht mehr einzurücken. Das haben wir den UFO-Fans zu verdanken.«

»Der reinste Horror«, seufzte Sir Ian. »Ich bin heilfroh, dass man mich nicht zwingen kann, die Forschungen von A.I.M. publik zu machen.«

George Mahon sah Ian Sutherland eindringlich an. »Das ist leider nicht ganz richtig, Ian. Die Dupont ist nicht dumm.

Sie setzt den Hebel bei den Finanzen an. Primär geht es dabei um die Affäre Karney ...«

Sir Ian lief ein leichter Schauer über den Rücken, als er an den zum Echsenwesen mutierten texanischen Wissenschaftler zurückdenken musste, der sich mit Hilfe der atlantischen Technologie und der ihrer Gegenspieler zum Weltherrscher hatte aufschwingen wollen.

»... explizit um den Vorfall im Südpazifik, als A.I.M. die Unterstützung der US-Navy angefordert hat. Die Bürokraten der Navy haben eine ganze Weile gebraucht, um uns eine Kostenaufstellung für diesen Sondereinsatz zu schicken. Was mich nicht wundert, denn es sind insgesamt, halte dich bitte fest, einhundertachtundsiebzig Seiten!«

»Wie bitte?«, fragte Sir Ian, da er glaubte, sich verhört zu haben.

»Du hast schon richtig verstanden. Die Buchhalter der Navy sind nun einmal sehr gründlich. Ich habe dir das Wichtigste herauskopiert.«

Mahon zog aus der Innentasche seiner Anzugjacke drei auf Briefformat zusammengefaltete Bögen heraus.

Sir Ian überflog das erste Blatt, auf dem Posten wie Treibstoff, Schmiermittel und Proviant säuberlich aufgelistet waren. Die Preise waren jeweils in Dollar angegeben, und eine Besorgnis erregende Menge davon erreichte vier oder sogar fünf Stellen.

»Damenbinden?«, fragte er stirnrunzelnd. »Für elf Dollar und siebzig Cents? Wozu brauchen Marines Damenbinden?«

»Weibliche Marines schon«, erklärte Mahon. »Verlass dich ruhig drauf – die Buchhalter der Navy arbeiten tadellos, selbst die Steuerfahndung würde nicht die kleinste Unregelmäßigkeit finden.«

»Ah, ja.« Sir Ian zog die letzte Seite hervor und betrachtete sie eingehend. »Eine ziemlich deftige Rechnung«, bemerkte er schließlich. »Über 800.000 Dollar für ein Schlachtschiff und einen Zerstörer ... ach so, der Begleitschutz, den hatte ich natürlich vergessen. Das wirkt sich natürlich mächtig auf die Höhe der Rechnung aus.«

»Es entspricht aber der üblichen Vorgehensweise der Navy, Ian. Wir können von Glück sagen, dass kein Flugzeugträger in der Nähe war. Aber die Rechnung geht schon in Ordnung, da kannst du dich drauf verlassen.«

»Akzeptiert.«

Mahon nickte. »Und damit sind wir genau zum Kernpunkt unseres Problems vorgestoßen. Ian, die Dupont zweifelt die Rechnung an. Sie hat der Buchhaltung der Navy gedroht, sie vom Rechnungshof prüfen zu lassen. Du kannst dir nicht vorstellen, wer in der letzten Woche alles bei mir angerufen hat. Drei Generäle aus dem Führungsstab. Der Verteidigungsminister. Fünf gottverdammte republikanische Senatoren, die mich als kommunistischen Spion beschimpft haben, der die Verteidigungsbereitschaft unseres Landes unterminieren will!«

»Eine verdammt heikle Situation«, musste Sir Ian zugeben. »Und was schlägst du vor?«

»Ian, wir müssen der Dupont den Wind aus den Segeln nehmen. Wenn die Rechnung vom Tisch ist, löst sich der ganze Spuk, den sie angezettelt hat, schlagartig auf.«

»Das sehe ich ein.« Sir Ian dachte kurz nach. 800.000 Dollar waren auch für ihn kein Kleinbetrag, den man mal eben so aus der Portokasse bezahlte. Und in letzter Zeit hatten sich einige seiner Investitionen in den südostasiatischen Raum – vorsichtig ausgedrückt – nicht gerade als lukrativ erwiesen. Andererseits war es besser, die knappe Million zu bezahlen und sich damit nicht nur Jacqueline Dupont, sondern auch die Schnüffler der amerikanischen

Finanzbehörde vom Hals zu schaffen. »Die Navy soll die Rechnung noch mal ausfertigen, adressiert an A.I.M.«, sagte er.

Mahon nickte dankbar. »Werde es direkt morgen früh veranlassen.«

»Bevor ich es vergesse«, warf Sutherland ein, »wie bringen wir Jacqueline Dupont denn davon ab, weiter zu fordern, dass A.I.M. mit seinen Forschungsergebnissen an die Öffentlichkeit geht?«

»Gar nicht«, erwiderte Mahon grinsend. »Lass sie nur fordern. In der UNO gibt es eine ganze Reihe solcher Wirrköpfe. Wenn irgendjemand auf sie hören würde, hätte man das Datenarchiv der CIA in Langley schon längst in einen Freizeitpark für Verschwörungstheoretiker umgewandelt. Jacqueline Dupont wird eine Reihe von anderen Spinnern um sich scharen und dann ein Gesuch um die Freigabe einreichen. Worauf ich sie mit der Tatsache konfrontiere, dass A.I.M. den Navy-Einsatz aus eigener Tasche beglichen hat. Und damit seid ihr raus. Sind *wir* raus. Schließlich hat die UNO nur dann eine Handhabe, wenn ihr nachweislich UNO-Etats in Anspruch genommen hättet. Du siehst also, dass mein Vorschlag keineswegs nur dazu gedacht ist, mir lästige Frager vom Hals ... Einen Moment, bitte, Ian.«

Er zog sein piepsendes Handy aus der Tasche.

»Eine SMS von meiner Nachtsekretärin«, erklärte er nach einem Blick auf das Display.

»Nicht zu fassen. Billy-Boy will mich sprechen.«

»Der Präsident?«

Mahon nickte. »Heute noch. Die Situation spitzt sich zu. Verdammt, ich muss los!«

Er stand auf. »Tut mir Leid, Ian. Lass das Essen auf meine Rechnung setzen, ja?«

»Ja, mach ich, bestimmt«, log Sir Ian.

Am nächsten Morgen ließ sich Ian Sutherland bereits um sechs Uhr wecken, da er noch ein wichtiges Telefonat nach London führen wollte, bevor dort die Lunchzeit begann. Um zehn Minuten nach sieben wählte er auf seinem Handy die Kurzwahlnummer der Highland Bank in Edinburgh, bei der er seine Verfügungskonten führte.

Er ließ sich von der Sekretärin direkt mit dem Kreditsachbearbeiter verbinden.

»Hallo, Mr. Knight, wie steht's?«

»Gut, Sir Ian, danke der Nachfrage. Und selbst?«, erkundigte sich Knight nach einer deutlichen Pause.

Nanu, der ist doch sonst immer so redselig, dachte Sir Ian.

»Mr. Knight, ich würde gern ein weiteres Verfügungskonto im Gegenwert von einer Million US-Dollar zum Tageskurs einrichten«, erklärte Sutherland, den solche finanztechnischen Prozeduren immer ein wenig langweilten. Er hätte Knight auch anweisen können, eines seiner Festgeldkonten zu liquidieren, aber Gabriel Feinmann, sein Finanzberater, hatte ihm eingeschärft, diese Gelder als eiserne Reserve zu betrachten.

»Das ist leider etwas problematisch, Sir Ian«, erwiderte Knight zögernd. Er senkte die Stimme. »Heute morgen wurde ich *schriftlich* angewiesen, Ihnen keine weiteren Kredite zu erteilen.«

»Wie bitte?«, fragte Sutherland verblüfft.

Bisher hatte er mangelnde Kreditwürdigkeit für ein Problem gehalten, das ausschließlich andere Menschen betreffen konnte.

»Sie haben richtig gehört«, flüsterte Knight über den Atlantik. »Ich darf Ihnen derzeit keine neuen Kredite einräumen. Tut mir Leid, Sir Ian. Es ist mir sehr peinlich, Sir, aber mir sind die Hände gebunden. Vielleicht sollten Sie lieber mit einem der Direktoren sprechen.«

»Dann stellen Sie mich bitte durch«, verlangte der Earl of Oake Dùn stirnrunzelnd.

»Äh ... ich bedauere, Sir Ian, aber das ist momentan leider zwecklos. Die Herren sind zu Mittag. Vielleicht versuchen Sie es später noch einmal. Gegen drei Uhr dürften sie wieder erreichbar sein.«

Sutherland hatte ein ganz merkwürdiges Gefühl in der Bauchgegend, als er sich von Knight verabschiedete. Geistesabwesend griff er nach seiner Teetasse, als ihm etwas einfiel. Er nahm das Handy in die linke Hand und tippte dreimal die Eins ein.

Eine Weile hörte er nichts außer einem leisen Knistern und Knacken. Dann zuckte er zusammen, als eine disharmonische Tonfolge aus dem Hörer schrillte, mit der er absolut nicht gerechnet hatte.

»Dieser Anschluss ist vorübergehend nicht erreichbar«, sagte eine Frauenstimme auf Deutsch.

»Typisch Deutsche Telekom«, knurrte Sir Ian und wählte eins-eins-zwei. »So ein Saftladen!«

Viermal ertönte das Freizeichen, dann wieder eine Frauenstimme.

»Sie sind verbunden mit der automatischen Mailbox von« – eine halbe Sekunde Pause – »Gabriel Feinmann«, beendete eine viel zu laute, verzerrte Männerstimme den Satz. »Bitte hinterlassen Sie ...«, fuhr die Frauenstimme fort.

Sutherland wartete ungeduldig, bis das automatische Band durchgelaufen war und ein Piepsen ankündigte, dass die Mailbox in den Aufzeichnungsmodus überging.

»Hallo, Gabriel, hier ist Ian. Ich bitte dich dringend um Rückruf, egal zu welcher Zeit. Bin ständig auf dem Handy zu erreichen.«

Nachdem er aufgelegt hatte, überlegte er einen Moment lang, was Gabriels Abwesenheit wohl zu bedeuten hatte.

Dann tippte er sich an die Stirn. In Deutschland war es ja bereits nach eins, also würde Gabriel Feinmann vermutlich zum Essen gegangen sein.

Die einfachste Erklärung ist meistens die richtige, sagte er sich erleichtert.

»Du musst es nicht tun, Geoffrey«, sagte Valerie leise. »Ich kann mich noch ziemlich gut erinnern, wo du die *Maschine* berührt hast. Und wahrscheinlich kann ich deine Fußspuren im Staub besser als du lesen.«

Sie stand neben dem Engländer direkt vor dem Tor, den Blick auf die scheinbar undurchdringliche Felswand gerichtet.

»Hör endlich auf, mich wie einen kleinen Jungen zu behandeln«, erwiderte Barnington mit unerwarteter Schärfe. »Ich weiß selbst, dass ich kein Held bin. Ich bin kein Abenteurer und Draufgänger wie du und deine Freunde. Aber das ist etwas, das ich selbst tun muss! Verstehst du das?«

Die Israelin musterte ihn verblüfft. Geoffreys jungenhaftes Gesicht war gerötet und sah seltsam kantig aus, als wäre er während der letzten Tage um Jahre gealtert. Er hatte das Kinn vorgeschoben und die Lippen zu einem dünnen Strich zusammengepresst. Sie kannte diesen Gesichtsausdruck wilder Entschlossenheit. Normalerweise wirkte er eher belustigend auf sie, aber diesmal war etwas daran ganz anders. Der schlaksige und oft so linkische Archäologe schien tatsächlich erwachsener geworden zu sein.

»Entschuldige, Geoffrey. Ich verstehe das nur zu gut.« Sie lächelte kurz. »Also, wir machen es genau wie abgesprochen. Keine Experimente. Keine Umwege. Wir gehen auf direktem Weg zu diesem Ding. Du versuchst, die Stelle zu finden und den gleichen Schalter oder was auch immer wieder umzulegen. Danach kehren wir sofort hierher zurück. Und vergiss nicht, was auch immer du spürst oder zu sehen glaubst, es ist nicht real. Solltest du die Orientierung verlieren, richtest du dich nur nach dem Sicherheitsseil und hangelst dich daran zurück. Alles klar?«

Barnington nickte und drehte sich noch einmal um. Tom und Connor standen ein paar Meter hinter ihnen und hielten die Seile, die Valerie und er sich um die Hüften geschlungen hatten, in den Händen. »Gehen wir.«

Ohne eine Antwort abzuwarten, trat er durch das Tor.

Während des Durchgangs hatte er instinktiv die Augen geschlossen, und als er sie wieder öffnete, stand er in dem domartigen Gewölbe.

Absolute Stille umfing ihn. Zu seiner Erleichterung verspürte er weder irgendwelche Schmerzen noch ein Gefühl der Desorientierung, Verwirrung oder Übelkeit. Eine Sekunde später schob sich Valerie hinter ihm durch den grauen Fels.

Es ist Valerie!, beschwor er sich selbst und biss die Zähne so stark zusammen, dass sie knirschten. *Es ist nicht wirklich eine Echse!*

Die Halluzination war intensiver und realistischer als alle anderen zuvor. Er konnte jede einzelne metallisch schillernde Schuppe erkennen, die gebogenen Krallen, die fremdartigen längs geschlitzten Pupillen in den riesigen schwarzen Augen, die nadelspitzen scharfen Zähne in dem vorgewölbten, lippenlosen Maul. Und als er eine Hand hob, war sie ebenfalls von feinen, in allen Regenbogenfarben glitzernden Schuppen überzogen. Schnell ließ er sie wieder sinken.

»*Füschsch ...*«, fauchte die Echse, hob eine Klauenhand und deutete auf das schwarze Gebilde in der Mitte des Raumes. »*Kraschttsch!*«

Nur mit Mühe riss sich Geoffrey von dem unheimlichen Anblick los. Zwischen seinen Schulterblättern kribbelte es unangenehm, als er der Echse den Rücken zuwandte und einen zögernden Schritt machte.

Nur auf den Boden achten!, schärfte er sich ein. *Konzentrier dich auf deine Fußspuren!*

Die Abdrücke in der knöcheltiefen Staubschicht waren unübersehbar. Auch ohne ein ausgebildeter Fährtenleser zu sein, hatte Geoffrey keine Mühe, seine von Valeries Spuren zu unterscheiden. Während ihre Füße klein und zierlich waren, musste er sich seine Schuhe in Übergröße extra anfertigen lassen.

Die rätselhafte schwarze Skulptur ragte wie ein urzeitliches Monument des Wahnsinns vor ihm auf. Geoffrey ließ den Blick kurz über ihre verrückt strukturierte Flanke streichen und richtete ihn sofort wieder auf den Boden.

Der größte Teil der Fußabdrücke hielt einen deutlichen Abstand zu dem flachen Sockel, auf dem die *Maschine* stand. Nur an zwei Stellen näherten sie sich dem Ding bis auf einen halben Meter.

»*Zrisszzz … Kffresss!*« Die Echse, die Valerie war – Valerie sein musste! –, hatte wieder einen schuppigen Arm gehoben. Die Klaue eines ausgestreckten Fingers zeigte auf die Stelle, an der die Fußspuren stärker verwischt waren.

Richtig, dachte Geoffrey. Er versuchte, sich zu konzentrieren. *Nachdem ich die* Maschine *berührt habe, bin ich vor Schreck zurückgezuckt. Dabei muss ich den Staub aufgewirbelt haben.*

Unmittelbar vor der Maschine blieb er stehen, direkt in seinen alten Fußabdrücken. *Ich habe einfach den Arm ausgestreckt. In Schulterhöhe. So in etwa.*

Seine Fingerspitzen schwebten einige Zentimeter über einer kreisrunden Wölbung, die mit einer Art stilisierter Lotosblüte verziert war.

Kein Schalter, kein Hebel, kein Knopf, keine Taste. Ich habe nichts bewegt. Einfach nur die Hand auf eine feste Oberfläche gelegt. Eine Fläche mit einer spürbaren Struktur, einem Muster. Das muss es gewesen sein.

Er warf der Valerie-Echse einen fragenden Blick zu. Sie legte den Kopf schief und vollführte eine auffordernde Geste.

Was soll's?, dachte Geoffrey. *Ich kann jetzt keinen Rückzieher mehr machen. Und schlimmer kann's auch nicht mehr werden.*

Seine Klauenhand berührte die verzierte Wölbung. Das pechschwarze Material fühlte sich kühl und spiegelglatt an. Und irgendwie lebendig ...

Übergangslos verwandelte sich die Echse vor ihm in Valerie zurück. »Du hast es geschafft, Geoffrey!«, rief sie. Ihre Stimme war wieder klar und deutlich zu verstehen, aber sie klang verblüfft, als hätte sie nicht wirklich mit diesem Ergebnis gerechnet.

Der Engländer betrachtete seine Hände. Keine Schuppen mehr, keine Klauen. Normale menschliche Haut und leicht rissige Fingernägel.

»Ich habe es geschafft«, wiederholte er. Ein Grinsen huschte über seine Lippen. »Ich habe es tatsächlich geschafft!« Und dann stolperte er beinahe, als ein scharfer Ruck durch das um seine Hüften geschlungene Seil ging. »Ich schätze, Tom und Connor wollen, dass wir zurückkehren«, sagte er und folgte dem Zug des Seiles. Sein Grinsen wurde noch breiter. »Wahrscheinlich wollen sie uns gratulieren. Lassen wir sie nicht warten. Wir haben allen Grund, zu feiern.«

Er durchquerte den Raum mit ein paar weit ausgreifenden Schritten und trat durch das Tor. Allmählich gewöhnte er sich daran. Was ihm noch vor wenigen Tagen völlig undenkbar erschienen wäre ...

Die Woge der Schmerzen traf ihn so unvorbereitet, dass er zurücktaumelte. Aber statt wieder durch das substanzlose Gestein zu fallen, prallte er mit dem Rücken gegen harten Fels. Aufstöhnend rutschte er an dem Tor hinab zu Boden. Valerie, die direkt nach ihm erschienen war, stieß einen gepressten Laut aus und sank in die Knie.

Barnington nahm kaum bewusst wahr, dass Connor ihm aufhalf und zur Treppe schleifte. Es waren nicht so sehr die Schmerzen, als vielmehr die grenzenlose Enttäuschung, die ihm einen Moment lang beinahe den Verstand raubte.

Wir haben versagt!, dachte er verzweifelt. Das Tor hat sich wieder geschlossen, und alles ist noch schlimmer als zuvor.

»Wenigstens kann man nicht über die Aussicht klagen«, sagte Gudrun und ließ die Beine über die niedrige zerfallene Mauer baumeln. Sie löste eine der beiden Feldflaschen von ihrem Gürtel, schraubte den Verschluss ab und trank einen Schluck. »Ahh! Das tut gut.«

Pierre tastete über die Flasche an seinem eigenen Gürtel, ließ sie aber dort hängen. »Übertreib es nicht, Gudrun. Zwar reichen unsere Vorräte bei vernünftiger Einteilung für mindestens zehn Tage, aber so, wie du zulangst, wirst du schon in drei Tagen wieder auf dem Trockenen sitzen.«

»Nur diese Flasche noch, Pierre. Danach reiße ich mich am Riemen. Versprochen.« Ein verlegenes Grinsen huschte über die Lippen der Anthropologin. Sie nahm noch einen großzügig bemessenen Schluck, schraubte die Flasche zu und hakte sie wieder an ihrem Gürtel fest. »Außerdem dürfte es sowieso keinen Sinn haben, noch länger als ein bis zwei Tage hier zu bleiben. Laut den Unterlagen von Pater Armands Bekanntem müsste die Stele mit der *Steiner-*

nen Prophezeiung mindestens drei Meter hoch sein, und bisher habe ich nichts in den Ruinen entdeckt, was auch nur annähernd so hoch oder lang ist.«

Sie hatten die Überreste des kleinen Klosters, das gegen Ende des Dreißigjährigen Krieges zerstört worden war, den ganzen Vormittag über erfolglos durchstöbert. Sollte es hier tatsächlich diese ominöse, angeblich von Nostradamus höchstpersönlich bearbeitete Stele geben, konnte sie nur unter einem der zahllosen Schutthaufen vergraben liegen. Und allmählich zweifelte Pierre auch daran.

Würde die Stele tatsächlich existieren, müsste es irgendwo Aufzeichnungen darüber geben, nicht nur in dem handschriftlichen Manuskript des alten Sammlers aus Perpignan. Aber ihre Internet-Recherchen mit allen gängigen Suchmaschinen hatten absolut nichts ergeben. Dabei hätte eine Steinsäule mit einer eingemeißelten Prophezeiung in einem unbedeutenden kleinen Eremitenkloster am Rande der Pyrenäen zwangsläufig das Interesse von Archäologen und Historikern erregen müssen, ganz unabhängig davon, wie sie das Werk und die Inschrift beurteilten.

Es sei denn, Nostradamus hatte die Stele gut versteckt. So gut, dass sie nie gefunden worden war.

Nur stellte sich die Frage, warum er so etwas hätte tun sollen. Wozu mit viel Mühe – schließlich war er kein Bildhauer gewesen – eine solche Prophezeiung anfertigen und sie dann irgendwo unauffindbar verbergen?

Andererseits hatte das Orakel, von dem der Hinweis auf die *Steinerne Prophezeiung* stammte, sie bisher noch nie belogen. Zwar waren seine Botschaften, wie es sich für ein Orakel gehörte, immer verschlüsselt gewesen, aber jede einzelne hatte sich schließlich auf die eine oder andere Weise bewahrheitet.

Pierre schrak auf, als Gudrun ihm einen Ellbogen in die

Seite stieß. »Heh, was ist los? Träumst du? Ich spreche mit dir.«

»Entschuldige«, murmelte er. »Ich habe nachgedacht.« Er warf einen Blick über die Schulter und betrachtete die Ruine. Ein paar zerbröckelnde Mauern, nur noch an einer Stelle überdacht, die sich, auf einem Hügel über der kleinen Ortschaft gelegen, an eine steile Felsklippe schmiegten. Hier war schon seit Jahren niemand mehr gewesen. Es lag nicht einmal der typische Müll von Wanderern und Spaziergängern herum, nicht eine einzige zerknüllte Zigarettenschachtel oder eine verrostete Getränkedose. Keine Überreste von Lagerfeuern, wie sie Kinder oder Jugendliche gern in alten Ruinen entfachten.

»Sollen wir uns einen der Schutthaufen vornehmen? Die Steine sind nicht so groß, als dass wir sie nicht zu zweit zur Seite räumen könnten. Außerdem haben wir ja unseren Zaubertrank.« Er klopfte auf die noch halb gefüllte Feldflasche an seiner Hüfte. Plötzlich hob er die Brauen. »Weißt du, ich frage mich, was passieren würde, wenn man in einen ganzen Kübel voller Gralswasser fallen würde.«

Gudrun lachte. »Vermutlich würdest du dann einen Hinkelstein mit dir rumschleppen.«

»Nein, ganz im Ernst«, sagte Pierre. »Vielleicht würde die Wirkung dann für alle Zeiten anhalten. Wie in den Legenden. Das Bad im Jungbrunnen oder in Drachenblut. Und wie wir nur zu gut wissen, verbirgt sich hinter solchen Geschichten oft ein wahrer Kern.«

»Das wäre ...«, begann Gudrun. Plötzlich stutzte sie und hob einen Zeigefinger.

»Was ist?«, fragte Pierre. Dann hörte er es ebenfalls. Musik, ganz in der Nähe. Ein harter, hämmernder Beat.

»Ich kenne das.« Gudrun lauschte mit gerunzelter Stirn. Die Musik wurde etwas lauter.

»Ich auch«, bestätigte Pierre. Er verzog das Gesicht. »Grauenhafter Lärm. Und dazu diese heisere, kreischende Stimme.«

Gudrun schnippte mit den Fingern. »Das ist AC/DC!«, rief sie. »Thunderstruck!« Sie funkelte Pierre vorwurfsvoll an. »Was heißt hier grauenhafter Lärm? Das ist ein Klassiker!«

Der kleine Franzose rümpfte die Nase. »Ein Klassiker, dass ich nicht lache! Ich bin ein Mann von Kultur, Mademoiselle Heber. Mir steht der Sinn nach wahrer Kunst. Nach Wohlklang und Harmonie.« Er stand auf. »Lass uns nachsehen, welcher Barbar es wagt, den Frieden dieses Ortes mit schnödem Hardrock zu stören.«

Die Geräuschquelle befand sich auf der anderen Seite der Ruinen. Als Pierre und Gudrun das zerfallene Kloster umrundet hatten, blieben sie beide wie festgenagelt stehen.

»Ich werd' verrückt!«, entfuhr es Gudrun.

Eine große karierte Decke war im Gras ausgebreitet worden, auf der ein mit einem weißen Tuch abgedeckter geflochtener Bastkorb stand. Daneben saß ein schlanker, hoch gewachsener Mann mittleren Alters mit kurz geschorenem, strohblondem Haar, der einen schneeweißen Anzug trug.

Was Gudrun und Pierre so verblüffte, war jedoch nicht so sehr die Tatsache, dass dieser Mann, der einen kultivierten, geradezu aristokratischen Eindruck machte, am Fuß einer unbedeutenden Ruine in Südfrankreich ein einsames Picknick veranstaltete, auch nicht der hämmernde Hardrock aus dem billigen Transistorradio, der so ganz und gar nicht zu der vornehmen Erscheinung passte, sondern vielmehr das unerwartete Déjà-vu-Erlebnis.

Sie kannten diesen Mann. Vor einem halben Jahr waren

sie ihm schon einmal begegnet, am anderen Ende der Welt im Herzen Australiens, und zwar genau auf die gleiche Weise. Auch damals hatte er mitten in der Wildnis in einem blütenweißen Anzug ein Picknick abgehalten.

Der Mann ließ das Buch sinken, in dem er gelesen hatte, und blickte auf. »Frau Heber, Monsieur Leroy. Wie schön, Sie hier anzutreffen«, sagte er zuerst in akzentfreiem Deutsch und dann in ebenso perfektem Französisch. Er lächelte mit entwaffnender Herzlichkeit und machte eine einladende Handbewegung. »Bitte, setzen Sie sich zu mir. Darf ich Ihnen eine Kleinigkeit anbieten? Es ist genug für uns alle da. Ich habe einige Köstlichkeiten eingepackt.«

»Mr. ... Nestor«, erwiderte Gudrun und trat zögernd, beinahe ängstlich näher. »Beleidigen Sie bitte nicht unsere Intelligenz, indem Sie sagen, dass das ein reiner Zufall ist.«

»Nestor, nennen Sie mich doch bitte einfach nur Nestor. Das 'Mr.' klingt irgendwie so steif. Außerdem bin ich weder Amerikaner noch Angehöriger des Commonwealth.« Er wiederholte die auffordernde Geste. »Stört Sie die Musik?«, fragte er mit Blick auf Pierre. »Kein Problem. Ist nicht jedermanns Sache. Ich habe eine kleine Schwäche für Hardrock, aber ich weiß, dass nicht jeder meinen Musikgeschmack teilt.« Er schaltete das Radio aus.

»Wenn ich mich richtig erinnere, hatten Sie bei unserer letzten Begegnung eine Schwäche für Country & Western«, murmelte Pierre und musterte den Mann mit unverhohlenem Misstrauen. »Und für amerikanische Hardboiled-Krimis.«

»Richtig.« Nestor ließ wieder sein Lächeln aufblitzen, das jeder Zahnpastawerbung zur Ehre gereicht hätte. »Aber hin und wieder schätze ich etwas Abwechslung.« Er klopfte auf das zerfledderte Buch neben seinem Knie. »Camus, *Die Pest*. Eine Erstausgabe, handsigniert. Ich habe das Buch bestimmt schon ein Dutzend Mal gelesen, aber es ist immer wieder faszinierend. Mögen Sie die französischen Existenzialisten, Monsieur Leroy? Und Sie, Frau Heber?«

Pierre schüttelte unwillig den Kopf. »Lassen Sie die Spielchen, *Mr.* Nestor. Wenn Sie uns etwas zu sagen haben, dann tun Sie es.«

»Gewiss doch. Aber, bitte, setzen Sie sich erst einmal. Es wirkt so förmlich und ungemütlich, wenn Sie stehen und ich zu Ihnen aufblicken muss.«

Gudrun ließ sich auf eine Ecke der karierten Decke nieder und schlug die Beine übereinander. Nach einem kurzen Moment folgte Pierre ihrem Beispiel.

»Dies ist ein faszinierender Ort«, begann Nestor im Plauderton. Er zog das Tuch von dem Bastkorb und entnahm ihm drei Teller aus feinem Porzellan und drei geschliffene Kristallgläser, die er vor sich, Pierre und Gudrun abstellte. Neben jedem Gedeck breitete er eine weiße, mit einem kunstvollen Lilienmuster bestickte Leinenserviette aus, auf die er jeweils ein silbernes Messer und eine Gabel legte. Dann förderte er mehrere Plastikbehälter, Konservendosen, eine Flasche Wein sowie einen handelsüblichen Dosenöffner und einen Korkenzieher zutage. »Es heißt, dass Nostradamus gegen Ende seines Lebens einige Zeit hier zugebracht haben soll. Und angeblich hat er hier eine seiner letzten Prophezeiungen verfasst, die nicht für die Allgemeinheit, sondern nur für eine Hand voll ausgewählter Personen gedacht war.«

Während er die Weinflasche entkorkte und dabei munter weiterredete, warf Gudrun einen Blick in den jetzt leeren Korb. Er hatte genau drei Gedecke enthalten. Kein Zweifel, sie waren von Nestor genau an diesem Ort und zu dieser Zeit erwartet worden.

Wer war dieser rätselhafte Mann? Was wusste er? Wozu

diese skurrilen Auftritte? Und vor allen Dingen, welches Spiel spielte er?

»Diese letzte Prophezeiung ist bis heute verschollen«, fuhr Nestor fort. »Genau wie die achtundfünfzig fehlenden Centurien, die es nach Meinung vieler Gelehrter nie gegeben hat. Andere glauben, dass Nostradamus sie sehr wohl verfasst, wegen ihrer Brisanz aber nachträglich wieder aus seinen Prophezeiungen gestrichen hat.« Er füllte nacheinander die drei Kristallgläser, ohne sich damit aufzuhalten, zuerst am Korken zu riechen oder einen Schluck Wein vorzukosten. »Dies ist ein einfacher trockener Landwein«, sagte er und hob sein Glas. »Nichts Besonderes, aber ein ehrlicher und solider Wein, der sich hervorragend mit Fisch, Fleisch und Geflügel verträgt. Ich hätte natürlich eine exquisitere Sorte aussuchen können, nur weiß man nie ...«

»Kommen Sie zur Sache«, unterbrach Pierre gereizt. »Was hat es Ihrer Meinung nach mit der oder den verschollenen Prophezeiungen auf sich?«

Nestor trank einen Schluck, setzte das Glas vorsichtig ab und griff nach einer gebratenen Wachtel. »Ich bin überzeugt, dass es diese achtundfünfzig Centurien sehr wohl gegeben hat und dass sie an verschiedenen Orten ihrer Entdeckung harren. Sie wurden nur deshalb vor der Öffentlichkeit verborgen, weil sie Informationen enthalten, die ein gewisses Gefahrenpotenzial beinhalten. Genau wie zum Beispiel die fehlenden Atlantis-Passagen von Plato. Aber wenn die Zeit reif ist, werden sie wieder auftauchen.«

Gudrun zuckte heftig zusammen und verschüttete dabei ein paar Tropfen Wein. Ihr Gefühl, dass Nestor sehr gut über die Aktivitäten A.I.M.s informiert war, verdichtete sich zur Gewissheit.

»Und ist die Zeit dafür reif?«, fragte Pierre lauernd. Er brach ein Stück von einer Baguettestange ab, belegte es mit zwei Scheiben hauchdünn geschnittenem Parmaschinken und biss davon ab.

»Vielleicht für einen Teil der Prophezeiungen.« Nestor öffnete eine runde Dose und hielt sie Gudrun hin. »Goldener iranischer Kaviar«, erklärte er. »Besser als der russische. Probieren Sie, Sie werden nicht enttäuscht sein. Nein, Monsieur Leroy«, kam er einem Einwand Pierres zuvor. »Ich versuche nicht abzulenken. Entspannen Sie sich und greifen Sie zu. Warum sollte man nicht das Angenehme mit dem Nützlichen verbinden?«

Gudrun nahm eine kleine Portion des goldenen Kaviars, der vermutlich ein kleines Vermögen gekostet hatte, und bestrich ein Stück Baguette mit frischer Butter. Es irritierte sie, dass Nestor auf der einen Seite kostbares Porzellan, Kristallgläser, Silberbesteck und sündhaft teure Spezialitäten für ein Picknick im Freien eingepackt hatte, andererseits billige Plastikschälchen und ein Transistorradio mit sich herumschleppte, das die Bezeichnung schäbig verdiente. Und wie damals im staubigen Outback Australiens wies sein weißer Anzug nicht den winzigsten Schmutzfleck auf. Sogar seine italienischen Lederschuhe, zweifellos handgefertigt, sahen aus, als hätte er sie erst vor wenigen Minuten gründlich geputzt.

Nestor lutschte das zarte Fleisch von einem Wachtelschenkel und betrachtete versonnen den blanken Knochen. »Ich möchte Ihnen meinerseits eine Frage stellen«, sagte er ernst. »Wenn bestimmte Informationen aus gutem Grund der Allgemeinheit vorenthalten wurden, meinen Sie nicht, dass es dann besser wäre, sie im Verborgenen zu lassen?«

Diese Frage hatte sich Gudrun während der letzten beiden Jahre schon häufiger gestellt. Wie wäre ihr Leben verlaufen, wenn sie und Tom sich nicht A.I.M. angeschlossen hätten, um den letzten Rätsel dieser Welt auf den Grund zu gehen? Bestimmt ruhiger und angenehmer, aber längst nicht so interessant. Hätte sie die Möglichkeit, die Zeit um zwei Jahre zurückzudrehen und die Entwicklungen, die sie und A.I.M. in Gang gesetzt hatten, ungeschehen zu machen, wie würde sie sich entscheiden?

»Wir sind Forscher«, antwortete Pierre an ihrer Stelle kauend. »Wir wollen einen Blick hinter die Kulissen werfen. Das liegt in der Natur der Sache. Sonst wären wir Busfahrer, Kindergärtner oder Buchhalter geworden. Aber wenn Sie meinen, ob wir brisante Informationen einer breiten Öffentlichkeit zugänglich machen würden, nur weil die Allgemeinheit ein Recht darauf hat, dann hängt das davon ab, ob diese Informationen gefährlich werden könnten.«

Nestor nickte. »Das alte Dilemma der Wissenschaft. Die Frage der Informationsfreiheit. Hat der Einzelne das Recht, der Allgemeinheit gefährliche Erkenntnisse vorzuenthalten? Oder sogar die moralische Pflicht? Wäre die Welt beispielsweise ohne das Wissen um die technische Machbarkeit der Atomspaltung nicht besser dran? Und nehmen wir einmal an, es gäbe Beweise für die Existenz intelligenten außerirdischen Lebens, das der Menschheit haushoch überlegen ist, dürften oder sollten sie sogar geheim gehalten werden, nur weil ihre Auswirkungen unvorhersehbare Folgen haben könnten?«

Pierre spülte einen Bissen geräuchertes Forellenfilet mit einem Schluck Wein hinunter. »Bestimmt haben Sie uns nicht aufgesucht, um mit uns ein Ethik-Seminar unter freiem Himmel zu veranstalten«, stellte er bissig fest. »Also, *Mr.* Nestor, gibt es etwas, dass Sie uns mitteilen oder von uns wissen wollen?«

Gudrun betrachtete gespannt das gebräunte Gesicht und die schiefergrauen Augen des geheimnisvollen Fremden. Obwohl sie nicht aus ihm schlau wurde, hatte sie das Gefühl, ihm vertrauen zu können.

»Ich möchte mich nur vergewissern, ob Sie wirklich gewillt sind, den Weg, den Sie eingeschlagen haben, weiterzugehen«, erwiderte Nestor ruhig. »Es steht mir nicht zu, Ihnen Ratschläge zu erteilen, aber manchmal entwickeln die Dinge eine verhängnisvolle Eigendynamik, nachdem man sie ins Rollen gebracht hat, und dann wird man von ihnen mitgerissen, ohne sie aufhalten zu können. Besonders wenn man sich mit Kräften einlässt, die ihre eigenen Ziele verfolgen. Die immer nur das von ihrem Wissen preisgeben, was ihren eigenen Zwecken dient. Sicher, man kann diese Mächte nutzen, aber man sollte ihnen misstrauen, bevor man zu ihrem willenlosen Werkzeug wird.«

»Sie meinen doch nicht zufällig sich selbst damit, oder?«, erkundigte sich Gudrun nur halb scherzhaft. Sie hatte so eine Ahnung, von wem – oder besser gesagt von was – Nestor sprach.

Er schüttelte den Kopf. »Nein. Von mir haben Sie nichts zu befürchten. Unsere Wege werden sich vermutlich auch in Zukunft hin und wieder kreuzen, aber ich bin nicht Ihr Feind. Sie haben Ihre Geheimnisse und Ziele, ich habe die meinen. Vielleicht gibt es hier und da Berührungspunkte, und vielleicht profitieren wir von dem, was die jeweils andere Seite tut. Nein, ich spreche von uralten Mächten, die dazu neigen, verschlüsselte Hinweise zu geben oder ebensolche Ratschläge zu erteilen.«

Pierre kniff die Augen zu schmalen Schlitzen zusammen. Es konnte kein Zweifel mehr daran bestehen, was Nestor meinte. »Sie halten es also für falsch, diesen Hinweisen oder Ratschlägen zu folgen?«

»Das habe ich nicht gesagt.« Nestor schob sich ein Stück Käse in den Mund und kaute genießerisch. »Ist es falsch, in einen reißenden Fluss zu springen? Das hängt vom jeweiligen Standpunkt ab. Aber eines steht außer Frage: Ist man einmal in den Fluss gesprungen, bleibt einem nichts anderes übrig, als zu schwimmen, mit oder gegen die Strömung, bis man wieder festen Boden unter den Füßen hat. Dadurch schränkt man seinen freien Willen auf Grund einer vorher getroffenen freien Willensentscheidung zwangsläufig bis zu einem gewissen Grad ein. Sind Sie bereit, diesen Schritt zu tun, in diesen reißenden Fluss zu springen?«

Gudrun und Pierre sahen einander an.

»Würden Sie uns diesen ... reißenden Fluss zeigen?«, fragte Gudrun schließlich. Es kam ihr seltsam vor, wie sie um den heißen Brei herumredeten, aber irgendwie war Nestors Art ansteckend.

»Wenn Sie wollen.« Nestor lächelte und tupfte sich die Mundwinkel mit seiner Serviette ab. »Jetzt gleich?«

Pierre grinste. »Wir können das Picknick ja hinterher fortsetzen. Übrigens, mein Kompliment ... Nestor. Sie haben mit Ihrer Zusammenstellung wirklich Geschmack bewiesen.«

Der strohblonde Mann deutete eine Verbeugung an. »Vielen Dank, Mr. Leroy. Mir scheint, auch Sie wissen die weltlichen Genüsse zu schätzen.« Er erhob sich mit einer fließenden Bewegung und half Gudrun galant auf. »Kommen Sie. Es ist nicht weit.«

Sie folgten ihm in die Ruine hinein. Nestor blieb vor der Felsklippe stehen, an die sich die Überreste des Klosters schmiegten, und hob einen Arm. »Sehen Sie das?«

Gudrun blickte in die Richtung, in die Nestor deutete. »Uralte Graffiti«, murmelte sie. »Da haben sich vor Jahren irgendwelche Teenager verewigt.«

»Schauen Sie genauer hin. Dort, direkt über dem Herzen mit den Initialen T und G.«

Ein paar verblasste Schriftzüge, ein Mondgesicht, eine obszöne Zeichnung ...

»Ein dreibeiniger Hocker«, flüsterte Gudrun. Sie trat näher und zeichnete die kaum noch erkennbaren Konturen mit den Fingern nach. Das stilisierte Symbol des Orakels von Delphi! Der eherne Hocker, auf dem Nostradamus nach eigener Aussage seine nächtlichen Visionen empfangen hatte.

»Da ist noch einer«, sagte Pierre und zeigte auf ein zweites Symbol in gleicher Höhe, einen guten halben Meter rechts neben dem ersten.

»Und zwei weitere dicht über dem Boden«, fügte Nestor hinzu.

Verband man die vier Symbole miteinander, bildeten sie ein schmales Rechteck, das ungefähr die Ausmaße einer niedrigen Tür hatte.

»Schön«, brummte Pierre. »Zwar noch kein Beweis, aber immerhin ein Indiz, dass Nostradamus tatsächlich hier war. Und wie soll uns das weiterhelfen?«

Nestor bückte sich und reichte ihm kommentarlos einen kopfgroßen Felsbrocken. Der Franzose nahm den schweren Stein entgegen und starrte ihn mit gerunzelter Stirn an. Ein unregelmäßig geformtes Stück Basalt mit scharfen Kanten, das vermutlich irgendwann aus der Felsklippe herausgebrochen worden war. Plötzlich ging ihm ein Licht auf. Er nahm den Brocken in beide Hände und schlug damit gegen das von den Orakelsymbolen gebildete Rechteck.

Nichts geschah. Als er ein Stückchen seitlich versetzt erneut zuschlug, bemerkte er, dass sich der Klang ein wenig anders anhörte. Heller, trockener. Er holte stärker aus und ließ den Brocken wieder in die Mitte des Rechtecks krachen. Tatsächlich. Hier klang der Aufprall eindeutig dumpfer. »Dahinter muss ein Hohlraum sein«, sagte er zu Gudrun. »Los, hilf mir!«

Nestor hatte die Arme vor der Brust verschränkt und sah interessiert zu, wie die Deutsche und der Franzose das Rechteck abwechselnd mit kiloschweren Gesteinsbrocken bearbeiteten. Nach einer Weile bildete sich ein senkrechter Riss in der scheinbar kompakten Felsklippe, und kurz darauf entstand ein faustgroßes Loch.

Pierre zog eine Taschenlampe aus der Tasche und leuchtete durch die gezackte Öffnung. »Eine Höhle!«, rief er. »Anscheinend eine natürliche Grotte. Und in der Mitte steht eine keilförmige Säule.«

Gudrun und er verdoppelten ihre Anstrengungen. Sie schien völlig vergessen zu haben, dass Nestor sie aus dem Hintergrund schweigend beobachtete. An den Rändern des Rechtecks breiteten sich Risse aus, und plötzlich stürzte der getarnte Eingang in sich zusammen. Eine Staubwolke wirbelte auf und ließ Gudrun husten.

Schulter an Schulter mit Pierre beugte sie sich vor und spähte in die entstandene Öffnung.

Es war tatsächlich ein natürlicher Hohlraum, dessen Wände, Boden und Decke keinerlei Spuren künstlicher Bearbeitungen zeigten. In seiner Mitte ragte eine Steinsäule auf, die am Fuß, der in einem hüfthohen Geröllhaufen steckte, vielleicht einen Meter breit war und sich nach oben hin, in drei bis vier Metern Höhe, bis auf die Hälfte verjüngte. Sie erinnerte in ihrer Form an die steinernen Stelen von Axum in Äthiopien, die Pierre aus eigener Erfahrung kannte, und schien aus dem gleichen Gestein wie die Höhle zu bestehen. Vor ihr auf dem Boden lag eine etwa zweieinhalb mal einen Meter lange flache Steintafel, die von einer dicken Staubschicht überzogen war. Die Säule erhob sich direkt an ihrem Ende, sodass das Gebilde entfernt an ein Grabmal erinnerte.

Gudrun drehte sich zu Nestor um. »Ist sie das, die *Steinerne Prophezeiung* des Nostradamus?«, fragte sie leise.

Der strohblonde Mann hob die Schultern und ließ sie wieder sinken, ohne die verschränkten Arme von der Brust zu nehmen oder Anstalten zu machen, näher zu kommen. »Ich weiß es nicht. Ich habe sie nie gesehen.«

»Sind Sie denn gar nicht neugierig?«

Nestor lächelte sphinxhaft. »Doch, aber ich habe es nicht eilig. Was auch immer in der Höhle ist, es wird schon nicht weglaufen.«

»Was ist jetzt, Gudrun?«, fragte Pierre ungeduldig. »Kommst du mit, oder soll ich lieber allein vorgehen?«

Die Deutsche sah immer noch Nestor an, der ihren Blick ruhig erwiderte. Sie versuchte vergeblich, seinen Gesichtsausdruck zu deuten. »Haben Sie einen guten Rat für uns? Was sollen wir tun? Lauern irgendwelche Gefahren in der Höhle auf uns?«

Nestor hob erneut die Schultern. »Ich weiß es nicht«, wiederholte er. »Aber ich glaube, dass das Ihr reißender Fluss ist, bildlich gesprochen. Ob Sie hineinspringen wollen, müssen Sie selbst entscheiden. Dann werden Sie herausfinden, wohin die Strömung Sie trägt, oder ob Sie in ihr untergehen. Ich bin vor langer Zeit in meinen eigenen Fluss gesprungen, auf Grund einer verschlüsselten Botschaft, und ich schwimme immer noch in seiner Strömung. Manchmal bedauere ich es, manchmal nicht.«

Gudrun erkannte, dass sie keine genauere Antwort von ihm erhalten würde. Vielleicht konnte er sie ihr nicht geben, vielleicht wollte er es nicht, um sie und Pierre nicht zu beeinflussen.

Sie rekapitulierte noch einmal die letzte Botschaft des Orakels, die sie an diesen Ort geführt hatte.

Ein Ratgeber geht, ein anderer kommt.
Finde seine Spur in Frankreich. Warte!
Auf den Weg zur Steinernen Prophezeiung.
Mit ihrem Anblick fügt sich alles zusammen.

Der Ratgeber, der geht, damit konnte sich das Orakel nur selbst gemeint haben, aber wer war der andere, der kommen sollte? Nestor? Er weigerte sich, einen Rat zu geben, und benahm sich andererseits fast genauso rätselhaft wie das Orakel, dem er jedoch eher skeptisch gegenüberzustehen schien. Nun, vielleicht fügte sich auch das mit dem Anblick der *Steinernen Prophezeiung* zusammen.

»Gudrun!« Pierre zupfte sie am Ärmel.

»Schon gut«, seufzte sie ergeben. »Ich komme ja schon.«

Vorsichtig betraten sie die Höhle und näherten sich der Stele. Von draußen fiel genug Tageslicht herein, sodass sie sich problemlos orientieren konnte, aber nicht genug, um die Inschrift auf der Steinsäule zu entziffern. Pierre richtete den Strahl seiner Taschenlampe auf die erste Zeile der eingemeißelten Botschaft in rund drei Metern Höhe. Sie war in Altfranzösisch abgefasst. Er las den ersten, aus vier Zeilen bestehenden Vers und übersetzte ihn für Gudrun.

Die Weisen aus der Eichenfestung sind das Ziel.
Von Norden kommend ziehen sie in die Welt hinaus
und rühren an uralten Rätseln,
die lange im Verborgenen geschlummert haben.

Die Anthropologin erschauderte. Sie zog ein kleines Diktafon aus der Tasche und wiederholte Pierres Übersetzung.

Später würden sie Fotografien und Skizzen ihres Fundes anfertigen.

Kein Historiker oder Nostradamus-Experte hätte den Vers deuten können, doch für sie und Pierre erschloss sich der Sinn sofort. Die Eichenfestung war ohne jeden Zweifel Oake Dùn, die Abkürzung A.I.M. das englische Wort für Ziel, und die Weisen Sir Ian Sutherlands Mitarbeiter. Aus dem Norden Schottlands kommend, waren sie auf so manches Rätsel der Vorzeit gestoßen.

> *Der Herrscher der Schwarzen Festung gewinnt den Preis*
> *und erhebt sich mit ihm in die Lüfte.*
> *Doch Hochmut bringt ihn zu Fall*
> *und schleudert ihn in den Strudel der Zeiten.*

Kar und seine Schwarze Pyramide. Er hatte A.I.M. die Bundeslade abgejagt und die Pyramide mit ihrer Hilfe zum Fliegen gebracht. Doch schließlich war er an seiner eigenen Überheblichkeit gescheitert. Im letzten Moment, bevor die Pyramide auseinander gebrochen und in den Südpazifik gestürzt war, musste ihm die Flucht mit der beschädigten *Anlage zur Zeitlosen Ortsversetzung* gelungen sein, aber anscheinend hatte es ihn nicht nur an einen anderen Ort, sondern auch in die Vergangenheit verschlagen, wo er in der Folterkammer des Großinquisitors Marquetor gestorben war. So zumindest hatten Pierre und Gudrun den handschriftlichen Bericht des Sehers über einen echsenhaften Dämon in den Kerkern von Avignon interpretiert.

> *Wenn das Ziel sich entzweit*
> *und die Schatzkammern des Fürsten sich leeren,*
> *wird fern im Osten ein Tor geöffnet*
> *und eins vor der Brücke der Ritter.*

Das A.I.M.-Team hatte sich aufgeteilt, und Sir Ian schien finanzielle Probleme zu haben. Das Tor im Osten war das in der Ruine von Kengtong in Burma, und offensichtlich würde es geöffnet werden. Aber auch eins hier, vor der Brücke der Ritter, also auf dem Hügel vor der Ortschaft Pont des Chevaliers? Gudrun sah sich um, konnte aber nirgendwo an den Höhlenwänden eine ebene oder künstlich geglättete Fläche im Fels entdecken.

Die Mächte, die seit Äonen im Verborgenen wirken,
die starken Finger der lenkenden Hand,
sie werden aus ihrer Ruhe aufgeschreckt,
und der Feind, der keiner ist, rüstet sich zur Wiederkehr.

Dieser Vers blieb Gudrun völlig unverständlich, aber sein Tenor klang bedrohlich.

So vollendet sich der Plan,
den die Alten ersonnen haben.
Ein Herrscher geht, ein andrer kommt. Kein Makel!
Die Weisen bleiben ihrem Ziel treu.

Die Diktion der letzten Zeilen erinnerte Gudrun an das *I Ging*. Und wenn sie darüber nachdachte, ähnelte einiges von dem, was Nostradamus geschrieben hatte, in seiner Vieldeutigkeit auf geradezu verblüffende Weise an die Texte des altchinesischen Orakels. Verbarg sich hinter dem *I Ging* möglicherweise wie hinter dem Orakel von Delphi eine personifizierte Macht?

Der reißende Strom trägt sie hinfort.
Sie treten hervor aus dem Dunkel ins Licht ...

Wieder erschauderte Gudrun und warf einen Blick über die Schulter.

Nestor stand noch immer in der Ruine vor dem Durchbruch zur Höhle mit der Stele, reglos und geduldig wie eine Statue. Das Gleichnis mit dem reißenden Strom ... Hatte er gelogen? Kannte er die *Steinerne Prophezeiung* doch?

Und wer war mit »sie« gemeint. Wer waren die »sie«, die von dem Strom mitgerissen wurden, und diejenigen, die aus dem Dunkel ins Licht traten? Ein und dieselbe oder zwei verschiedene Parteien?

»Was ist?«, fragte Gudrun heiser und musste sich räuspern. Sie griff automatisch nach einer ihrer Feldflaschen und trank einen großen Schluck. Sofort wurde sie ruhiger. »Bestehen die Verse nicht immer aus vier Zeilen?«

»Doch, schon«, erwiderte Pierre. Auch er hatte sich mit einem Schluck Gralswasser gestärkt und hakte die Flasche wieder an seinem Gürtel fest. »Aber der Rest wird von dem Geröllhaufen verdeckt.«

»Dann lass ihn uns beiseite räumen«, sagte Gudrun.

Sie näherten sich vorsichtig der Stele und der so unangenehm an eine Grabplatte gemahnenden Steintafel, an deren Ende sich der Schuttberg türmte. Pierre hob einen der Brocken auf und klopfte damit auf das flache Podest.

»Scheint massiver Fels zu sein. Keine Attrappe, unter der sich eine Falltür verbirgt.« Er wischte mit der Hand über den Rand der Tafel. Unter der grauen Staubschicht kam glatt poliertes dunkles Gestein zum Vorschein. Schwarzer Marmor oder Speckstein.

»Ziemlich glitschig«, warnte er, nachdem er das Rechteck betreten hatte. »Sieh dich vor, damit du nicht ausrutschst.«

Gudrun folgte ihm. Die Felstafel rief eine undeutliche Erinnerung in ihr wach, die sie aber nicht einordnen konnte. Irgendetwas, das sie schon einmal gesehen hatte ...

Sie tasteten sich langsam bis zum Geröllhaufen am Fuß der Stele vor, wobei Pierre ständig den Boden abklopfte, aber der harte Klang von Stein auf Stein veränderte sich nicht.

»So weit, so gut«, resümierte der Franzose. »Dann lass uns jetzt den Schutt wegräumen.«

Kurz darauf hatten sie die fehlenden beiden Zeilen des letzten Verses freigelegt.

und drehen das Rad des Schicksals,
das große Dinge geschehen lässt.

Pierre richtete sich auf. »Blablabla«, knurrte er. »Muss sich der alte Knabe immer so verschroben ausdrücken? Ich dachte, beim Anblick der *Steinernen Prophezeiung* würde sich alles zusammenfügen.«

»Vielleicht können wir den Code der letzten drei Verse später knacken«, murmelte Gudrun. »Die ersten drei beziehen sich eindeutig auf uns. Also dürften auch Nummer vier, fünf und sechs ...«

Sie stutzte. »Moment.«

»Was ist?«

»Ich glaube, da steht noch etwas. Ganz unten am Fuß der Stele.« Sie ließ sich auf die Knie nieder und begann den Rest des Geröllhaufens zu entfernen.

»Stimmt«, bestätigte Pierre. Er kniete sich neben sie und half ihr.

Die Schrift, die zum Vorschein kam, war deutlich kleiner als die der ersten Verse. Diesmal schienen es nur zwei Zeilen zu sein, wie ein Epilog zum eigentlichen Text.

»Wenn der Dieb und die Zauberin die Worte kennen ...«,

las Pierre die Übersetzung der ersten Zeile vor. Er grinste schräg. »Mit dem Dieb bin wohl ich gemeint, aber dass du eine Zauberin bist, ist mir neu.«

Gudrun antwortete nicht. Für sie ergab der Satz durchaus einen Sinn. In ihrer Jugend hatte sie, wie es viele pubertierende Mädchen taten, mit ihren Freundinnen Seancen veranstaltet und das Hexenbrett befragt. Und einige der Antworten, die sie dabei erhalten hatte, hatten sie erschreckt und zutiefst beunruhigt. Lange hatte sie geglaubt, dieses Kapitel würde ihrer Vergangenheit angehören, doch in den letzten beiden Jahren war einiges geschehen, das diese Vergangenheit wieder aufleben ließ.

Vorahnungen und Träume, die sich als zutreffend erwiesen hatten. Visionen und der telepathische Kontakt zu dem Lama Paldan Manjushi. Im Mittelalter und noch zu Beginn der Neuzeit hätte man eine Frau wie sie wahrscheinlich als Zauberin oder Hexe bezeichnet.

»... *wird ihre Reise beginnen.*«

beendete Pierre den Text. »Unsere Reise soll *jetzt* erst beginnen?« Er schnaubte. »Und was ist mit den letzten beiden Jahren? Offenbar war der alte Nostradamus doch nicht ganz so clever, wie er dachte.«

»Oder aber das Orakel hat ihm ganz gezielt bestimmte Informationen vorenthalten«, sagte Gudrun. »Um uns in unserer Entscheidung nicht zu beeinflussen. Oder um genau das zu tun.«

Irgendetwas in ihr versuchte, sich zu ihrem Bewusstsein emporzukämpfen. Etwas, das sie vergessen oder verdrängt hatte. Etwas Wichtiges ... Sie drehte sich um und blickte durch den rechteckigen Durchbruch in der Felswand direkt in die eisgrauen Augen Nestors. Der geheimnisvolle Fremde sah sie an, ohne zu blinzeln. Rätselhaft, fast mitleidig.

Gudrun spürte, wie sich ihr die Nackenhärchen aufrichteten. Die letzte Zeile ließ noch eine andere Interpretation zu. *Weg hier!*, schrie eine lautlose Stimme in ihrem Inneren. *Verschwinde, solange du noch die Zeit dazu hast!*

Pierre musterte sie aus schmalen Augen. »Was hast du, Gudrun?«

»Ich denke, wir sollten ...« Sie räusperte sich, doch was auch immer sie hatte sagen wollen, es blieb unausgesprochen. Plötzlich hatte sie das Gefühl, in Treibsand zu knien. Sowohl im übertragenen als auch im buchstäblichen Sinn. Und im selben Moment wusste sie, woran die schwarze Steintafel sie erinnerte.

An eine Felsplatte im Herzen Australiens, von der aus sie, halb gelähmt und im Delirium nach einem Schlangenbiss, eine phantastische Reise in eine ebenso phantastische Welt angetreten hatte ...

Die Warnung blieb ihr in der Kehle stecken. Sie hatte kaum Luft geholt und den Mund geöffnet, als sich der feste Fels unter ihr auflöste und sie in die Tiefe stürzte.

... wird fern im Osten ein Tor geöffnet und eins vor der Brücke der Ritter, gellten die Worte des dritten Verses wie ein höhnischer Schrei in ihr auf.

Das Tor in den Hügeln von Pont des Chevaliers war die schwarze Steintafel, und jetzt stürzten sie durch es hindurch in den reißenden Strom, von dem Nestor und die Prophezeiung gesprochen hatten ...

Die Welt löste sich um Gudrun herum auf, Zeit und Raum verloren ihre Bedeutung. Selbst wenn sie hätte schreien wollen, sie hatte keine Lunge mehr, keine Kehle, keine Stimmbänder, keine Zunge, keinen Körper ...

Sie stürzte haltlos ins Nichts und fiel und fiel ...

Nestor war nicht einmal überrascht, als die Deutsche und der Franzose ohne Vorwarnung in der schwarzen Felstafel wie in einem dunklen See versanken. Er hatte nicht gewusst, was genau passieren würde, aber mit einem ähnlichen Ergebnis gerechnet. Und so spektakulär es auch anmuten mochte, er hatte in seinem langen Leben schon Spektakuläreres gesehen.

Unmittelbar nachdem die beiden verschwunden waren, fiel die Stele in sich zusammen. Der kompakte Fels kippte nicht einfach um, er zerfloss wie heiße Butter, löste sich von oben nach unten auf und rieselte als feinkörniger Sand herab, der die dunkle Felsplatte unter einer grauen Düne vergrub.

Alles geschah völlig lautlos. Nestor wartete, bis sich der aufgewirbelte Staub gelegt hatte, dann wandte er sich ab und kehrte zu seinem Picknick zurück. In der Höhle gab es nichts mehr zu sehen oder zu erforschen, aber es war noch ein Rest Wein, eine halbe Wachtel, ein Stück Brie und einige andere Spezialitäten übrig, die nicht verkommen mussten. Schließlich hatte er ein kleines Vermögen dafür ausgegeben. Nicht, dass er es sich nicht hätte leisten können, aber er war kein Verschwender.

Um Gudrun und Pierre machte er sich keine Sorgen. Jedenfalls keine großen. Sie hatten die freie Wahl gehabt und sich für den Sprung in den reißenden Strom entschieden. Nun, vielleicht war ihre Wahl nie wirklich frei gewesen. Vielleicht konnte niemand frei über sein Schicksal bestimmen. Nestor hatte sich oft mit seinem alten Freund Paldan Manjushi über diese und andere Fragen unterhalten, und er beneidete den Lama um dessen gelassene Einstellung.

Er trank den letzten Schluck Wein, verstaute die Essensreste, die Teller, Gläser, Plastikschälchen und das Silberbesteck in seinem Korb, schüttelte die Decke aus, legte sie sich über die Schulter, vergewisserte sich, dass er keinen Abfall zurückließ, und machte sich auf den Rückweg.

Die Mitarbeiter von A.I.M. würden seinen Weg wieder kreuzen. Früher oder später. Das war unvermeidlich. Sie waren zu festen Größen in dem uralten Spiel geworden, und Nestor konnte nur hoffen, dass er sich nie gegen sie würde wenden müssen.

»Keine Neuigkeiten?«, erkundigte sich Thomas Ericson ohne große Hoffnung.

Connor schüttelte den Kopf. »Nichts. Die Schalttafel ist immer noch völlig blockiert. Alle Felder und die Zentralkugel zeigen identische Spannungswerte, die sich auch bei Berührung nicht verändern.«

Er ließ sich ins Gras sinken und fuhr sich mit den gespreizten Fingern durch das strähnige Haar.

Sie hatten sich um gut dreihundert Meter von der Tempelruine zurückgezogen. Hier waren die Auswirkungen des Tores oder der schwarzen *Maschine* noch halbwegs erträglich, als hätte man einen mittelschweren Kater mit gelegentlichen Halluzinationen. Doch mit jedem Meter, den man sich dem Tor näherte, wurde sein Einfluss verheerender. Direkt in der Torkammer ließ es sich bestenfalls fünf Minuten lang aushalten, und selbst nach dieser kurzen Zeit waren die Gefährten für mindestens zehn Minuten wie erschlagen.

»Und was machen wir jetzt?«, fragte Geoffrey Barnington bestimmt zum zehnten Mal. »Sollten wir nicht besser doch abreisen?«

Connor hob nur kurz den Kopf und starrte den schlaksigen Engländer an, antwortete aber nicht.

Allmählich kam auch Tom zu der Überzeugung, dass ihnen nichts anderes übrig bleiben würde. Zumindest ein vorläufiger Rückzug über eine größere Entfernung. Andererseits würde das, was sie dort unten angerichtet hatten, bald publik werden. Sämtliche einheimischen Hilfskräfte waren geflohen. Wahrscheinlich erlebten die Bewohner der umliegenden Gebiete gerade die intensivsten *Nächte des Krokodils* überhaupt. Es war nur eine Frage der Zeit, bis die Polizisten aus Kengtong wieder auftauchten. Und diesmal würden sie sich nicht durch gutes Zureden besänftigen lassen. Nicht einmal durch Bestechung.

»Was ist mit Vân Nguyên?«, wollte Valerie wissen. Es lag nicht nur am Licht der Öllampe, dass ihr Gesicht so fahl wirkte. Sie war wie alle anderen erschöpft und zerschlagen, restlos ausgelaugt.

»Er hält weiter die Stellung«, erwiderte Connor. »Irgendetwas macht ihn ziemlich immun gegen diese Strahlung, wenn es denn eine Strahlung ist.«

»Kommt euch das nicht auch seltsam vor?«, murmelte Valerie. »Der Kerl ist einfach zu gut. Intelligent, gebildet, genießt das Vertrauen der Birmanen, stellt keine überflüssigen Fragen ... Ich sage euch, irgendwas stimmt mit dem nicht.«

Connor zuckte müde die Achseln. »Ich weiß es nicht, Ms. Gideon. Aber wer auch immer er ist, er ist der Einzige, der es dort unten länger aushält und mir assistieren kann.«

»Vielleicht ist er ein Nachfahre der Erbauer«, mutmaßte Geoffrey. »Schließlich müssen die ja mit ihren eigenen Anlagen zurechtgekommen sein, wenn sie ...«

»Wenn man vom Teufel spricht«, unterbrach ihn Tom, »da kommt er gerade.«

Der zierliche Vietnamese war in einem Durchgang in der Außenmauer der Tempelanlage aufgetaucht und eilte auf die Gefährten zu. »Es ist etwas passiert!«, rief er schon von weitem. »Bitte, kommen Sie!«

Valerie stemmte sich hoch. »Was ist passiert?«, fragte sie misstrauisch.

»Der Fels in dem Tor ist durchsichtig geworden«, berichtete Nguyên. »Man kann in den Raum dahinter sehen. Und dort sind eine Frau und ein Mann. Europäer.«

Connor, Tom und Geoffrey sprangen auf. Ohne ein Wort zu wechseln, folgten sie und Valerie dem kleinen Vietnamesen in das Zentrum der Schmerzen.

»Das sind Pierre und Gudrun!«, rief Tom überflüssigerweise. Er hatte eine Hand auf die Stirn gepresst, als könnte er damit die Schmerzen blockieren, und tastete mit der anderen über das Tor. Der Fels war jetzt so durchsichtig wie makelloses, entspiegeltes Glas. Auf der anderen Seite war die Höhle mit den schwarzen Bottichen zu sehen.

»Haben Sie irgendetwas mit dem Steuermechanismus gemacht, Mr. Nguyên?«, krächzte die Connor-Echse fast unverständlich.

»Nein, Mr. Connor«, antwortete der Vietnamese höflich. »Ich habe mich genau an Ihre Anweisungen gehalten. Als das Tor durchsichtig geworden ist, waren der Mann und die Frau schon da.« Offenbar hatte er keine Probleme damit, den Schotten zu verstehen, und zum ersten Mal registrierte Tom bewusst, dass auch er den kleinen Mann klar und deutlich verstand. Mehr als das, Nguyên schien nicht nur unempfindlich gegen die Auswirkungen der schwarzen *Maschine* zu sein, er veränderte sich auch im Gegensatz zu den anderen, deren äußere Erscheinung ständig zwischen Mensch, Echse und Schimäre wechselte, überhaupt nicht.

»Heh, Gudrun, Pierre!«, schrie Tom und trommelte mit den Fäusten gegen das Tor.

Keine Reaktion auf der anderen Seite.

»Was machen die da?«, fragte Geoffrey. Seine Augen waren riesig und schienen ihm fast aus den Höhlen zu quellen.

»Untersuchen den Raum«, erwiderte Tom knapp. »Und anscheinend spüren sie nichts Ungewöhnliches. Sie wirken völlig normal.«

Pierre war auf das Podest vor dem ovalen Fenster gestiegen, durch das etwas Tageslicht fiel, bückte sich und richtete sich mit dem GPS-Sender in der Hand wieder auf. Gudrun inspizierte die Reihe der Bottiche aus sicherem Abstand und danach Connors Instrumentenwagen. Dann drehte sie sich zu Pierre um. Ihr Mund bewegte sich, aber es war kein Laut zu hören. Tom presste ein Ohr gegen die Felswand und lauschte. Nichts.

»Ich muss hier raus«, stöhnte Geoffrey undeutlich.

»Dann gehen Sie«, sagte Connor, und einen Moment lang klang seine Stimme völlig normal. »Ich schlage vor, wir wechseln uns ab. Es bleibt immer nur einer so lange bei Mr. Nguyên, wie er es hier unten aushält. Sobald er gehen muss, übernimmt der Nächste seinen Posten.«

»Wo, um alles in der Welt, sind wir hier?«, fragte Gudrun.

»Auf jeden Fall nicht mehr in Frankreich«, erwiderte Pierre. »Der Vegetation da draußen nach zu urteilen, irgendwo in den Tropen.«

»Meinst du, wir könnten in Burma rausgekommen sein? In der Prophezeiung stand, dass dort und in Pont des Chevaliers ein Tor geöffnet werden würde.«

»Nein, das glaube ich nicht.« Pierre starrte den Peilsender in seiner Hand an. Er kannte diese Geräte aus Connors Werkstatt. Der Schotte hatte ein paar davon modifiziert, um sie den A.I.M.-Leuten bei ihren Einsätzen in unwegsamem Gelände als permanente Orientierungs- und Ortungshilfe mitzugeben. »Ich habe zwar keine Ahnung, wie spät es da jetzt ist, aber Burma liegt weit im Osten. Dort müsste längst die Sonne untergegangen sein. Da draußen vor dem Fenster ist sie gerade aufgegangen oder kurz vor dem Untergehen.«

Er wusste nicht genau, wie lange sie schon hier waren. Der Sturz durch das Tor hatte eine undefinierbare Zeitspanne gedauert, entweder nur Sekunden, oder auch Stunden. Sollten es Stunden gewesen sein, konnten sie sich tatsächlich in Burma befinden, aber daran glaubte Pierre nicht. Seiner Uhr nach waren bestenfalls ein paar Minuten vergangen.

Was allerdings bei Reisen durch irgendwelche undefinierbare Dimensionen nicht allzu viel zu besagen hatte ...

Als er wieder zu sich gekommen war, hatten Gudrun und er in der Mitte dieses Raumes auf dem Boden gelegen. Ohne gebrochene Knochen, blaue Flecken oder auch nur den kleinsten Kratzer. Also konnten sie unmöglich durch die Decke gestürzt sein. Aber unter ihnen befand sich nur harter Fels, kein Anzeichen für ein Tor.

Was wiederum nichts zu besagen hatte. Vielleicht war die gesamte Höhle ein einziges Tor. Vielleicht würde sich jeden Moment der Boden auftun und sie an einen anderen unbekannten Ort schleudern ...

Der Sprung in den reißenden Fluss, flüsterte eine Stimme in seinem Kopf. Wohin würde die Strömung sie noch treiben?

»Aber ich glaube, dass Connor oder die anderen hier gewesen sind«, fügte er hinzu und zeigte Gudrun den Peilsender. »Er hat in letzter Zeit ständig an diesen Dingern herumgebastelt.«

»Da vorn steht noch etwas, das eindeutig nicht hierher gehört«, sagte Gudrun und deutete auf einen schlichten Holzkarren, auf dem neben einer Videokamera und einem Scheinwerfer diverse Messgeräte aufgebaut waren. Im Halbdunkel an einer der Stirnwände des Raumes waren kaum weitere Einzelheiten zu erkennen.

Pierre trat vorsichtig näher und richtete den Strahl seiner Taschenlampe auf das Gebilde. »Mikrofone und Lautsprecher, irgendwelche Messfühler, und das da sieht wie ein Geigerzähler aus.« Er ließ den Lichtstrahl weiterwandern. »Die Verbindungskabel führen in die Nische hinein und enden direkt vor dem Fels. Oder sie führen durch ihn hindurch ...«

»Du meinst ...«, begann Gudrun, ohne den Satz zu beenden.

»Könnte ein Tor sein«, bestätigte Pierre ihre unausgesprochene Vermutung. »Jedenfalls ist da so ein Torbogen wie in Tiahuanaco aus dem Gestein herausgemeißelt worden.«

»Sei vorsichtig«, warnte Gudrun, als er die Nische betrat. »Damals hat Tom einen ZERSTÖRER von der anderen Seite mitgebracht.«

»Keine Angst, ich werde nicht einfach durchspringen«, beruhigte Pierre die Deutsche. Er bückte sich und zog leicht an den Kabeln. »Mist«, brummte er. »Direkt vor dem Tor säuberlich gekappt. Wahrscheinlich hat sich das Ding einfach geschlossen.« Der Fels glitzerte nur schwach im Strahl der Taschenlampe, als sauge er das Licht in sich auf, doch als Pierre das Tor mit den Fingerspitzen der anderen Hand berühren wollte, drangen sie mühelos ein. »Heh!«, rief er überrascht. »Das Tor ist offen!«

Paldan Manjushi schreckte übergangslos aus einem traumlosen Schlaf hoch. Das Geistwesen in ihm hatte sich wild aufgebäumt.

Was ist, mein Bruder?, fragte er in Gedanken.

Die dunkle Macht der Feinde, erwiderte Cahuna angespannt. *Sie ist mit voller Kraft erwacht! Spürst du es denn nicht?*

Manjushi lauschte in sich hinein. Doch, er konnte es fühlen. Schwach nur und aus weiter Ferne, aber unverkennbar. Die gleiche Macht, die seinen Mitbrüdern die Augen hatte platzen lassen.

Es sind diese Menschen aus dem Westen in Burma, sagte Cahuna zornig. *Sie spielen wieder mit Kräften, die sie weder verstehen noch kontrollieren können. Es wird Zeit, dass ich ihnen endgültig das Handwerk lege!*

Ruhig, mein Bruder!, beschwor Manjushi den Geist des Atlanters. *Halte einen Moment inne und sammle dich, bevor du unüberlegt handelst.*

Ich habe schon viel zu lange gezögert, gab Cahuna unwirsch zurück. *Jedes weitere Abwarten vergrößert nur die Gefahr.*

Er löste sich so abrupt aus dem Körper seines Wirtes, dass Manjushi zusammenzuckte.

Der Lama richtete sich in seinem schlichten Bett auf, das lediglich aus einer dünnen Strohmatratze auf dem kahlen Boden bestand, und schob die aus Yakwolle gesponnene Decke zur Seite. »Samdru!«, rief er leise.

Nur Sekunden später tauchte der junge Mönch in der Tür zu Manjushis Kammer auf und neigte demütig den kahl geschorenen Kopf. »Meister?«

»Mein Geist wird sich auf eine weite Reise begeben, Samdru«, sagte Manjushi ruhig. »Ich möchte, dass du hier über meine körperliche Hülle wachst und darauf achtest, dass sie nicht gestört wird. Was auch immer geschieht, niemand darf sie berühren, bis mein Geist zurückkehrt oder bis alles

Leben aus mir gewichen ist. Sollte mein Herz aufhören zu schlagen und mein Körper erkalten, wirst du Södong die Schriften übergeben, die ich in dem Rosenholzkästchen aufbewahre. Er wird wissen, was dann zu tun ist.«

»Meister, wirst du uns verlassen?«, fragte Samdru betroffen.

Manjushi lächelte gütig. »Eines Tages werde ich euch verlassen, aber ich glaube nicht, dass dieser Tag schon gekommen ist. Nun setz dich zu mir, mein Freund, direkt vor mich, und begleite mich mit deinen Gebeten.« Er hob eine Hand. »Nein, keine weiteren Fragen. Dieses Wissen ist nicht für deine Ohren bestimmt. Noch nicht.«

Samdru ließ sich gehorsam nur eine Armlänge entfernt vor seinem verehrten Meister nieder und sah zu, wie sich der hagere Lama in sich selbst versenkte. Schon nach wenigen Augenblicken saß Manjushi reglos wie eine Statue auf seiner Bettstatt, und sein Atem verlangsamte sich. Über seiner Stirn erschien ein leuchtender Punkt, aus dem ein durchscheinendes, irisierendes Band hervortrat, das sich durch den kleinen Raum und weiter in die verbotenen Zonen des Klosters hineinschlängelte.

Die Silberschnur, die seinen Astralkörper mit seiner materiellen Hülle verband.

In der Stille von Paldan Manjushis karger, dunkler Kammer wartete Samdru ergeben auf die Rückkehr des Geistes seines spirituellen Lehrers.

»Los, macht schon!«, drängte Tom. »Geht endlich durch das beschissene Tor!«

Er war nach Connor und Valerie an der Reihe, den Beobachtungsposten vor dem Tor zu besetzen.

Wie er von seinen Vorgängern wusste, hatte Pierre das

Tor entdeckt, und offenbar war es auf der anderen Seite durchlässig. Trotzdem weigerten sich die beiden beharrlich, es zu durchschreiten. Stattdessen erforschten sie das Gewölbe weiter.

Gerade beugte sich Pierre über den Rand des Basins am anderen Ende der Höhle und leuchtete mit seiner Taschenlampe ins Wasser. Dann drehte er sich zu Gudrun um, gestikulierte und sagte irgendetwas. Die Anthropologin schüttelte den Kopf und gestikulierte ihrerseits.

»Werdet euch langsam mal einig«, keuchte Tom und blinzelte. Seine Augen tränten wie verrückt. Er hatte das Gefühl, als wären sie mindestens auf doppelte Größe angeschwollen, genau wie sein Kopf, in dem ein Dutzend Presslufthämmer seine Schädeldecke zu bearbeiten schienen. Sein Magen, der längst leer war, rebellierte wieder.

»Sie sollten gehen, Mr. Ericson«, sagte Nguyên besorgt.

»Nein!«, krächzte Tom. »Noch nicht.«

Auf der anderen Seite hatten Pierre und Gudrun ihre Diskussion beendet. Tom sah verständnislos zu, wie der Franzose die Schuhe auszog, seinen Gürtel öffnete, an dem eine Feldflasche hing, und sich an seiner Hose zu schaffen machte.

»Was, zum Geier ...«, flüsterte Tom erschüttert. Einen Moment lang spürte er weder Schmerzen noch Übelkeit, noch Schwindelgefühl. Er kam sich wie in einer Peepshow vor, nur hätte er nie geglaubt, jemals Pierre und Gudrun als Akteure zu sehen. Schon gar nicht Gudrun.

»Du schmieriger, schäbiger, kleiner Froschfresser!«, keuchte er. »Ich werde dir deinen weingetränkten Arsch schon ...«

Er verstummte.

Pierre hatte seine Hose, die Jacke und das Hemd ausgezogen und stand in Unterwäsche da. Doch statt zu Gudrun zu gehen, stieg er über die hüfthohe Brüstung in das Becken und stand bis zu den Knien im Wasser.

Tom erinnerte sich, dass dort eine Treppe in die Tiefe geführt hatte. Pierre wollte anscheinend erkunden, wohin die Treppe führte, um einen natürlicheren Ausgang als das Tor aus dem Gewölbe zu finden.

Schritt für Schritt versank der Franzose im Wasser. Als nur noch sein Kopf über die Oberfläche ragte, verharrte er einen Moment, und man konnte deutlich sehen, wie er mehrmals tief und schnell durchatmete. Dann war auch sein Kopf verschwunden.

»Mr. Ericson, Sie müssen gehen!«, drang Nguyêns eindringliche Stimme an Toms Ohr.

Der Archäologe drehte sich um. »Ich ... ich habe ... ich kann«, stammelte er.

Er hatte zu lange gewartet. Ohne die Hilfe des Vietnamesen hätte er den Aufstieg über die Treppe wahrscheinlich nicht mehr geschafft. Es war verblüffend, wie viel Kraft in dem zierlichen Körper des kleinen Mannes steckte.

»Geoffrey!«, lallte Tom, als er aus dem Ruinenfeld heraustaumelte. »Sie sind dran!«

Cahuna wusste um die Gefahren, die die Hinterlassenschaften der Feinde seines Volkes für ihn bargen. Schon einmal war sein Geist von den Kraftfeldern einer *Anlage zur Zeitlosen Ortsversetzung* mitgerissen worden, ohne dass er sich dagegen hatte wehren können.

Doch er musste das Risiko eingehen. Die Bedrohung, die von der zum Leben erwachten Anlage der Feinde ausging, war zu groß. Wie von einem Magneten angezogen, schwebte sein Geist auf sie zu. Hochgebirge, Täler und Schluchten jagten unter ihm vorbei, schwach blinkende Lichter, in denen er Dörfer und Städte erkannte. Dann wurden das Gebirge niedriger, die Berge sanfter und dicht bewaldet, und schließlich tauchte er wie das Phantom eines Torpedos in das Erdreich ein.

Eine Woge aus Dunkelheit und Schmerzen durchdrang ihn. Plötzlich konnte er die nebelhaften Konturen seines längst abgestreiften Körpers sehen, die ihn als wabernde Aura umgaben.

Unter ihm öffnete sich ein domartiger Raum, in dessen Zentrum ein gewaltiges Objekt thronte.

Der Ausgangspunkt und die Quelle der schwarzen Macht. Ein Monument der Kräfte, die zu bekämpfen seine Lebensaufgabe war. Energie durchflutete es. Unbändige, tödliche Energie.

Mit seinen übernatürlichen Sinnen entdeckte Cahuna die Stellen des Gebildes, an denen er den Energiefluss durch bloße Berührung zum Versiegen bringen konnte, doch er hatte keinen materiellen Körper, keine Hände, die er benutzen konnte. Er benötigte Hilfe, einen Menschen, einen Wirt, wie Paldan Manjushi einer war.

Der bläulich leuchtende Bogen an einer Seite der kuppelförmigen Höhle war ein Tor, wie es seine Vorfahren erbaut hatten. Cahuna glitt durch es hindurch und gelangte in eine Kammer, in der sich zwei Menschen aufhielten. Einer von ihnen litt große Schmerzen, sein Bewusstsein war getrübt. Der andere war ... irgendwie unfassbar, als würde sein Geist von einer undurchdringlichen Barriere abgeschirmt werden.

Das Tor auf dieser Seite glomm in einem düsteren roten Licht. Es war unpassierbar für Materie, doch auf der anderen Seite ...

Ein Mann und eine Frau, und der Geist der Frau war offen für höhere Sphären.

Als Cahuna das Tor passierte, verlor er einen Moment lang die Orientierung. Er hatte das Gefühl, in Sekundenbruchteilen eine gewaltige Distanz zurückzulegen, und dann war er plötzlich da.

Der Mann war uninteressant für ihn. In ihn einzudringen, hätte einen Kampf gegen ein sich wehrendes Bewusstsein erfordert, doch die Frau besaß die Fähigkeiten der alten Priester und Weisen seines Volkes, auch wenn sie sie nicht anwandte.

Cahuna blickte sich kurz um. Das Tor in diesem Raum leuchtete im vertrauten Blau, also war es offen. Ohne zu zögern glitt er in die Frau hinein und verschmolz mit ihr.

Er konnte die verschiedenen Ebenen ihrer Gedanken wie einen Chor flüsternder Stimmen hören, einige laut und deutlich, andere leise und unverständlich. Bilder strömten auf ihn ein, Gefühle, Ängste, Hoffnungen, Sehnsüchte und Erinnerungen, ein ungeordnetes Kaleidoskop all ihrer gesammelten Erfahrungen. Er entdeckte ihren Namen.

Gudrun, raunte er lautlos. *Komm mit mir. Lass dich von mir führen.*

Der Druck in Pierres Ohren wuchs, und noch immer hatte er das Ende der Treppe nicht erreicht. Er schätzte, dass er sechs bis sieben Meter tief getaucht war. So tief wie nur selten zuvor. Vorsichtig tastete er sich weiter.

Sollte dieser Gang irgendwo ins Freie führen, müsste er einen Lichtschimmer vor sich sehen, aber da war nur undurchdringliche Schwärze.

Noch einen Meter. Seine Finger glitten über weitere Stufen. Wer baute eine Unterwassertreppe? Irgendwie musste man diesen Schacht trockenlegen können, nur wie?

Es hatte keinen Sinn, er musste umkehren, bevor ihm der Atem ausging.

Während er langsam an die Oberfläche zurückkehrte, stieß er einen regelmäßigen Luftstrom aus, um den Druck in seinem Köper zu senken.

»Gudrun!«, japste er, nachdem er wieder aufgetaucht war. »Ich fürchte, wir müssen es mit dem Tor versuchen. Dieser Schacht hier ist zu lang und zu tief.«

Gudrun starrte ihn rätselhaft an. »Ja«, erwiderte sie seltsam tonlos. »Lass uns gehen.«

Pierre kletterte aus dem Becken und schüttelte sich. »Was hast du?«, fragte er. »Alles in Ordnung mit dir? Du wirkst irgendwie ziemlich steif.«

»Lass uns gehen«, wiederholte sie nur und drehte sich um.

»Heh, warte auf mich!«, rief Pierre. Er schlüpfte in seine Hose, zog den Gürtel zu, griff nach seinem Hemd, der Jacke und den Schuhen und eilte der Anthropologin hinterher. »Was ist denn in dich gefahren?«

Sie antwortete nicht und ging einfach weiter, langsam und zielstrebig wie ein Roboter.

Pierre hüpfte ihr fluchend abwechselnd auf dem einen und dem anderen Fuß nach und schaffte es wenigstens, die Schuhe anzuziehen, als Gudrun die Nische betrat und ohne zu zögern durch das Tor schritt.

Eigentlich hatte er noch das aus bemalten Steinplatten bestehende Rechteck in der Wand neben dem Tor untersuchen wollen, das ihm verdächtig nach einer Art Steuermechanismus aussah, aber dazu blieb ihm jetzt keine Zeit mehr.

»Weiber!«, knurrte er und stürzte der Anthropologin hinterher.

Geoffrey Barnington fragte sich allmählich, was diese Wechselschichten sollten. Sie konnten ohnehin nichts tun, außer hilflos zuzusehen, was dort drüben geschah, und Connor hätte ebenso gut eine Videokamera installieren oder von Vân Nguyên bedienen lassen können. Andererseits war es trotz Schmerzen, Übelkeit, Schwindelgefühlen und Angstzuständen irgendwie faszinierend, Pierre Leroy und Gudrun Heber zu beobachten.

Der Franzose war gerade aus dem Becken gestiegen und folgte Gudrun, vor Nässe triefend und nur halb bekleidet, in Richtung der Nische. Die Deutsche machte einen sehr zielstrebigen Eindruck, aber ihr Gesicht war maskenhaft starr. Barnington wich unwillkürlich einen Schritt zurück, als sie direkt auf das Tor – und damit scheinbar auf ihn – zuschritt. Dann war sie plötzlich verschwunden, und Pierre eine Sekunde nach ihr.

Der Engländer hielt die Luft an. Jeden Moment mussten die beiden hier herauskommen, doch stattdessen veränderte sich plötzlich das Bild hinter dem Tor, als wäre die Felsfläche ein Fernseher, der auf ein anderes Programm umgeschaltet worden war.

Geoffrey erblickte einen gänzlich neuen Raum, ein kreisrundes Gewölbe von vielleicht vier Metern Durchmesser mit einer Kuppeldecke – und darin die beiden A.I.M.-Mitarbeiter.

Nein, korrigierte er sich in Gedanken, als er sich bereits umgedreht hatte und zur Treppe eilte. Kein runder, sondern ein vieleckiger Raum, und jede der Seitenflächen schien ein Tor zu enthalten.

»Valerie! Mr. Ericson, Mr. Connor!«, schrie er, sobald er die Felsplattform erreicht hatte, obwohl die anderen noch ein paar hundert Meter weit von ihm entfernt waren. »Es ist schon wieder was passiert!«

Vom Regen in die Traufe, dachte Pierre. *Sind wir hier in einer Art Labyrinth gelandet?*

Der Raum, in dem sie herausgekommen waren, war völlig kahl. Er bildete ein regelmäßiges Zwölfeck, und jede dieser Flächen enthielt eindeutig ein Tor. Durch eins davon waren sie gekommen. Als Pierre die Hand danach ausstreckte, tastete er über festes Gestein.

»Das war also eine Einbahnstraße«, kommentierte er und knöpfte sich das Hemd zu. »Gudrun? Warum bist du so plötzlich ...« Er runzelte die Stirn. »Gudrun?«

Die Deutsche schien ihn gar nicht wahrzunehmen. Ihr Blick wanderte langsam von einem Tor zum nächsten und blieb schließlich an einem hängen.

Pierre streifte sich die Jacke über und tastete hektisch nach dem GPS-Sender. Gott sei Dank! Er hatte ihn eingesteckt. Vielleicht würde das Ding die anderen irgendwann zu ihnen führen, sollten sie aus eigener Kraft keinen Ausweg mehr aus diesem Irrgarten finden.

»Heh, Gudrun, was ist denn mit dir los? Du siehst aus wie eine Schlafwandlerin.« Er schob sich vor sie und fuchtelte mit den Händen vor ihrem Gesicht herum. Sie zuckte mit keiner Wimper und starrte einfach durch ihn hindurch.

»Verdammt«, murmelte Pierre verunsichert. »Du scheinst tatsächlich in eine Art Trance gefallen zu sein.«

Er packte sie an den Schultern und rüttelte sie. Noch immer nicht die geringste Reaktion. Hilflos ließ er die Hände sinken, griff gedankenverloren nach der Feldflasche, löste sie von seinem Gürtel und trank einen Schluck.

Das Gralswasser belebte ihn wie immer augenblicklich. »Vielleicht hilft dir das«, sagte er und hielt ihr die Flasche an die Lippen. »Komm schon, Gudrun, trink einen Schluck!«

Plötzlich setzte sie sich in Bewegung, trat auf eins der Tore zu und verschwand darin.

Pierre folgte ihr augenblicklich, prallte aber zu seiner Überraschung gegen massives Gestein. Die Feldflasche glitt ihm aus der Hand und fiel zu Boden. Kostbares Wasser sickerte heraus. Er bückte sich hastig, hob die Flasche auf, schraubte sie zu und schüttelte sie.

Nur noch halb voll. Vielleicht noch ein viertel oder ein drittel Liter.

Das Tor, durch das Gudrun verschwunden war, blieb geschlossen. Nachdem Pierre praktisch jeden Quadratzentimeter abgetastet hatte, wandte er sich dem nächsten zu.

Ebenfalls dicht. Langsam stieg Angst in ihm auf. Seine Gedanken überschlugen sich. Der Raum schien hermetisch abgeschlossen zu sein. Wie lange würde der Sauerstoff reichen? Würde er elendig ersticken, noch bevor er verdurstete?

Beim sechsten Tor griff er ins Leere, und Erleichterung durchzuckte ihn. Egal, wohin dieser Durchgang auch führte, zumindest gab es noch *einen* Ausweg.

Und es blieb der einzige. Alle anderen Tore waren geschlossen.

Pierre zwang sich, logisch nachzudenken. Was tat man in einer solchen Situation?

Zuerst einmal, Ruhe bewahren. Sich orientieren.

Wo kam überhaupt das Licht her? Er hielt eine Hand dicht über den Boden. Keinerlei Schatten, auch nicht, als er den gesamten Raum abschritt. Gut, diese Frage blieb also vorläufig offen. Sie war ohnehin zweitrangig.

Der nächste Punkt. Drei Tore hatten funktioniert. Das erste, durch das sie gekommen waren, das zweite, das sich hinter Gudrun geschlossen hatte, und das dritte, das noch offen war.

Wie lange noch? Sollte er es benutzen, bevor es sich möglicherweise ebenfalls schloss?

Alle Tore sahen absolut identisch aus. Zuerst musste er sie markieren, bevor der Wasserfleck vor dem zweiten verdunstet war und er die Übersicht verlor.

Er zog ein Taschenmesser aus der Hose und ritzte im Uhrzeigersinn der Reihe nach Kerben in den Boden, beginnend mit dem Tor, durch das Gudrun verschwunden war. Danach trank er einen weiteren Schluck Wasser und setzte sich in der Mitte des Raumes auf den Boden.

Erst einmal würde er warten. Vielleicht kam Gudrun ja zurück. Oder irgendjemand anderer tauchte auf. Oder es geschah etwas, womit er nicht gerechnet hatte.

Die Zeit schleppte sich dahin. Alle paar Minuten überprüfte Pierre das einzige begehbare Tor.

Ich warte mindestens noch eine Stunde, nahm er sich vor.

Aus der einen Stunde wurden zwei. Um sich die Zeit zu verkürzen und etwas Sinnvolles zu tun, kritzelte er mit dem Taschenmesser eine kurze Botschaft für Gudrun in den Felsboden, sollte sie in diesen Raum zurückkehren, nachdem er verschwunden war.

Habe Stunden – vor dem Wort »Stunden« ließ er einen Raum für die Zahl frei, die er zu gegebener Zeit hinzufügen würde – *auf dich gewartet und bin dann durch das mit sechs Kerben markierte Tor gegangen. Du hattest das mit einer Kerbe genommen. Pierre.*

Danach fiel ihm nichts mehr ein, was er noch tun konnte. Er zwang sich, seinen knappen Wasservorrat nicht anzurühren und versuchte, ein bisschen zu schlafen. Tatsächlich nickte er ein paar Mal kurz ein, aber jedes Mal nur für wenige Minuten.

Nach zwölf Stunden hielt er es nicht länger aus. Er vervollständigte die Botschaft an Gudrun, trat vor das Tor

Nummer sechs, gönnte sich einen kleinen Schluck Wasser und atmete tief durch. Dann schloss er die Augen und wagte den Schritt ins Unbekannte.

Als Cahuna den Raum mit der schwarzen *Maschine* in Gudruns Körper betrat, spürte er die verheerenden Auswirkungen durch die Sinne der Frau.

Ihm blieb nicht viel Zeit zum Handeln. Nur Sekunden, und der Wirtskörper würde durch die Reizüberflutung funktionsunfähig werden.

Obwohl er versuchte, sich so gut wie möglich gegen den Orkan der Schmerzen abzuschirmen, war er gezwungen, den Kontakt zum Nervensystem der Frau aufrechtzuerhalten, wenn er sie steuern wollte, und so stammte das Wimmern, das ihr über die Lippen kam, zum Teil auch von ihm.

Das schwarze Monument in der Halle stammte nicht von seinem Volk, die Bauweise sowie seine Funktion waren ihm gänzlich unbekannt. Doch das System, mit dem das Aggregat seine Energie aus der Schwerkraft und den elektromagnetischen Feldern des Planeten gewann, war auch von den Atlantern benutzt worden.

Cahuna löste sich für den Bruchteil einer Sekunde aus dem Körper der Frau, um in seiner unstofflichen Form, ungehindert von den Filtern des Materiellen, die charakteristischen Energiesignaturen zu lokalisieren und sich die Lage der neuralgischen Punkte auf dem Aggregat einzuprägen. Dabei hatte er den flüchtigen Eindruck einer anderen Präsenz, die ihn beobachtete, aber ihm blieb keine Zeit, sie ausfindig zu machen.

Er kehrte gerade noch rechtzeitig in den Körper der Frau zurück, um zu verhindern, dass sie stürzte. Mit Mühe steuerte er sie an das Aggregat heran und legte seine/ihre Hand auf den ersten Punkt.

Die Energiezufuhr versiegte.

Eine zweite Berührung ließ die gespeicherte Energie zurück in die Gravitations- und die elektromagnetischen Felder des Planeten fließen. Schlagartig ließen die Schmerzen nach.

Die letzte Berührung schaltete das Aggregat endgültig ab, so gründlich, dass kein Uneingeweihter es wieder würde aktivieren können, es sei denn, durch eine unwahrscheinliche Reihe von Zufällen.Oder durch das Wissen, das er durch seine Manipulationen zwangsläufig im Unterbewusstsein der Frau hinterlassen hatte ...

Bei keinem anderen Menschen hätte Cahuna sich deswegen Sorgen gemacht, aber diese Frau war etwas Besonderes. Ihr Geist war in der Lage, in ätherische Regionen vorzustoßen, die den meisten Menschen verschlossen blieben. Mit der richtigen Anleitung würde sie alle Tiefen ihres Bewusstseins und Unterbewusstseins erschließen können.

Das Risiko war gering, doch es war vorhanden.

Trotz des Zorns, den Cahuna auf die Menschen empfand, die mit Kräften spielten, die sie nicht verstanden, spürte er ein leises Bedauern, als er sich aus der Frau zurückzog und sie wie eine leblose Stoffpuppe zusammenbrechen sah. Sie hatte eine reine Aura, die frei von den verräterischen Segmenten war, wie sie Selbstsucht, Hochmut und Rücksichtslosigkeit erzeugten.

Vielleicht würde er sie retten können, wenn er einen Teil der Energien in sich aufnahm, die noch immer in ihr tobten. Aber sie stellte eine potenzielle Gefahr dar, und er war erschöpft. Sie sterben zu lassen, war ein geringes Opfer angesichts dessen, was durch ihr Wissen unter Umständen angerichtet werden konnte.

So löste er sich aus ihr und trat die Rückreise in das ferne Gompa an, wo er sich im Geist und Körper des Lamas Paldan Manjushi von seinen Strapazen erholen würde.

Obwohl eigentlich Valerie an der Reihe gewesen wäre, hatten Connor und Tom darauf bestanden, sie in die Torkammer zu begleiten. Nur Geoffrey war zurückgeblieben.

Sie kamen gerade noch rechtzeitig an, um zu sehen, wie Pierre in dem zwölfeckigen Raum auf Gudrun einsprach, die überhaupt nicht auf ihn reagierte und dann unvermittelt wie eine Schlafwandlerin durch eins der Tore trat. Es schien sich unmittelbar hinter ihr zu schließen, denn Pierre, der ihr sofort folgen wollte, lief buchstäblich gegen eine Felswand.

»O mein Gott!«, stöhnte Tom. »Hätten wir uns nur nie auf dieses Abenteuer eingelassen.«

»Vielleicht ist sie in Sicherheit«, sagte Valerie ohne große Überzeugung. »Vielleicht ist sie dorthin zurückgekehrt, woher sie und Pierre gekommen sind.«

»Und vielleicht ist sie mitten in der Hölle gelandet!«, fuhr Tom unbeherrscht auf. »Vielleicht platzt ihr da, wo sie jetzt ist, im Gegensatz zu uns wirklich der Schädel! Ich kann nicht ...«

Er stutzte.

Die dröhnenden Kopfschmerzen hatten merklich nachgelassen, und seine eigene Stimme klang fast normal. Auch Connor und Valerie sahen plötzlich wieder völlig menschlich aus.

»Bilde ich mir das nur ein, oder wird es wirklich besser?«, fragte er misstrauisch.

»Es *wird* besser«, bestätigte Valerie. »Und zwar rapide. Connor?«

Der Schotte nickte. »Ja, ich merke es auch. Hoffen wir, dass es mehr als nur ein Wellental ist.« Er eilte zu seiner Computeranlage. »Die Sensoren zeigen allerdings immer noch unveränderte Werte an«, meldete er.

Tom trat direkt vor das Tor und hämmerte wieder mit den Fäusten darauf ein. Wie er es nicht anders erwartet hatte, konnte Pierre ihn weder hören noch sehen.

Mittlerweile hatten die Schmerzen und alle anderen Symptome gänzlich aufgehört, und doch war Tom innerlich bis zum Zerreißen angespannt. Sollte dies nur ein Wellental sein, wie Connor angedeutet hatte, konnte der nächste Gipfel noch höher sein.

Er zuckte zusammen und wirbelte herum, als von irgendwoher ein heller Glockenton erklang.

Sämtliche geometrischen Körper schoben sich lautlos zur Hälfte aus ihren Aussparungen heraus.

»Die Torsteuerung ist wieder frei«, sagte Connor. Seine Stimme klang eher verblüfft als erleichtert.

»Aber das Tor selbst ist nach wie vor dicht und durchsichtig«, erwiderte Tom. »Ich verstehe einfach nicht, was ...« Der Rest des Satzes blieb ihm mitten ihm Hals stecken, als Gudrun ohne Vorwarnung durch das Tor taumelte und in seinen Armen zusammenbrach.

Paldan Manjushi hatte Cahuna nicht direkt verfolgt, sondern war mit seinem Astralkörper durch das Tor in einem der geheimen Bereiche des Klosters getreten, in denen die Gesetze von Raum und Zeit ihre Gültigkeit zu verlieren schienen.
Er wusste nicht genau, wohin es ihn führen würde, nur dass ihn am anderen Ende die Quelle der dunklen Macht erwartete, Cahunas Ziel.

Der Raum, in dem er sich unvermittelt wieder fand, vibrierte vor unbändiger Energie. Manjushi konnte sie als dunkle Schlieren und Wirbel wahrnehmen, die von einem schwarzen Gebilde aufstiegen und zum einzigen Ausgang des domartigen Gewölbes drängten, einem bläulich leuchtenden Tor. Er tauchte in den Strom der Energie ein und ließ sich mit ihm fortreißen.

Unirdische Farben und verwaschene Formen huschten an ihm vorbei, rötlich schimmernde Löcher in einem langen, gewundenen Schlauch. Weitere Tore, die schlummerten, einige gänzlich geschlossen, andere auf der astralen Ebene offen, nur eins auch für materielle Körper passierbar. Durch dieses Tor ergoss sich der Großteil der Energie wie die Fluten eines Gebirgsbachs durch eine enge Felsschlucht in einen weiteren Raum.

Manjushi verharrte nur kurz und orientierte sich. Er entdeckte zwei Männer, die er nicht kannte. Das Tor, das er gerade durchquert hatte, führte von dieser Seite aus in eine ganz andere Richtung, und dort, in einem länglichen Gewölbe, sah er Cahunas Aura über der Frau namens Gudrun Heber schweben und in sie eindringen.

Er wartete, bis der Atlanter sie durch das Tor geführt hatte und kehrte dann in den Raum mit dem schwarzen Energieaggregat zurück. Cahuna würde versuchen, Gudrun Hebers Körper zu benutzen, um das Aggregat zu neutralisieren.

Es dauerte nicht lange, bis sie auftauchte. Paldan Manjushi konnte ihre Qualen spüren. Sie hatte sich so tief wie möglich in sich selbst zurückgezogen, trotzdem flackerte ihr Geist so schwach wie eine erlöschende Kerzenflamme im Wind. Er sah, wie sie, von Cahuna gesteuert, an das schwarze Monument trat und es nacheinander an drei Stellen berührte, die Knotenpunkte der fließenden Energien darstellten. Dann löste sich der Geist des Atlanters aus ihr und verließ fast fluchtartig das Gewölbe.

Der Lama wusste, dass ihm nicht viel Zeit blieb, um die Frau zu retten und vor Cahuna in seinen eigenen Körper zurückzukehren. Er sank auf Gudrun Heber hinab und berührte ihre Stirn mit seinen immateriellen Handflächen.

Die fremdartigen Energien, die sie absorbiert hatte, zuckten wie ein Blitzgewitter durch ihre Nervenbahnen und saugten das Leben aus ihr heraus. Sie lag im Sterben.

Manjushi wappnete sich gegen die unvermeidlichen Schmerzen. Wenn er ihr helfen wollte, musste er die Energien in sich aufnehmen, aber um sie abzuleiten, benötigte er einen stofflichen Körper.

Seinen eigenen Körper im fernen tibetischen Kloster.

Gleißendes Feuer durchströmte ihn, doch es war nur ein schwaches Echo dessen, was seine leibliche Hülle, Tausende von Kilometern entfernt, in diesem Augenblick verspürte. Er verbannte die Schmerzen in einen Winkel seines Bewusstseins, den er sorgfältig vor der Frau abschirmte.

Steh auf, Gudrun, flüsterte er sanft und eindringlich zugleich. *Steh auf und durchschreite das Tor.*

Gudrun öffnete die Augen und starrte blicklos an die Decke. Ihre Muskeln zuckten unkontrolliert.

Manjushi mobilisierte all seine Kräfte und verschmolz seinen Astralkörper mit dem ihren. Schwankend kam sie auf die Beine und taumelte auf das Tor zu. Im selben Moment, als sie in den durchlässigen Fels eindrang, gab der Lama sie wieder frei und schoss, wie von einer gespannten Feder gezogen, durch die Abgründe der Dimensionen zu seiner fleischlichen Hülle zurück.

»Ich weiß nicht, was geschehen ist«, sagte Gudrun kraftlos. Sie saß auf einem Schlafsack unter der Segeltuchplane des

Basislagers und hielt eine ihrer beiden Feldflaschen umklammert, aus der sie immer wieder einen winzigen Schluck nahm, als wäre es ein Lebenselixier.

Tom musterte sie besorgt. Sie sah völlig mitgenommen und wie durch die Mangel gedreht aus, als hätte sie einen tagelangen Gewaltmarsch hinter sich.

»Da war irgendwas in meinem Kopf, das mich zu einem Gefangenen in meinem eigenen Körper gemacht hat«, fuhr sie fort. »Ich hatte überhaupt keine Kontrolle mehr über ihn. Nicht einmal mehr über meine Gedanken. Alles war wie in einem verworrenen Traum.«

»Du erinnerst dich nicht an einen Raum mit zwölf Toren, in dem du mit Pierre gelandet bist?«, fragte Tom.

Die Anthropologin schüttelte den Kopf. »Nein, nur ganz undeutlich an eine große Halle, in der ein albtraumhaftes schwarzes ... Monument stand. Ohne klare Konturen. Es hat irgendwie geleuchtet, obwohl es pechschwarz war.«

»Die schwarze *Maschine*«, flüsterte Valerie. »Und was hast du dann getan?«

»*Ich* habe gar nichts getan«, erwiderte Gudrun. »Ich konnte gar nichts tun. Da waren diese Schmerzen, Schmerzen, wie ich sie nie zuvor auch nur annähernd gespürt habe.« Sie erschauderte. »Ich hätte mir nie vorstellen können, dass man so etwas erleben kann, ohne den Verstand oder mindestens das Bewusstsein zu verlieren. Oder beides.«

»Aber du *musst* irgendetwas getan haben«, hakte Valerie nach. »Was auch immer da drüben los war, es hat aufgehört, kurz nachdem du verschwunden bist.«

»Es ... dieses Ding in mir ...« Gudrun unterbrach sich und hob wieder die Feldflasche an ihre Lippen. Tom hatte den Eindruck, dass es ihr nach jedem Schluck merklich besser ging. »Es hat mich gezwungen, das schwarze Gebilde an verschiedenen Stellen zu berühren. Dann war es plötzlich fort, und ich bin ohnmächtig geworden.«

»Du kannst höchstens für ein paar Sekunden ohnmächtig gewesen sein«, sagte Tom. »Du warst nicht länger als eine Minute verschwunden.«

»Ich glaube, da war noch etwas ... oder noch jemand«, murmelte Gudrun. Sie hob den Kopf und warf Tom und Valerie einen beinahe trotzigen Blick zu. »Lacht nicht, aber ich denke, es war so etwas wie ein guter Geist oder meinetwegen mein Schutzengel. Er hat mich zu euch zurückgeführt.«

Weder Tom noch Valerie war nach Lachen zumute.

»Wo ist Pierre?«, fragte Gudrun plötzlich.

»Noch immer in dieser zwölfeckigen Torkammer«, erwiderte Valerie. »Er hat eine Weile mit seinem Taschenmesser auf dem Boden herumgekritzelt. Jetzt sitzt er einfach nur da und scheint zu warten. Wahrscheinlich auf dich. Aber so, wie es aussieht, geht es ihm gut.«

»Können wir ihn nicht irgendwie zurückholen? Oder uns wenigstens mit ihm in Verbindung setzen?«

Tom seufzte. »Ich wünschte, es wäre so, aber dieses Tor widersetzt sich all unseren Bemühungen, seine Funktionsweise zu verstehen. Connor möchte nicht einfach aufs Geratewohl an der Steuerung herumspielen. Er ist gerade mit Geoffrey unten und arbeitet an seinen Messinstrumenten und Computerprogrammen. Vielleicht gewinnt er ja schon bald neue Erkenntnisse. Aber er will es nicht riskieren, durch irgendwelche neuen Einstellungen die Sichtverbindung zu Pierre zu verlieren, oder ...«

Gudruns Augen wurden schmal. »Oder was?«

Der Archäologe zögerte einen Moment, bevor er antwortete. »Wir wollen keine falschen Hoffnungen wecken, Gudrun, aber wie es aussieht, ist eins der Tore in dem zwölfeckigen Raum offen. Nicht das, durch das du gegangen bist. Pierre hat schon mehrmals eine Hand hindurch gestreckt. Möglicherweise könnte es ihn direkt zu uns führen. Vielleicht führt es aber auch ganz woanders hin, oder ...« Er zögerte erneut. »Oder ebenfalls in den Raum mit der schwarzen *Maschine*. Und wenn er die berührt, könnte die ganze Geschichte wieder von vorn losgehen.«

»Ich möchte runter in die Kammer und ihn sehen«, sagte Gudrun spontan.

Valerie legte ihr eine Hand auf die Schulter. »Gudrun, du solltest dich lieber noch ein bisschen ausruhen. Nimm's mir nicht übel, aber du siehst wirklich ziemlich beschissen aus.«

»Es geht mir gut!«, fuhr die Anthropologin auf. »Was meinst du, wie *du* aussehen würdest, wenn du durchgemacht hättest, was ich erlebt habe?«

»Keine Ahnung.« Valerie zuckte die Achseln. »Aber ich weiß, was dir helfen wird, dich noch etwas besser zu fühlen. Diese Vogelschlückchen aus deiner Feldflasche sind wie der berühmte Tropfen auf den heißen Stein. Du brauchst etwas Kräftigeres.«

Sie kroch in das Zelt und kehrte mit einem Flachmann zurück, den sie Gudrun reichte. »Hier, trink das.«

»Alkohol?« Tom kniff die Augen zusammen. »In ihrem Zustand?«

Valerie grinste. »Das ist kein Alkohol, sondern ein erlesener Scotch aus Sir Ians Privatdestillerie. Eine Flasche davon würde auf dem freien Markt locker zweihundert Pfund kosten.«

Tom verzog das Gesicht. »Ob Scotch, Bourbon, irischer Malt, kanadischer Whisky ...«

»Nein, Tom«, fiel ihm Gudrun lächelnd ins Wort. »Valerie hat Recht. Um Connor zu zitieren: Die beste Medizin, die es gibt, ist ein erholsamer Schlaf oder ein Glas feiner schottischer Scotch.«

Samdru schrak zusammen und unterbrach das Mantra, das er gemurmelt hatte, als ein Ruck durch Paldan Manjushis leblosen Körper ging. Der Lama schloss die Augen, und sein Atem beschleunigte sich.

Der junge Mönch, der noch immer den Rang eines *Getsüls* bekleidete, wagte nicht, sich zu rühren. Sein Blick klebte förmlich an dem asketischen Gesicht seines Meisters fest.

Ein dünner Blutfaden lief aus Paldan Manjushis linkem Nasenloch, dann ein zweiter aus dem rechten.

»Meister ...«, flüsterte Samdru ängstlich, streckte eine Hand aus und ließ sie gleich darauf wieder sinken. Der Lama hatte befohlen, dass niemand ihn berühren sollte. Unter keinen Umständen.

Ein leises Röcheln drang aus Manjushis schmalen Lippen. Dann begann er aus den Ohren zu bluten.

Samdrus Angst wuchs. Er versuchte vergeblich, sich an ein bestimmtes Gebet zu erinnern. Eine Hitzewelle schien über ihn hinwegzufegen, und von irgendwoher erklang ein hohes Pfeifen.

Plötzlich öffnete Paldan Manjushi die Augen und blickt seinen Schüler und Diener direkt an. Als er eine Hand hob und sich das Blut aus dem Gesicht wischte, zitterten seine Finger leicht. »Ich danke dir, Samdru«, sagte er leise. »Du kannst jetzt gehen.«

»Meister!«, rief Samdru erleichtert und besorgt zugleich. »Was ist geschehen?«

»Geh jetzt!«, wiederholte Manjushi mit Nachdruck. »Wir werden morgen sprechen.«

Samdru erhob sich, verneigte sich tief und zog sich verstört aus der Kammer seines verehrten Lehrmeisters zurück.

Der Morgen war hereingebrochen, als Pierre aufstand und vor das einzig offene der zwölf Tore trat. Seine Körperhaltung verriet, dass er entschlossen war, es zu durchschreiten.

Connor vergewisserte sich ein letztes Mal, dass die Videokamera alles aufzeichnete. Vielleicht würde die Bildauswertung ihnen irgendwelche aufschlussreichen Hinweise liefern, die sie auswerten konnten, um Pierres Ankunftsort zu lokalisieren.

Der Schotte hatte ohne Unterbrechung an seinem Computer gearbeitet und versucht, aus allen verfügbaren Daten neue Erkenntnisse über die Funktionsweise des Tores beziehungsweise der »Steuerkonsole« zu gewinnen, aber er trat nach wie vor auf der Stelle. Die Gleichung, die er entschlüsseln wollte, enthielt einfach zu viele Unbekannte.

Im Moment hielt sich außer ihm nur noch Gudrun in der unterirdischen Kammer auf. Die Deutsche hatte alle gut gemeinten Ratschläge verworfen und darauf bestanden, vor dem Tor Wache zu schieben.

»Viel Glück, Pierre«, flüsterte sie, als der kleine Franzose in dem grauen Fels verschwand.

Im selben Moment wurde das Tor wieder undurchsichtig, und gleich darauf klang ein melodischer Ton wie von einer Windharfe auf.

Gudrun wirbelte herum. »Was ist das?«, fragte sie atemlos.

»Ein Signal der Torsteuerung«, erwiderte Connor. »Sehen Sie!«

Er deutete auf die quadratische Schalttafel, die nach Gudruns Rückkehr wieder in die Ausgangsstellung gegangen war. Jetzt zogen sich drei der Elemente in ihre Aussparungen zurück.

Die vierseitige Pyramide, der Quader und eine Figur, die die Form einer quer liegenden Acht hatte.

Das Symbol der Unendlichkeit, dachte Gudrun fröstelnd. *Hoffentlich ist das kein böses Omen.* »Was hat das zu bedeuten?«

Connor war an das Tor getreten und berührte es vorsichtig. Der Fels war hart und undurchlässig. »Soweit wir wissen, zeigt der Glockenton an, dass sich das Tor geöffnet hat. Aber wenn, dann nicht von dieser Seite. Oder es handelt sich um ein völlig anderes Tor, das nur mit diesem in Verbindung steht. Wie es scheint, gibt es eine ganze Menge davon. Vielleicht ist dort, wo sich Pierre jetzt befindet, ein Tor für den Rückweg offen.«

Sie warteten schweigend mehrere Minuten lang, doch nichts geschah.

»Gibt es denn gar nichts, was Sie tun können?«, brach Gudrun schließlich das Schweigen.

»Doch«, antwortete Connor beinahe widerwillig. Er streckte eine Hand aus. »Ich könnte die Kugel im zentralen Feld berühren. Das ist so etwas wie die Enter-Taste. Sie startet sozusagen das Programm, das durch das Hineindrücken der geometrischen Figuren aufgerufen wird.«

»Und warum tun Sie es dann nicht?«, fragte Gudrun.

Connor starrte sie sekundenlang an. Als er antwortete, schwang ein Anflug von Verzweiflung in seiner Stimme mit. »Weil ich nicht weiß, *welches* Programm ich dadurch starte. Ich könnte den Weg für Pierre öffnen, ich könnte ihn dadurch aber auch blockieren. Oder etwas ganz anderes, Unvorhersehbares auslösen.«

Gudrun ließ die Schultern sinken. »Und was tun wir jetzt?«

»Das Gleiche, was wir schon die letzten Stunden getan haben«, sagte Connor müde. »Warten. Pierre die Zeit geben, selbst einen Ausweg zu suchen.«

Ich grüße dich, mein Bruder, sagte Paldan Manjushi mit seiner Gedankenstimme, als Cahuna in seinen Körper zurückkehrte. *Du warst erfolgreich?*

Ja, erwiderte der Atlanter knapp. Manjushi spürte die Erschöpfung des Geistwesens, die Nachwirkungen der unmenschlichen Schmerzen, Befriedigung – und noch etwas. Schuldbewusstsein.

Ich muss ruhen, Bruder, sagte Cahuna. *Meine Mission war sehr anstrengend. Aber sei unbesorgt, die Gefahr ist gebannt.*

Dann ruhe, mein Bruder. Der Lama verzichtete darauf, Cahuna weiter zu bedrängen. Vielleicht würde der Atlanter ihm später von dem vermeintlichen Opfer erzählen, das er in Form der Frau dargebracht hatte, aber Manjushi zweifelte daran.

Cahuna hatte einen Teil seines Geistes abgekapselt, doch er konnte nicht verhindern, unterschwellig an das zu denken, was in dem Gewölbe mit dem Energieaggregat geschehen war. Er wusste, dass es für Manjushi ein Leichtes gewesen wäre, auch diesen Teil seiner Gedanken zu lesen, aber er wusste ebenfalls, dass sein Wirt die Privatsphäre seines Gastes respektierte.

Manjushi dagegen musste nicht befürchten, dass Cahuna misstrauisch werden würde. Jahrzehntelange Meditation hatte ihn in die Lage versetzt, seinen Verstand so zu disziplinieren, dass er bewusst *nicht* an etwas denken konnte.

Die paradoxe Forderung, mit der Psychologiestudenten im ersten Semester konfrontiert wurden: *Denken Sie jetzt nicht an ein weißes Pferd*, war für Manjushi keineswegs paradox. Wenn er sich vornahm, *nicht* an ein weißes Pferd zu denken, dann tat er es auch nicht. Mehr noch, er dachte nicht einmal an diesen Vorsatz.

Auch von der leisen Trauer, die er über Cahunas Rücksichtslosigkeit empfand, würde der Atlanter nichts bemerken. Als buddhistischer Lama hegte Manjushi keinen Groll auf Cahuna, so wie er auf keinen Menschen dieser Welt einen Groll hegte. Aber er sah es als seine Pflicht an, das Leben aller Menschen, ob gut oder böse, mit all seiner Kraft zu beschützen und zu verteidigen.

Notfalls auch gegen Cahunas Willen.

»Wir *müssen* etwas unternehmen, Connor!«, beschwor Gudrun den Highlander. »Wir warten jetzt schon einen vollen Tag, ohne dass Pierre zurückgekommen ist oder Sie ein Signal seines GPS-Senders empfangen haben.«

Sie war wieder allein mit ihm in der Torkammer. Die anderen überwachten oben den GPS-Empfänger oder ruhten sich einfach aus.

»Ms. Heber«, erwiderte Connor ruhig. »Ich verstehe Ihre Sorge. Glauben Sie mir, auch ich sorge mich um Pierre.« Er schwieg einen Moment, und als er weitersprach, kam es Gudrun so vor, als weihte er sie in ein großes Geheimnis ein. »Ich kenne ihn schon seit vielen Jahren. Sehr viel länger und besser als Sie, Mr. Ericson oder Ms. Gideon. Er ist mein bester Freund.«

Auf jeden Fall der Einzige, den Sie mit dem Vornamen ansprechen, dachte Gudrun. Sie senkte den Kopf. Connor hatte Recht. Und trotzdem, die Untätigkeit brachte sie noch um den Verstand. Die Zeit in Frankreich hatte sie dem quirligen Franzosen, der so gern den Lady-Killer spielte und heftig mit ihr flirtete, aber nie zudringlich wurde, näher gebracht. Besonders seit sie wusste, dass er wie sie hoffnungslos dem Gralswasser verfallen war.

Sie tastete nach der Wasserflasche an ihrem Gürtel. Fast leer. Oben im Zelt lag noch eine volle. Wie mochte es Pierre ergehen? Wenn es dort, wo er war, kein Wasser gab – kein normales Wasser –, würde er seinen Vorrat sehr schnell aufbrauchen müssen.

»Ich schlage vor, wir warten noch einmal zwölf Stunden«, sagte Connor. »Pierre hat Ihrer Aussage nach vor Ihrem Sturz durch das Tor ausreichend getrunken und gegessen. Außerdem hat er eine Feldflasche dabei. Also dürfte er noch keinen allzu großen Durst verspüren. Unter normalen Umständen wird es erst in zwei Tagen für ihn kritisch, wenn er bis dahin kein Wasser findet. Was sind da schon zwölf Stunden?« Er lächelte. »Pierre ist ein zäher Bursche. Wie gesagt, ich kenne ihn schon seit Jahren, und wir haben so manches ...«

»Connor!«, klang Toms Stimme aus dem Lautsprecher am Arbeitstisch des Schotten auf. »Kommen Sie, schnell! Ich glaube, wir haben hier ein Signal des GPS-Senders!«

Die Schnelligkeit, mit der Connor herumwirbelte und die Treppe hinaufstürmte, verblüffte Gudrun völlig.

So viel zu deiner scheinbaren Gelassenheit, mein kühler Highlander, dachte sie, während sie ihm folgte.

Als sie das Basislager erreichte, hatte sich Connor bereits über das Display der Satellitenempfangsanlage gebeugt und drehte an einigen Reglern. »Was ist, Connor?«, fragte sie atemlos. »Ist es Pierre? Wo steckt er?«

»Es ist auf jeden Fall die Signatur des Senders, den er mitgenommen hat«, erwiderte Connor konzentriert, ohne aufzublicken. »Das Signal ist schwach, und hin und wieder bleibt es völlig weg. Vermutlich bewegt sich Pierre in einem geschlossenen Raum, in dem es einige kleinere Verbindungen zur Außenwelt gibt. Sobald er sich direkt unterhalb einer Öffnung befindet, dringt das Signal durch.«

»Und woher kommt es?«

»Nordöstlich von uns. Gar nicht mal so weit. Keine 2000 Kilometer Luftlinie entfernt.«

»Geht das vielleicht auch ein bisschen genauer?«, knurrte Tom.

Gudrun rammte ihm einen Ellbogen in die Rippen. »Halt die Klappe, Tom!«, zischte sie.

»Moment«, murmelte Connor. Auf dem Display erschien ein Gittermuster mit Breiten- und Längengraden. »Im Gegensatz zu den Signalen aus Kuba, die ständig hin und her gehüpft sind, ist dieses stationär, wenn auch etwas unscharf. Die groben Koordinaten sind 34 nördliche Breite, 109 Grad östliche Länge.«

»Das ist irgendwo in China«, sagte Gudrun.

»Nicht *irgendwo* in China«, erwiderte Tom mit gerunzelter Stirn. »Ich habe da so einen Verdacht. Moment.«

Er kroch ins Zelt, wühlte in seinen Sachen herum, kehrte mit einem zerfledderten Taschenatlas zurück und schlug die Seiten um. Dann fuhr er mit dem Finger die von Connor angegebenen Breiten- und Längengrade ab. »Habe ich mir doch gedacht.« Er hob den Kopf und blickte Gudrun an. »Rat mal, wo.«

»Woher soll ich ...?«, begann sie und verstummte gleich wieder. Sie kannte diesen Blick und Tonfall nur allzu gut. »Wir waren schon mal da, oder?«

Tom nickte. »Verdammt richtig. Du, Pierre und ich.«

»Xi'an!«, stöhnte Gudrun. »Wo wir den dritten Schlüssel zum Tor nach Atlantis gefunden haben. In den Katakomben hinter dem Grab des Ersten Kaisers. Das kann kein Zufall sein!«

»Ob Zufall oder nicht.« Tom klappte den Atlas zu. »Wir fahren hin, du und ich, und holen Pierre da raus, wo auch immer er steckt.«

»Warum ausgerechnet Sie?«, wollte Valerie wissen. »Warum nicht zum Beispiel Gudrun und ich?«

»Weil wir uns in der Gegend auskennen«, entgegnete Tom. »Sie haben es ja gehört, wir waren schon mal da.«

Zwei Stunden und einige hitzige Diskussionen später brachen sie auf, von Connor mit einer mobilen GPS-Empfangsanlage ausgestattet.

Bevor sie gingen, nahm Gudrun Valerie beiseite und drückte ihr eine der beiden Feldflaschen in die Hand. »Nimm das«, sagte sie, »und sollte Pierre hier von allein wieder auftauchen, dann gib ihm das. Sag ihm, dass es von mir ist. Nein, stell mir bitte keine Fragen. Tu es einfach.«

Valerie nickte und schüttelte die Flasche. Sie war fast leer. Der Rest würde vielleicht für zwei Schnapsgläser reichen. »In Ordnung, Gudrun. Viel Glück. Und grüß Pierre von mir.«

»Mach ich. Auch euch hier viel Glück. Passt auf euch auf.« Sie umarmte die Israelin kurz, drehte sich um und lief zu Tom, der bereits ungeduldig vor Ratschamankas klapprigem, altem LKW, den Connor per Handy aus Kengtong angefordert hatte, auf sie wartete. Nachdem sich das Gefährt qualmend und ratternd in Bewegung gesetzt hatte, begab sich Valerie zu Connor und Geoffrey in die Torstation.

»Sie sind abgereist«, meldete sie.

»Hoffen wir, dass der Flieger, den ich bestellt habe, rechtzeitig eintrifft«, sagte Connor. »Ich habe dem Piloten ein kleines Vermögen in Aussicht gestellt. Dafür wird er sie über die Grenze fliegen, ohne überflüssige Fragen zu stellen.«

Valerie nickte. »Ich kenne das. So bin ich zum ersten Mal hierher gekommen.«

Eine Weile herrschte Schweigen. Valerie starrte auf den Computermonitor, ohne aus den Tabellen und Grafiken schlau zu werden.

»Und, bedauern Sie es?«, fragte Connor.

»Was?«

»Überhaupt hierher gekommen zu sein. Diese Anlage entdeckt, das Tor zum ersten Mal aktiviert und diese Dinge in Gang gesetzt zu haben.«

Die ehemalige Mossad-Agentin zuckte die Achseln. »Ehrlich gesagt, ich weiß es nicht. Und mittlerweile bezweifle ich, dass ich etwas an den Ereignissen hätte ändern können, selbst wenn ich nicht gekommen wäre. Wir wurden alle vom Orakel von Delphi beeinflusst. Auch Gudrun und Pierre sind letztendlich durch eine Orakelbotschaft hier gelandet. Beziehungsweise in Xi'an.«

»Aber wir hätten den Botschaften des Orakels nicht folgen müssen«, wandte Connor ein. »Wir haben uns freiwillig dazu entschieden.«

»Meinen Sie?« Valerie lächelte. »Wir alle lieben das Abenteuer, die Aufregung und die Gefahren, die damit verbunden sind. Wir sind regelrecht süchtig danach. Natürlich mit Ausnahme von Geoffrey.«

Der schlakige Engländer setzte zu einer Antwort an, hielt dann aber doch lieber den Mund und hörte stattdessen weiter interessiert zu.

»Bleibt uns da wirklich noch so etwas wie eine freie Wahl?«, fuhr Valerie fort. »Denken Sie an die Geschichte im Südpazifik mit Kar. Wir waren es letztendlich, die ihm die Bundeslade in die Hände gespielt und ihn damit fast zum Triumph geführt hätten. Wir haben die ganze Welt leichtfertig in Gefahr gebracht und hätten fast unser Leben verloren. Und trotzdem können wir einfach nicht die Finger von diesen Dingen lassen.«

Connor nickte nachdenklich. Sie hätten tatsächlich fast eine weltweite Katastrophe heraufbeschworen und waren dem Tod nur knapp von der Schippe gesprungen. Suzy Duvall, Kars Komplizin, hätte sie mit Leichtigkeit töten können. Er fragte sich immer noch, warum sie sie verschont hatte.

Suzy Duvall, eine betörend schöne und ebenso gefährliche Frau. Falsch wie eine Schlange, grausam und rücksichtslos, und doch ...

Eine Frau, für die viele Männer bedenkenlos töten würden. Wo mochte sie heute stecken, nachdem mit Kar auch ihre ehrgeizigen Pläne gestorben waren?

»Madame Duvall.« Der Türsteher deutete eine Verbeugung an. »Einen Moment bitte, man wird Sie sofort abholen.«

Er neigte den Kopf und tippte mit dem Zeigefinger auf den dunkelblauen Skarabäus, der das Revers seiner sandfarbenen Anzugjacke schmückte. Nach einigen Sekunden meldete er sich knapp mit »Josefe«, um anschließend leise auf Portugiesisch mit dem anderen Teilnehmer zu sprechen. Das Technogewitter aus dem Eingang der Diskothek machte es so gut wie unmöglich, seine Worte zu verstehen. Was für Suzy nicht unbedingt von Nachteil war, da sie ohnehin nur wenige Brocken Portugiesisch beherrschte.

»Mr. Feng lässt ausrichten, dass er an einer Besprechung teilnimmt, die sich noch etwa zwanzig Minuten hinziehen wird«, erklärte der Türsteher schließlich mit übertriebener Korrektheit. »Er bittet Sie, einstweilen oben im *Chill-Out* Platz zu nehmen. Mr. Feng wird so schnell wie möglich zu Ihnen kommen.«

Er machte eine Pause, um Suzy Gelegenheit zu einer wie auch immer gearteten Erwiderung zu geben.

»Sie kennen den Weg, Madame?«

»In meinem eigenen Club, meinen Sie?«, fragte Suzy leise, aber mit einer Schärfe, die den Mann verunsicherte. »Sagen Sie Mr. Feng, dass ich eine Viertelstunde auf ihn warten werde. Nicht länger.«

Ihre Gereiztheit war nicht gespielt – Suzy hatte Probleme. Keine unüberwindbaren, jedenfalls noch nicht ...

Nach dem Fiasko mit Kar und dem damit verbundenen Ende ihrer Träume hatte sie sich eine Weile auf ihrer Yacht verkrochen, ihre Wunden geleckt und den Kontakt zur Außenwelt abgebrochen. Und nun, nachdem sie versucht hatte, ihre alten »Geschäftsbeziehungen« neu zu beleben, war sie auf eine Mauer der Ablehnung gestoßen.

Höflich und distanziert: »Ich bedauere, Ms. Duvall, aber das ist zurzeit leider unmöglich.« Oder freundlich-jovial: »Tut mir Leid, Suzy, wir haben immer gute Geschäfte gemacht, aber ...« Oder ganz kühl: »Madam, ich habe keinerlei Interesse an einer weiteren Zusammenarbeit. Bitte behelligen Sie mich nicht mehr.«

Irgendetwas war faul, oberfaul. Zwar verfügte sie noch immer über Barmittel und hatte Zugriff zu einigen geheimen Privatkonten, aber Suzy Duvall war nicht bereit, ein Leben als Frühpensionärin zu führen und auf den Luxus zu verzichten, den sie als selbstverständlich erachtete.

Das »Gize Nova«, das ihr nicht nur als legale Einnahmequelle, sondern auch als Geldwaschanlage für andere Geschäfte diente, war ein beliebter Treffpunkt für höhere

Angestellte der nichtchinesischen Bevölkerung Macaos. Mit zwei *Dancehalls*, drei Bars und einer Jazz & Blues-Lounge zählte es zwar nicht unbedingt zu den größten Clubs am Ort, bot jedoch durch seine luxuriöse *Chill-Out*-Zone ein Ambiente, das viele junge Singles und frisch verliebte Paare anzog. Dieser Bereich erstreckte sich über das gesamte, wie ein Wintergarten angelegte Dachgeschoss und war komplett im ägyptischen Stil eingerichtet, mit Springbrunnen, Whirlpools und anderen dekadenten Spielereien. Zahme Singvögel saßen in den Zweigen der Pflanzen, und wer von diesem tropischen Vergnügungspark in den Restaurantbereich gelangen wollte, musste auf einer schmalen Holzbrücke einen künstlichen Fluss überqueren, in dem sich echte Krokodile tummelten.

Die Echsen führten ein wahrhaft paradiesisches Leben, da es neben der normalen Speisekarte auch eine auf ihre Bedürfnisse zugeschnittene gab. Unter den gut betuchten Gästen des »Gize Nova« galt es als besonders schick, den Reptilien eine Mahlzeit zu spendieren. Sie führten also ein ausgesprochenes Dolce Vita, bis sie im Alter von drei oder vier Jahren zu groß wurden, um sie noch einigermaßen artgerecht zu halten. Und da ihr an Geflügel erinnerndes Fleisch bei Feinschmeckern höchstes Ansehen genoss, stellte es für die Eigentümer kein Problem dar, die Krokos zu diesem Zeitpunkt loszuwerden. Für diese kulinarische Spezialität war das »Gize Nova« im gesamten chinesisch dominierten Teil Asiens bekannt.

Suzy Duvall nahm den Aufzug ins Obergeschoss des Gebäudes und durchquerte die paradiesische Gartenanlage. Die Temperatur wurde von elektronischen Klimaanlagen ganzjährig auf exakt zweiundzwanzig Grad Celsius gehalten. Der Wert war ein Kompromiss zwischen den Bedürfnissen der Gäste und denen der tropischen Tiere und Pflanzen, die durchaus ein paar Grad mehr vertragen hätten. Allein die Krokodile kamen in den Vorzug eines genau kontrollierten, wärmeren Luftstroms, da sie als Wechselblüter bei niedrigen Temperaturen ausgesprochen träge wurden, was ihre Attraktivität für die Gäste zu sehr geschmälert hätte.

In der Mitte der kleinen Brücke blieb Suzy einen Moment lang stehen, um ihr mitternachtsblaues Leinenkostüm zurechtzuzupfen und dabei die Krokodile zu betrachten, die ihr weitaus kleiner und weniger gefährlich erschienen, als sie sie in Erinnerung hatte.

Zwei Jahre war sie nicht mehr hier gewesen. Und jetzt, als sie ihren Blick von den Echsen abwandte und ihn über die zwischen eingetopften Palmen und Sphinxen verteilten Tischgruppen des Restaurants wandern ließ, kam ihr mit einem Schlag die Erkenntnis, dass sie sich in dieser Welt nicht mehr zu Hause fühlte.

Das hier ist nicht das wirkliche Leben, dachte sie. *Es ist nur ein Puppenhaus mit vielen kleinen Barbies und Kens, die idiotische Dinge tun, dummes Zeug quatschen und machen und schwachsinnig grinsen.*

Selbst die Krokodile waren nur lächerliche Schoßtiere im Vergleich zu Richard Dean Karney, dem Echsenmann, den sie wegen seiner scharfen Logik, seiner rücksichtslosen Zielstrebigkeit und seiner Strategien geachtet hatte, sogar noch nachdem er zu einem unberechenbaren Monster geworden war.

Kar, der Echsenmann. Nicht der Drachenmann, aber immerhin … Schade eigentlich. Suzy Duvall und Kar, ein perfektes Paar. Wir hätten Barbie und Ken nicht den Hauch einer Chance gelassen …

»Madame Duvall?«

Suzy drehte sich um. Sie sah eine schlanke Frau mit schwarzem Haar, Eurasierin wie sie selbst, in ein sandfarbenes Kostüm gekleidet. Über der weißen Bluse trug sie ein auffälliges Collier im ägyptischen Stil aus blauem Stein und Gold, am Revers den obligaten blauen Skarabäus, in dem sich das Mikrofon der Personalrufanlage verbarg.

»Wenn Sie mir bitte zu Ihrem Tisch folgen wollen?«

Die Frau deutete auf einen Tisch an der linken Wand, neben dem bereits ein Kellner im ebenfalls ägyptisch inspirierten Look wartete.

»Mein Tisch?«, fragte Suzy mit einem eiskalten Blick. »Direkt neben der Klimaanlage? Das kann nicht Ihr Ernst sein. Ich werde mir den Tod holen. Ich will verdammt noch mal einen anderen Tisch. Es sind ja genug frei.«

»Pardon, Madame«, erwiderte die Kellnerin bemüht freundlich. »Heute sind alle Tische reserviert. Ab acht Uhr wird es hier sehr voll, auch wenn es jetzt ... äh ... nicht unbedingt danach aussieht. Deshalb wurde die ... äh ... Tischplanung bereits gestern festgelegt. Aber wenn Sie es wünschen, können Sie natürlich jeden anderen Tisch ... äh ... ich meine ...«

»Ich habe ohnehin nicht vor, lange zu bleiben«, antwortete Suzy brüsk.

»Oh, dann ist das ja überhaupt kein Problem.« Die Kellnerin lächelte erleichtert. »Dann haben Sie natürlich die freie Wahl, Madame.« Sie versuchte ein Lachen, das nicht sehr natürlich klang.

»Den da.«

Suzy sah es absolut nicht ein, auch nur einen Finger zu bewegen, um der Kellnerin auf die Sprünge zu helfen, sodass diese darauf angewiesen war, ihrem Blick zu folgen. Der Tisch, den sie ausgewählt hatte, lag exakt am gegenüberliegenden Ende des Raumes und war von drei jungen chinesischen Männern belegt, denen ihr Auftritt keineswegs entgangen war. Die drei starrten sie mit unverhohlenem Interesse an und feixten herum. Suzy benötigte keine große Phantasie, um sich den Inhalt ihrer Tuscheleien ausmalen zu können.

»Wenn Sie sich eine Sekunde gedulden würden, Madame, werde ich die Gäste dort an einen anderen Tisch bitten«, versprach die Kellnerin resigniert, da sie einsah, dass mit Madame nicht zu spaßen war.

Keine drei Minuten später saß Suzy an ihrem Tisch und studierte die Weinkarte. Der Ausdruck des Ekels in ihrem Gesicht steigerte sich im gleichen Maße wie die Panik des Weinkellners.

»Sieh an«, bemerkte sie zynisch. »Ein kalifornischer Rosé? Was hat *das* auf der Weinkarte zu suchen?«

»Madame«, erwiderte der Weinkellner mit belegter Stimme, »dieser Wein wurde von unseren Gästen vielfach gewünscht, also haben wir uns erlaubt, ihn ins Programm zu nehmen.«

»Dann streichen Sie sie ihn wieder raus. Rosé ist kein Wein. Ich werde ...«

Ein dumpfer Knall unterbrach sie mitten im Satz. Das Geräusch war nicht besonders laut gewesen, aber Suzy hatte Derartiges oft genug erlebt, um im Bruchteil einer Sekunde zu begreifen, was geschehen war.

Die Druckwelle folgte eine kleine Ewigkeit nach der Explosion und fegte Suzy mitsamt ihrem Polsterstuhl weg. Aus dem Augenwinkel heraus bekam sie noch mit, wie der Weinkellner zappelnd durch die Luft segelte und mit dem Kopf voran gegen eine gewaltige Palme krachte. Dann landete sie hart auf dem Rücken und schlug mit dem Hinterkopf so heftig auf die Steinfliesen, dass ihr einen Moment schwarz vor den Augen wurde.

Eine Bombe, verdammt. Irgendjemand hat meinen Club in die Luft gejagt!

Die Wut sorgte dafür, dass sie die Benommenheit erstaunlich schnell wieder abschüttelte. Sie richtete sich halb auf und tastete vorsichtig mit der Hand ihren Hinterkopf ab, während sie sich gleichzeitig zu orientieren versuchte.

Ihre Fingerspitzen fühlten sich feucht und glitschig an. Sie konnte Blut riechen. Ihres und das von anderen.

Aus nächster Nähe erklang ein Stöhnen. Vermutlich der Weinkellner, der gerade wieder zur Besinnung kam. Suzy ignorierte die Schmerzenslaute und richtete sich ganz auf.

Das Restaurant sah aus wie in einer Szene aus einem Katastrophenfilm. Überall auf dem Boden lagen Trümmer von Stühlen und Tischen, umgekippten Topfpflanzen, Sphinxen, und dazwischen vereinzelte Menschen, besinnungslos, tot, einige bis zur Unkenntlichkeit zerfetzt ...

Suzy reckte ihren Kopf und sah sich um. Wo war die Bombe explodiert?

Schräg gegenüber entdeckte sie die angekohlten, abrasierten Stämme einer Gruppe von Topfplanzen, die wohl einen Großteil des Explosionsdrucks absorbiert und damit ihr und vielen anderen Menschen das Leben gerettet hatte.

Sie bückte sich und zog das rechte Bein ihrer weiten Hose nach oben, um an das Beinhalfter heranzukommen, in dem ihre Beretta steckte. Erst dadurch bemerkte sie, dass sie einen ihrer blauen Lackpumps verloren hatte. Sie sah sich nach dem Schuh um und humpelte dabei auf einem Bein einige Schritte nach vorn, bis sie ein paar Meter vor sich den unnatürlich verrenkten, zuckenden Körper der Kellnerin sah. Der Unterleib der Frau war halb unter dem Kopf einer Sphinx begraben, und während sie wild mit den Armen um sich schlug, blieben ihre auf der anderen Seite hervorragenden Beine reglos wie die einer Schaufensterpuppe.

Suzy näherte sich ihr so vorsichtig wie ein Jäger einem

waidwund geschossenen Tier. Im Hals der jungen Frau steckte ein gewaltiger Holzsplitter, offenbar ein Teil eines zerfetzten Stuhlbeins. Sie verdrehte hilflos röchelnd die glasigen Augen, ohne etwas wahrzunehmen. Aus ihrer Halswunde schoss Blut in rhythmischen Stößen hervor, doch der Strahl wurde bereits mit jedem Herzschlag schwächer.

Ohne weiter nachzudenken, richtete Suzy die Beretta auf die Stirn der Sterbenden und drückte zweimal ab. Dann zog sie der Frau die flachen, beigefarbenen Ballerinas aus und schlüpfte selbst hinein.

Kurz darauf fand sie die Stelle, an der die Attentäter die Bombe versteckt hatten. Es war ein Luftschacht der Klimaanlage, direkt in der Nähe des Tisches, zu dem die Kellnerin sie ursprünglich hatte führen wollen.

Suzy Duvall war keineswegs überrascht. Sie hatte sich zu lange nicht mehr um ihren Verantwortungsbereich innerhalb der Triaden gekümmert, über die sie vor ihrer Zeit mit Kar ein strenges Regime geführt hatte. Für ihre ehemaligen Vertrauten stellte sie nur noch einen unliebsamen Störfaktor aus der Vergangenheit dar, der sie im Stich gelassen hatte und sich nun in Angelegenheiten einmischte, die ihn nichts mehr angingen.

Vermutlich waren sämtliche Führungspositionen längst neu besetzt worden, und zwar mit Personen, die keinerlei Loyalität für sie empfanden.

Sie musste an das zurückdenken, was sie ihren Leuten damals immer eingeschärft hatte: *Wer unsere Operationen gefährdet, muss beiseite geschafft werden. Sofort und um jeden Preis. Sprengt von mir aus einen ganzen Airliner voller Touristen in die Luft, wenn ihr dadurch das Ziel erreicht, oder einen Bus voller Schulkinder ...*

Es verblüffte sie selbst, welche Kälte in diesen Worten lag.

Hatte sie das wirklich so gemeint? Hätte sie tatsächlich zu derartigen Maßnahmen gegriffen? Es waren Worte aus einer anderen Zeit, in der sie ein anderes Leben geführt hatte. Ihr drittes Leben, nach der fröhlichen Kindheit in den *New Territories* und den furchtbaren Tagen im Bordell. Gefolgt von einem vierten Leben, dem mit Kar. Einem fünften ...

Könnte die richtige Suzy Duvall bitte aufstehen?

Sie zuckte zusammen, als sie hastende Schritte aus dem Wintergarten hinter der Brücke hörte, die sich ihr näherten. Schritte von Männern, mindestens zwei.

Sie zog sich eilig hinter eine umgestürzte, kopflose Sphinx zurück und kramte hektisch in ihrer Umhängetasche herum.

Es dauerte eine Weile, bis die beiden Männer die Brücke überquert hatten.»Eine Riesenschweinerei ist das!«, knurrte einer von ihnen wütend auf Chinesisch. »Die Bombe sollte nur sie erwischen – stattdessen jagst du unsere besten Gäste in die Luft!«

»Dao, so was lässt sich nie genau vorhersehen, jedenfalls nicht in geschlossenen Räumen«, rechtfertigte sich der andere nervös. »Und wir mussten eine Bombe nehmen, damit es wie ein Anschlag von Terroristen oder Konkurrenten und nicht nach einem gezielten Mord aussieht. Der Iraker hat gesagt, es sei nicht schlimmer als bei einer Handgranate. Er muss sich verschätzt haben.«

»Verschätzt? Er hat dich reingelegt, Chewey! Hat dir verkauft, was er gerade auf Lager hatte, statt auf Bestellung zu liefern. Was lässt du dir beim nächsten Mal von ihm andrehen – eine Atombombe?«

»Dao ...«

»Halt's Maul, verdammt! Wir können heilfroh sein, dass die Musik in den Discos so laut ist, sonst hätten wir jetzt schon die Bullen auf dem Hals! Hast du unten genug Leute postiert, dass keiner von den Gästen hier raufkommt?«

»Zwei an der Treppe, zwei am Aufzug in Parterre. Und ich habe ein Schild aufstellen lassen, 'Geschlossene Gesellschaft'.«

Suzy beobachtete die streitenden Männer. Sie kannte beide recht gut, besonders den namens Dao. Er hatte damals schon für sie die schmutzigen Aufträge erledigt. Ein ehrgeiziger Mann mit Ambitionen. Der Typ, der so lange im zweiten Glied bleibt, wie es seinen Zwecken dienlich erscheint, um sofort und erbarmungslos zuzuschlagen, wenn er seine Chance für gekommen hält.

Sie wartete, bis die beiden an ihr vorbei waren. Dann stand sie geräuschlos auf und warf ihnen einen faustgroßen Gegenstand hinterher, der direkt zwischen ihnen klirrend auf dem Boden aufschlug und zerbrach.

»Vorsicht!«, brüllte der eine noch, aber sein nächstes Wort ging bereits in einem heftigen Husten unter, als das Reizgas in seine Atemwege eindrang.

Sekunden später wälzten sich beide mit verzerrten Gesichtern auf dem Boden herum.

Suzy wartete geduldig ab, bis sich das Gas verflüchtigt hatte. Dann stand sie auf und ging auf die beiden Männer zu, die sich vor Schmerzen wanden und krampfhaft nach Luft schnappten.

»Ein wirklich netter Versuch«, sagte sie laut und sehr deutlich.

Der ältere der beiden, dessen Haar bereits erste graue Strähnen aufwies, schaffte es mit einiger Mühe, seine tränenüberströmten, verquollenen Augen zu öffnen. Suzy trat zwei Schritte vor und drückte ihm die Mündung der Pistole direkt an die Schläfe.

»Suzy!« Er hustete würgend und streckte abwehrend eine Hand aus, als könnte er sie damit aufhalten. »Du verstehst nicht ...«

»O doch, Dao Feng, ich verstehe nur zu gut«, erwiderte Suzy kalt. »Du dachtest, du könntest mein kleines Imperium übernehmen, nicht wahr? Hast du wirklich geglaubt, dass du einen solchen Coup landen könntest? Mit einem Volltrottel wie Chewey Yang an der Seite, der beim Pinkeln nicht weiß, ob er rechts oder links ...«

»Suzy!«, schrie Dao Feng verzweifelt. »Du verstehst nicht! Es war nicht unsere Entscheidung! Alle Chefs haben gegen dich gestimmt! Alle vierundzwanzig – einstimmig! Chewey und ich waren die Einzigen, die sich enthalten haben!«

Suzy zögerte. Die letzte Behauptung bezweifelte sie, aber wenn das, was Dao davor gesagt hatte, stimmte ...

»Du bist für vogelfrei erklärt worden, Suzy!«, krächzte Dao Feng mit wachsender Panik. »Es war unsere verdammte Pflicht, gegen dich vorzugehen! Verstehst du nicht, es ist nichts Persönliches!«

»Nein. Es ist nichts Persönliches.«

Sie drückte ab.

Dao Feng war noch nicht gänzlich erschlafft, als Suzy ihre Waffe ein zweites Mal abfeuerte.

Rasch durchsuchte sie die Taschen der Toten, steckte Bargeld, Kreditkarten und drei Schlüsselbunde in ihre Umhängetasche. Danach säuberte sie die Beretta von ihren Fingerabdrücken und warf sie auf dem Rückweg in den Krokodiltümpel.

Im Aufzug probierte sie hektisch die Schlüssel durch und fand schließlich einen, mit dem sich der Knopf für das Kellergeschoss entriegeln ließ. Sekunden später stand sie in der Tiefgarage für Angestellte und suchte eine Weile, bis sie einen nagelneuen BMW entdeckte, das kostspieligste Auto hier unten. Es musste Dao Fengs Wagen sein, keine Frage.

Sie hatte bei den Toten nur zwei Autoschlüssel gefunden, und nur einer trug das Signet der Bayrischen Motorenwerke. Das Tor der Tiefgarage öffnete sich automatisch, als der Wagen die Rampe heraufrollte und eine Lichtschranke passierte.

Kurz darauf hatte sie die Ausfallstraße erreicht und kramte das Handy aus ihrer Umhängetasche hervor. Sie wählte den Rufnummernspeicher und ließ sich mit einem Teilnehmer in einem Außenbezirk von Macao-City verbinden.

Zehn Mal ertönte das Freizeichen, aber Suzy wartete geduldig ab.

»Ja«, meldete sich eine brüchige Männerstimme.

»Shao? Ja, hier ist Suzy Duvall.«

»Suzy Duvall, aha«, sagte der alte Mann nach einer Sekunde. Er klang überrascht. *Und erfreut.*

»Shao, ich brauche dringend deinen Rat. Die halbe Welt hat sich gegen mich verschworen. Ich weiß nicht mehr, an wen ich mich sonst wenden soll.«

»Aber wie soll ich dir helfen? Ich bin nur ein alter Diener.«

»Ich weiß. Aber ich kann mich nicht an *ihn* wenden. Nicht nach dem, was vorgefallen ist.«

»Du schätzt Xian Li falsch ein, Suzy«, meinte der Alte.

»Mag sein«, räumte Suzy ein. »Aber ich will zuerst mit dir sprechen, nicht mit dem Drachenmann.«

»Gut. Du weißt, wo du mich findest?«

»Du wohnst immer noch am Lotostempel?«

»Genau. Im Gegensatz zu dir bin ich zu alt, um woandershin zu fliehen.« Damit brach die Verbindung ab.

Suzy lachte humorlos auf und trat das Gaspedal bis zum Anschlag durch. Während der letzten Wochen seines Lebens hatte sie Kar gefürchtet und mehr als einmal um ihr Leben gebangt.

Doch die Furcht vor dem Drachenmann saß noch viel tiefer in ihr.

Wieder war ein Tag vergangen. Gudrun und Tom hatten sich von einem Zwischenstopp in Thailand gemeldet. Mittlerweile waren sie auf dem Weg nach China.

In der alten Tempelruine und der Torstation war Ruhe eingekehrt. Geoffrey und Valerie assistierten Connor hin und wieder bei seinen Berechnungen und Messungen, aber letztendlich konnten sie nicht viel tun. Während Valerie ihren Frust mit Waldläufen und isometrischen Übungen abreagierte, genoss Geoffrey die erzwungene Zeit der Untätigkeit.

An diesem Tag waren nicht nur die geflohenen Hilfskräfte, sondern auch einige Birmanen aus der näheren Umgebung erschienen, um den Fremden zu danken. Viele brachten sogar kleine Geschenke mit. Die *Nächte des Krokodils* schienen endgültig vorüber zu sein.

Als Connor sich nach einigen Stunden angestrengter, aber wieder ergebnisloser Berechnungen mit schmerzendem Rücken von seinem Klappstuhl erhob, fiel sein Blick eher zufällig auf den schwarzen Container, den Tom und Valerie aus der Aufzuchtstation geholt hatten. Er starrte versonnen durch den glasklaren Deckel in die grünliche, gallertartige Substanz, in der der unförmige, reptilienhafte Embryo schwamm.

Eine ziemlich dürftige Ausbeute ihrer bisherigen Bemühungen. Ein rätselhafter Behälter, der sich nicht öffnen ließ, zu schwer und zu sperrig, um ihn unauffällig außer Landes zu schaffen. Darin ein Embryo unbekannter Herkunft – wenn es sich denn überhaupt um einen handelte –, der vermutlich bereits seit Jahrtausenden tot war. Ein Tor, das sich beharrlich weigerte, nach einem halbwegs durchschaubaren Muster zu funktionieren, und ein irgendwo in China verschollener Freund.

Connor wollte sich gerade abwenden, um für ein paar Stunden Pause unter freiem Himmel zu machen, als er stutzte. Täuschte er sich, oder ...?

Er holte die Videokamera und machte ein paar Aufnahmen des Embryos aus verschiedenen Winkeln. Dann speiste er die Bilder in seinen Computer ein und verglich sie mit den ersten Aufnahmen.

Nein, er hatte sich nicht getäuscht. Die Bilder waren nicht deckungsgleich. Die neuen überlappten die alten um mindestens zehn Prozent.

Connor spürte ein unangenehmes Kribbeln zwischen den Schulterblättern.

Es bestand nicht der geringste Zweifel. Was auch immer das Ding in der zähen grünen Flüssigkeit war, es wuchs.

ENDE

DIE ABENTEURER

Das Abenteuer geht weiter ...

Band 4

Der starke Arm des Drachen

von Jürgen Heinzerling

Roman, 256 Seiten, geb.

Suzy Duvalls Bitte an den *Drachenmann* verhallt nicht ungehört. Mit seiner Unterstützung greift sie erneut in das große Spiel ein, das für sie mit dem Tod ihres Verbündeten Kars bereits verloren schien.
Unterdessen stoßen Tom Ericson und Gudrun Heber in der chinesischen Provinz Shaanxi auf die erste Spur ihres verschollenen Gefährten Pierre Leroy. Ein spektakuläres Artefakt taucht auf und wirft neue Schatten auf die Zukunft der Abenteurer, die mit allen Mitteln versuchen, das Rätsel von Atlantis zu lösen ...